中國古典文學研究會主編

文學與社會

臺灣學生書局印行

序

龔鵬程

第十一屆中國古典文學會議，於民國七十九年六月十六、十七日，假臺北東吳大學舉行。本屆會議，以「文學與社會」爲主題，凡發表論文十七篇。這裏選擇了最切合主題的八篇文章，彙爲一編，仍以「文學與社會」爲題，誌緣起也。

文學與社會的關係，向爲文學研究者及社會學界所關心，然至今仍然聚訟紛紜，勢不可理。這裏所收的幾篇論文，皆試圖暫不處理文學與社會之理論問題，而從中國文學的歷史面，去觀察文學與社會的各種關係。例如王文進先生的論文，試從漢魏官制之演變，看六朝文人活動及其文學現象。王國良先生的論文，是在中外交通史的視角下，觀察唐代文學中特殊的題材及傳說內容。林隆盛、王偉勇兩先生的論文，係以敦煌話本和南宋詞，看文學作品與時代的呼應關係。鄭志明、陳器文和我的論文，則集中於社會禁忌系統、宗教意識等方面，希望能對文學與社會中人之信仰問題，多所了解。臧汀生先生的文章，探討歌謠與臺灣社會之關聯，更是前此較罕見的論述方向。諸如此類，皆不乏參考價值，或可爲以後進行文學社會學之研究時，提供幾個有趣的面向。此亦編輯玆書之意義所在。至於各文之醇駁是非，博雅君子察焉。

中華民國七十九年九月識於古典文學研究會

作者簡介：

（依論文先後為序）

王國良　臺灣省臺南縣人。民國三十七年生。東吳大學中文系、政治大學中文研究所畢業，東吳大學中文研究所博士班畢業。專攻小說，兼治目錄學。現任教東吳大學中文系。著有唐代小說敍錄、搜神後記等書，並發表古典小說、目錄學有關論文十餘篇。

王文進　臺灣省臺中縣人。臺大文學博士。現任淡江大學中文系副教授，兼中文系系主任及中文研究所所長。著有論六朝詩中巧構形似之言、淨土上的烽煙——洛陽伽藍記研究、荆雍地帶與南朝詩歌關係之研究等。

林隆盛　民國五十年生，臺灣省嘉義縣人，輔仁大學中文系、東吳大學中研所畢業，現爲東吳大學中文系講師。著作有敦煌話本研究、敦煌童蒙讀物分類初探、敦煌童蒙讀物中識字類文書初探等；並於中央日報長河版推出一系列探討敦煌文學的小品文，如字寶碎金、唐代的敦煌學校、鬥百草、僱傭契約書等等。

王偉勇　福建省惠安縣人，民國四十三年生。東吳大學中國文學研究所博士，現執教於東吳大學中文系。著有南宋遺民詞初探、南宋詞研究等書。

鄭志明　民國四十六年生，臺灣省新竹市人。國立臺灣師範大學國文系畢業，國文研究所碩士、博士。嘉義師範學院語文教育系副教授，輔仁大學宗教研究所副教授。著有臺灣民間宗教論集、無生老母信仰溯源、中國社會與宗教、中國善書與宗教、明代三一教主研究等書。

陳器文　河北寧河人，民國三十五年生。中興大學中文系畢業，任教於中興大學中文系。著有：論詩經的憂患意識、自月意象之嬗變論義山詩之月世界、論古典詩中思古與慕遠之情。

龔鵬程　江西省吉安縣人，民國四十五年生，師大文學博士，現任淡江大學文學院院長。著有孔穎達周易正義研究、中國古典詩歌中的孝節、蘇軾詩選析註、詞選注賞析、小品文選注、歷史中的一盞燈、讀詩隅記、中國小說史論叢、文學散步、詩史本色與妙悟等書。

臧汀生　政治大學文學博士，逢甲大學中文系副教授，著有臺灣民間歌謠研究、臺灣民間歌謠新探、儒家倫理思想與法律，近日從事臺語書面化之研究。

文學與社會

目次

序……………………………………………………龔鵬程……1
作者簡介……………………………………………………………一
州府雙軌制對南朝文學的影響
——以荊雍地帶為主的觀察……………………………王文進……一
唐代胡人識寶藏寶傳說………………………………王國良……二七
敦煌話本呈現的時代意義……………………………林隆盛……五三
南宋詞中所反映之朝政
——以高、孝、光、寧四朝為例………………………王偉勇……七九

關漢卿雜劇的宗教意識……鄭志明……一一七
一齣禁忌系統的婚姻類型劇
——〈桃花女破法嫁周公〉……陳器文……一四九
有字天書
——道教與文學新論……龔鵬程……一八五
臺語流行歌曲與臺灣社會……臧汀生……二二五

州府雙軌制對南朝文學的影響

——以荆雍地帶爲主的觀察

王文進

一

南朝的地方官制有一項重要的特色，即州刺史的僚佐除了仍有以別駕、治中、主簿的州官系統之外，更兼有以長史、司馬、參軍諸職的府官系統。這項州、府雙軌制的特色，早已爲史學界所重視[1]但是這種地方制度對南朝文學所產生的深遠影響，則尚未爲人所論及。

綜合《宋書・百官志》、《南齊書・百官志》及《隋書・百官志》的記載，南朝時期州佐的主要成員大致有：別駕從事史、治中從事史、主簿、西曹書佐、祭酒從事史、議曹從事、部郡從事史[2]。而府佐吏的主要成員大致有：長史、司馬、諮議參軍及錄事以下十八曹[3]。三國西晉時代，州刺史只設州官系統的僚佐。雖然此一時期已有加將軍號者，但史傳中絕少見有以州將軍開府的僚佐[4]。至東晉以後逮於梁陳，州刺史不但多加將軍之號，其僚佐且正式在州刺史系統外加上將軍府的系統。此一演變造成各地方州刺史的僚佐在質量兩方面的變化。並且對南朝文人及其活動產生了極顯著的影響。

就量的方面而言，由於增設了府僚佐，其員額之倍增，當然使得南朝文人獲得更多的棲身機構，南朝貴遊文學集團蓬勃發展的原因，可就此中探得消息。就質的方面而言，由於府僚佐係由中央除授，並且不限於本籍人士，使得天下俊才得以經此管道隨府主遊仕各大州鎮，遍覽四方風物，經略南北交界要塞，品題名城山水，促成南朝中央與地方之間人文的交互融合。換言之，南朝文人得以至各地遊歷，開拓個人生命體驗，江南名山勝水也得以邀獲文人品題，使山水生輝耀彩，其關鍵大都在此。本文即嘗試以南朝荊、雍爲主要線索，探討此一影響南朝文學發展甚鉅的地方制度。

二

南朝自東晉以來，州刺史的僚佐出現了州、府兩個系統。州官系統係沿承漢魏以來的規模及精神，其中最值得注意的是：以州刺史別駕、治中、主簿爲軸線的府官系統，大致都恪守前代遺規，即州刺史不得爲本籍人士，而僚佐卻必須爲本籍人士❺。例如：

> 習鑿齒，字彥成，襄陽人也。……荊州刺史桓溫辟為從事，江夏相袁喬深器之，數稱其才於溫，轉西曹主簿，親遇隆密。……累遷別駕。（《晉書》卷八十二〈習鑿齒傳〉）

> 羅含，字君章，桂陽耒陽人也。……後為郡功曹，刺史庾亮以為部江夏從事。太守謝

尚與含為方外之好，乃稱曰：「羅君章可謂湘中之琳琅。」尋轉州主簿。（《晉書》卷九十二〈羅含傳〉）

庚於陵字子介，散騎常侍黔婁之弟也……齊隨子隆為荊州，召為主簿。（《梁書》卷四十九〈〇於陵傳〉）

宗懍字元懍，八世祖承，晉宣都郡守，屬永嘉東徙，子孫因居江陵焉。……後又為世祖荊州別駕。（《梁書》卷四十一〈宗懍傳〉）

上述習鑿齒爲襄陽人，羅含爲桂陽人，據《晉書・地理志》，兩郡隸屬荊州❻。庚於陵係庚黔婁之弟，乃南陽新野人❼，故爲荊州主簿❽。宗懍既世居江陵，當然爲荊州人士。由以上四例可見南朝州官系統的存在與其籍貫的限定。

王羲之字逸少，司徒導之從子。……起家秘書郎，徵西將軍庚亮請為參軍，累遷長史。（《晉書》卷八十〈王羲之傳〉）

謝安字安石……徵西大將軍桓溫請為司馬。（《晉書》卷七十九〈謝安傳〉）

王秀之，字伯奮，琅邪臨沂人也。……出為輔國將軍，隨王鎮西長史，南郡內史。

（《南齊書》卷四十六〈王秀之傳〉）

徐摛字士秀，東海郯人也。……普通四年，王出鎮襄陽，摛固求西上，遷晉安王諮議參軍。（《梁書》卷三十〈徐摛傳〉）

（劉）遵字孝陵。……王後為雍州，復引為安北諮議參軍。（《梁書》卷四十一〈劉遵傳〉）

王籍字文海，琅邪臨沂人。……湘東王為荊州，引為安西府諮議參軍，帶作唐令。（《梁書》卷五十〈王籍傳〉）

以上六人均非籍屬荊雍，但均經庾亮、桓溫、蕭綱、蕭繹分別以軍府佐吏辟請至荊雍。由此可見南朝府官系統的確能夠容納更多的僚佐，使南朝有更多的機構得以安頓文人。但是這項制度在文學研究上最重要的意義在於：府僚佐的身份既然無籍貫的限制，則天下俊才均可經此中央的管道，隨府主至各地州鎮，讀萬卷書，行萬里路，開拓其視野胸襟。相對地，也必然提昇州鎮地方的文風。

三

就目前史料顯示，藉由府官系統聚集文人最多且又對南朝文學發展影響最明顯的州鎮，當屬荆、雍二州地帶。

南朝荆雍地帶的規模編制，主要是沿漢代荆州七郡與西晉二十二郡的規模演變而來[9]，其範圍大致在今湖北、湖南二省。其地理的重要性，早於三國孫吳時期已被注意。面對曹操隨時揮兵沿江東下的威脅，甘寧卽力陳其險要云：

> 今漢祚日微，曹操彌憍，終為篡盜。南荆之地，山陵形變，江川流通，誠是國之西勢也。[10]

魯肅亦云：

> 夫荆楚與國鄰接，水流順北，外帶江漢，內阻山陵，有全國之固，沃野萬里，士民殷富。若據而有之，此帝王之資也。[11]

司馬睿建國江南，其地理形勢與孫吳北抗曹魏的處境相似，所以荆州就一直承續著「國之西勢」的角色。東晉何充卽云：

> 荆楚國之西門，戶口百萬，北帶强胡，西鄰勁蜀，經略險阻，周旋萬里。得賢則中原可定，勢弱則社稷同憂。[12]

沈約《宋書》亦云：

> 江左以來，樹根本於揚越，任推轂於荊楚。[13]

《南齊書・州郡志》又云：

> 江左大鎮，莫過荊、揚。弘農郡陝縣，周世二伯總諸侯，周公陝東，召公陝西，故稱荊州為陝西也。[14]

顯然荊州在南朝的地位較諸三國孫吳時期更爲重要。除了繼續捍衞西方門戶之外，至此已更進一步達到和揚州、建康並列的地位。

荊、揚之爭係由永昌元年（西元三二二年）的王敦之亂揭開序幕，隨後幾乎與長達一百年的東晉王朝共始終。歷任刺史有王廙、王含、王舒、陶侃、庾亮、庾翼、桓溫、桓豁、桓沖、桓石民、王忱、殷仲堪、桓脩、桓玄、桓偉、桓石康、司馬休之、魏詠之、劉道規、劉毅、司馬休之、劉道憐、劉義隆，計二十四任二十二人。其中以陶侃、庾氏兄弟及桓氏家族對荊州政局影響最深。桓氏家族的桓玄甚至演出東下篡位之舉。

宋武帝劉裕以北府軍的力量篡晉即位之後[15]，曾經推行三項政策，企圖削弱荊州的勢力：(1)限制荊州將吏之數目，使不得自由擴展武力。(2)分割荊州另立新州，以縮小其轄區。(3)以宗室出鎮荊州，以防異姓二心[16]。其中第三項對南朝文學有極大的影響，由於限定以宗室出鎮荊州，也因此使得南朝許多優秀的文人跟隨諸王出鎮至此的機會大增，如謝朓之於蕭子隆；孔稚珪之於蕭遙欣，劉峻之於蕭秀；劉之遴、顏之推、徐君蒨諸人之於蕭繹，均是因此機緣而西入荊州。至於第⑵項，則使得荊州在劉宋之後，分割出雍州來。

雍州在南朝中期開始躍爲舞臺要角。齊永明十一年，北魏太和十七年（四九三），由於孝文帝遷都洛陽，雍州頓時成爲南北兵家要衝；齊永元三年（五〇一）蕭衍又以雍州刺史的權勢發兵襄陽，開創梁朝天下，爾後雍州地位日形險重。但是事實上雍州在地理形勢上和荊州原屬一體。《宋書・地理志・雍州條》云：

> 雍州刺史，晉江左立。胡亡氐亂，雍、秦流民多南出樊、沔，晉孝武始於襄陽僑立雍州，並立僑郡縣。宋文帝元嘉二十六年，割荊州之襄陽、南陽、新野、順陽、隨五郡為雍州。⑰

《南齊書・州郡志・雍州條》亦云：

> 宋元嘉中，割荊州五郡屬，遂為大鎮⑱

而雍州在蕭梁時期，由於簡文帝蕭綱在鎮八年，也因此成爲研究南朝文學必須關注的據點之一。

今試據史傳可考者，將南朝出鎮荊雍兼又雅好風雅的府主及其史富文名的僚佐列表如下：

府主	文人	籍貫	歷職荊雍官稱 州	歷職荊雍官稱 府	史書出處
庾亮	殷浩	陳郡長平	征西記室參軍		《晉書本傳》2043
	孫綽	太原中都	征西參軍		《晉書本傳》1544
	王胡之	琅邪臨沂	征西記室參軍		《世說新語・企羨篇》
	王羲之	琅邪臨沂	①征西參軍 ②征西長史		《晉書本傳》2093
桓溫	范汪	順陽山陰	安西長史		《晉書本傳》1982
	謝奕	陳郡陽夏	安西長司馬		《晉書・謝安傳・附謝奕傳》2080
	孫盛	太原中都	安西參軍		《晉書・本傳》2147
	謝安	陳郡陽夏	征西司馬		《晉書・本傳》2072
	郝隆	不詳		征西參軍	
	羅含	桂陽耒陽	別駕	征西參軍	《晉書・本傳》2403
	孟嘉	江夏鄳縣		①征西參軍 ②從事中郎 ③長史	《晉書・本傳》2580

	王珣	琅琊臨沂		大司馬參軍	《晉書・本傳》1756
	郗超	高平金鄉		大司馬參軍	《晉書・郗鑒傳・附郗超傳》1803
	習鑿齒	襄陽	①從事 ②西曹主簿 ③別駕		《晉書・本傳》2152
	王坦之	太原晉陽		大司馬長史	《晉書・王湛傳・附王坦之傳》1964
	袁宏	陳郡陽夏		大司馬記室	《晉書・本傳》2391
	伏滔	平昌安丘		大司馬參軍	《晉書・本傳》2399
	顧愷之	晉陵無錫		大司馬參軍	《晉書・本傳》2404
	王徽之	琅邪臨沂		大司馬參軍	《晉書・本傳》2103
劉義慶	何長瑜	東海		平西記室參軍	《宋書・謝靈運傳・附向長瑜傳》1775
劉子頊	鮑照	東海		平西前軍參軍	《宋書・本傳》1477
蕭子隆	張欣泰	竟陵		鎮西中兵參軍（南平內史）	《南齊書・本傳》881

	庾於陵	新野	主簿		《梁書·本傳》	689
蕭子隆	王秀之	琅邪臨沂		鎮西長史(南郡太守)	《南齊書·本傳》	799
	謝朓	陳郡陽夏		鎮西功曹參軍	《南齊書·本傳》	825
	蕭衍	南蘭陵		鎮西諮議參軍	《金樓子·興王篇》	
蕭遙欣	孔稚珪	會稽山陰		平西長史(安郡太守)	《南齊書·本傳》	835
蕭秀	劉峻	平原平原		平西戶曹參軍	《梁書·本傳》	701
	王僧孺	東海郯縣		安西參軍	《梁書·本傳》	469
	庾仲容	潁川鄢陵		安西中記室參軍	《梁書·本傳》	723
	謝徵	陳郡陽夏		安西法曹	《梁書·本傳》	718
	阿遜	東海郯縣		安西參軍事	《梁書·本傳》	693
蕭綱	徐摛	東海郯縣		晉安王諮議參軍	《梁書·本傳》	446
	劉孝儀	彭城		安北功曹史	《梁書·本傳》	594
	劉孝威	彭城		①安北法曹 ②主簿	《梁書·劉孺傳·附劉孝威傳》	595

蕭繹				
劉孝陵	彭城		安北諮議參軍	《梁書‧劉孺傳‧附劉孝陵傳》
臧嚴	東莞莒縣		①西中郎錄事參軍 ②安西錄事參軍	《梁書‧本傳》718
王籍	琅邪臨沂		安西諮議參軍	《梁書‧本傳》713
宗懍	江陵	別駕		《周書‧本傳》759
劉杳	平原平原	平西諮議參軍		《梁書‧本傳》714
劉之遴	南陽涅陽		西中郎長史（南郡太守）	《梁書‧本傳》572
劉之亨	南陽涅陽		安西長史（南郡太守）	《梁書‧劉之遴傳‧附劉之亨傳》574
徐君蒨	東海郯縣		鎮西諮議參軍	《南史‧徐緄本傳‧附徐君蒨傳》441
顏勰	琅邪臨沂		鎮西諮議參軍	《北齊書‧本傳》617
周弘直	汝南安城		錄事諮議參軍	《陳書‧周弘正傳‧附周弘直傳》310
殷不害	陳郡長平		鎮西記室參軍	《陳書‧本傳》424

蕭繹	劉璠	沛國沛縣		鎮西諮議參軍	《周書・本傳》761

四

南朝文人經由府官系統出仕荆雍一事，在文學上的首要意義是：南北文人因此而有赴身南北要塞的戰地經驗。論者嘗謂唐代邊塞詩的興盛當歸諸於唐代詩人「累佐戎幕」。事實上這種赴邊親臨烽火的機會，南朝詩人早已捷足先登：孔稚圭據《南齊書・本傳》所載，於建武初（四九四）爲冠軍將軍蕭遙欣平西長史，直至永元元年（四九九）方爲都官尚書。這段時期正是北魏孝文帝遷都洛陽，蕭齊海陵崩殂「宏聞高宗踐阼非正，既新移都，兼欲大示威力」之際。所以孔稚珪在這一段時期最起碼親臨兩次大規模的戰役，一次在建武元年至二年之間（四九四～四九五），一次在建武四年至永泰元年之間（四九七～四九八）。其中第二次之役，南齊沔北五郡還一度陷魏⑲。孔稚珪就是在這親身的經歷史寫下一篇有名的「誘和表」：

> 匈奴為患，自古而然，雖三代知勇，兩漢權奇，籌略之要，二塗而已。一則鐵馬風馳，奮威沙漠；二則輕車出使，通驛虜廷。……搉而言之，優劣可覩。……建元之初，胡塵犯塞，永明之始，復結通知，十餘年間，邊候且息。……興師十萬，日費千金，五歲之費，寧可貲計。陛下向惜匹馬之驛，百金之賂，數行之詔，誘此凶頑，使河塞

> 息肩，關境全命，蓄甲養民，以觀彼敝。……陛下用臣之啓，行臣之計，何憂玉門之下，而無款塞之胡哉！⑳

觀其寫景用語，恍若置身漢代大漠風沙之中，因此孔稚珪的那首「白馬篇」之能夠描寫出邊塞蕭瑟之氣，恐怕就不光只是憑模擬漢魏樂府古題就能寫出來，詩人在荊州的烽火經驗應該是不可或缺的原因。劉峻據《梁書・本傳》云：「安成王秀好峻學，及遷荊州，引爲戶曹參軍」，今考諸「安成王本傳」得知，蕭秀於天監七年出鎮荊州，至十一年徵爲侍中，劉峻隨秀在荊應在這段時期間。天監七、八年之間，南北正有義陽之爭，安成王秀還有遣兵赴援之舉㉑，可見劉峻也必然捲身戰鼓，無怪乎其「出塞」一詩寫來遒勁有力。其他像劉孝儀爲安北曹史，劉孝威爲安北法曹，劉孝陵爲安北諮議參軍，也必然跟隨蕭綱在雍州守邊遍聽胡笳。因爲蕭綱自己就曾自述其他鎮雍州的親身感受：

> 伊昔三邊，久留四戰，胡霧連天，征旗拂日，時聞塢笛，遙聽塞笳，或鄉思悽然，或雄心憤薄。㉒

根據「梁書・簡文帝本紀」，蕭綱「在襄陽拜表北伐，遣長史柳津，司馬董當門，壯武將軍杜懷，振遠將軍曹義宗等衆軍進討……」可知蕭綱在雍州八年，的確置身「胡霧」、「塞笳」之間，爲其僚佐者豈能不共主患難併肩禦敵乎？

綜合以上所述，可以得知南朝文人並非全部生於深宮之中。由於特殊的府官系統，促使其有許多機會遊仕各地。而荆雍又爲南朝重鎭，形勢險要，文人至此大都親睹南北烽火之爭。明乎此，就可以說明南朝爲何出現兩百多首邊塞詩的原因㉓，也可以解答大陸學者閻采平對梁陳諸文人並未有從軍邊塞的生活卻又偏能寫出邊塞詩的困惑㉔。

五

隨府主出鎭的制度，除了帶給南朝文人烽火經驗之外，更帶來行山涉水的機會。《世說新語・嘗譽篇》云：「孫與公爲庾公參軍，共游白石山。」《世說新語・容止篇》云：「庾太尉在武昌，秋夜氣佳景清，使吏殷浩、王胡之之徒登南樓理詠」㉕。《南齊書・謝朓傳》亦云：「子隆在荆州好辭賦，數集僚友，朓以文才，尤被賞愛，流連晤對，不捨日夕」。俱見府主僚佐徜徉山水吟詠賦作之樂。因此南朝山水詩的發展，和府官制度應有密切的關係。蕭繹爲府主嘗有〈登江州百花亭懷荆楚詩〉云：

極目纔千里，何由望楚津。落花灑行路，垂楊拂砌塵。柳絮飄晴雪，荷珠漾水銀，試酌新春酒，遙勸陽臺人。㉖

此詩係蕭繹在鎭守荆州十四年，轉江州刺史時懷念舊地之作。陰鏗亦寫就一首極出色的相應之作，〈和登百花亭懷荆楚詩〉云：

> 江陵一柱觀，潯陽千里潮。風煙望似接，川路恨成遙。落花輕未下，飛絲斷易飄。藤長還依格，荷生不避橋。陽臺可憶處，唯有暮將朝。㉗

二人這種「極目千里，風煙似接」的兩地情懷寫來動人。江陵在荊州，潯陽在江州，兩地相隔千里，遙遙相望，卻有風煙相接，不斷如續。山水寫景至此，氣勢確是開前人所未有。唐人王勃的「城闕輔三秦，風煙望五津」，杜甫的「瞿塘峽口曲江頭，萬里風煙接素秋」的千古名句，就是傳摹於此。據《陳書・陰鏗傳》云：「釋褐梁湘東王法曹參軍」㉘，顯然陰鏗應是隨蕭繹東西移鎮，飽看山水之士。這種千里山水的寫法和名士在家居四周精工細琢山水的格局截然不同。是一種四方行旅，過盡千山萬水的動感。隨府主出鎮正好具備了這項條件。

鮑照一生跟隨劉義慶至江州、南兗州，又隨劉義季至徐州，再隨劉濬出鎮京口，最後又隨劉子瓊至荊州㉙。其〈陽岐守風〉一詩，卽寫江陵景色：

> 差池玉繩高，掩藹瑤井沒。廣岸屯宿陰，縣崖棲歸月。役人喜先馳，軍令申早發。洲迴風正悲，江寒霧未歇。飛雲日東西，別鶴方楚越。塵衣孰揮澣，蓬思亂光髮。㉚

首句由天際玉繩星辰遙寫而下，逐步描出「廣岸屯宿陰，懸崖棲歸月」宇宙蒼茫森冷之景，層次分明。「洲迴風正悲，江寒霧未歇」則藉景抒情，盪人心魄。方東樹評此詩云：「直書卽目，與象華妙，清警開小謝，沈鬱緊健開杜公」㉛。鮑照另一詩作〈發長松遇雪〉云：

「土牛既送寒，冥凌方淶馳。振風搖地局，封雪滿空枝。江渠合爲陸，天野浩無涯。」㉜其中「江渠合爲陸，天野浩無涯」亦可謂善寫荊州遼濶之景。鮑照作品一洗劉宋詩人鉛華，和其超乎他人的閱歷有極大關係。

謝朓山水詩中膾炙人口的名句「大江流日夜，客心悲未央」，係出自〈暫使下都夜發新林至京邑贈西府同僚〉詩。詩云：

> 大江流日夜，客心悲未央。徒念關山近，終知返路長。秋河曙耿耿，寒渚夜蒼蒼。引領見京室，宮雉正相望，金波麗鳷鵲，玉繩低建章。驅車鼎門外，思見昭丘陽。馳暉不可接，何況隔兩鄉。風雲有鳥路，江漢限無梁。常恐鷹隼擊，時菊委嚴霜。寄言罻羅者，寥廓已高翔。㉝

此詩係朓隨蕭子隆出鎮荊州受讒而被敕回京城途中所作。首句「大江流日夜，客心悲未央」落筆卽有千古滄桑的悲壯之情。「秋河曙耿耿，寒渚夜蒼蒼」在大靜止的景色中掩抑心中的大激動。「風雲有鳥路，江漢限無梁」藉鳥翔高空，舟入江漢的大景色妙盡心中的大自在。所以方東樹評曰：「一起興象千古，非徒起調云爾也，若云悲之未央，似江流無已時，比而興也」㉞。荊州自東晉以來就和揚州東西並峙，故雖爲南朝大鎭，但亦最受朝廷猜防，已詳前文，直至蕭衍時方對諸王撤其猜忌之心㉟。所以謝朓一旦被讒敕回，其鬱鬱之志，猝然與山水相遇，而有悲愴客心與大江常流鮮明對照的慷慨頓挫之作，大開山水詩的格局規模。

江淹隨建平王劉景素至荊州，其「望荊山詩」云：「奉義至江漢，始知楚塞長。南關繞桐柏，西嶽出魯陽。寒郊無留影，秋日懸清光……」，「秋至懷歸詩」云：「悵然集漢北，還望岨山田。沄沄百重壑，參差萬里山。楚關帶秦隴，荆雲冠吳煙。草色斂窮水，木葉變長川。秋至帝子降，客人傷嬋娟……」[36]則能以他鄉羈客的心境描寫荆州的歷史掌故及飄泊羈旅之感。

由以上數例可以看出：南陽文人隨府主出鎮，的確給南朝方興未艾的山水詩注入新的生命。由於府官僚佐不限藉貫，文人所面對的山水均是異地風物，加以文人頻頻隨府主遷鎮，所以其所寫山水新鮮可喜，景觀變動的幅度也大；另方面各地山水也因此得以獲得文人的品題。《四庫全書總目提要》云：「自古名山大澤，秩祀所先，但以表望封圻，未開品題名勝，逮典午而後，遊迹始盛，六朝文士，無不託興登臨」[37]，六朝之際所以能夠「遊迹始盛」，不得不把府官系統這項文人四方仕遊的管道考慮在內，山水靈秀之氣，因此終能自蒼莽洪荒之中進入人文歷史的舞臺。

六

荆雍地帶由於是南朝的重鎮，長期以來人才鼎盛，也成爲僅次於揚州京城的文學重鎮。由日人森野繁夫所列的南朝文學集團當中，幾乎有將近一半的活動地點係在荆雍地帶[38]。這項傳統到了蕭綱時期，更造成了蕭梁文風一次關鍵性的演變。

昭明太子自小就接觸儒家經典。「三歲受孝經、論語，五歲遍讀五經」，六歲出居東宮以後，更接受完整的儲君教育，因此造就其「寬和容衆，喜慍不形於色」的雍容大度。其文學品味也近乎文質彬彬的典正之音。其〈答湘東王求文集〉及《詩苑英華》書中卽云：

> 文夫典則累野，麗亦傷浮。能麗而不浮，典而不野，文質彬彬，有君子之致。吾嘗欲為之，但恨不逮耳。[39]

因此在昭明太子三十一歲墜船而薨之前的梁初中央文風，大致都以典正爲主。但是在一個以蕭綱爲主的文學集團卻在遠離建康城之外的雍州別開天地。

蕭綱的年紀只比蕭統小兩歲，生於天監二年。但是由於蕭統在天監元年就已立爲太子，所以蕭綱從小就未被科範以東宮教育的要求。一直到中大通三年（五三一），因昭明太子薨，而被立爲太子，時蕭綱已經二十九歲，其性情及文學見解早已在雍州時期趨於定型。

雍州時期的蕭綱正是二十一歲至二十七歲的青年階段，一方面由於沒有東宮身份的拘限，一方面由於雍州距離京師遙遠，可以不受中央各方面的節制，因此蕭綱得以從容樹立其文學集團的特色。今觀其追憶與劉孝陵在荆州吟詠之事，可以得知蕭綱文學集團平日在外藩〈言志賦詩〉的盛況：

> 吾昔在漢南，連翩書記，及忝朱方，從容坐首。良辰美景，清風明月，鷁舟乍動，朱鷺徐鳴，未嘗一日而不追隨，一時而不會遇。酒闌耳熱，言志賦詩，校覆忠賢，搉揚文史，益者三友，此實其人。[40]

此係蕭綱在天監十三年時，一度出爲荆州刺史在漢南的文學生活寫照，而其在雍州期間更繼續挻攬文人。《南史・庾肩吾傳》云：

> （庾肩吾）在雍州被命與劉孝威、江伯搖、孔敬通、申子悅、徐防、徐摛、王囿、孔鑠、鮑至等十人，抄撰衆籍，豐其果饌，號高齋學士。41

高齊十學士中，除庾肩吾、徐摛、劉孝威以外，其餘七人生平已不可考42。《梁書・庾肩吾傳》亦有類似的記載：

> 初，太宗在藩，雅好文章士，將肩吾與東海徐摛、吳郡陸杲、彭城劉遵、劉孝儀、儀弟孝威，同被賞接。43

以上除陸杲恐係陸罩之誤，其他諸人均曾歷雍州府佐。這些雍州的文士在蕭綱繼爲太子後，也都跟隨左右。目前雖然沒有資料證明蕭綱文學集團在雍州時期的文學主張，卻可以看到蕭綱自己寫作的〈雍州十曲〉。

〈雍州十曲〉目前只留下〈南湖〉〈北渚〉〈大堤〉三首，係寫襄陽作爲長江沿岸商業城市的另一面貌。〈南湖〉云：「荷香亂衣麝，橈聲送急流」；〈北渚〉：「好值城傍人，多逢蕩舟妾」；〈大堤〉云：「宜城斷中道，行旅極留連。出妻工織素，妖姬慣數錢」，的確是極盡聲色之娛。這類風格的作品在《昭明文選》中是不可能被接受，但是蕭綱僚佐徐陵所編的《玉臺新詠》卻以皇太子之名收入。所以其一旦入主東宮，立刻對京師文風表示不滿：

此見京師文體，懦鈍殊常，競學浮疎，爭為闡緩。玄冬修夜，思所不得，既殊比興，正背風騷。若夫六典三禮，所施則有地；吉凶嘉賓，用之則有所。未聞吟詠情性，反擬內則之篇；操筆寫志，更摹酒誥之作。遲遲春日，翻學歸藏，湛湛江水，遂同大傳。44

顯然蕭綱在雍州時期必然早已形成異於京師集團的文學品味45。再者一向跟隨其身邊的徐摛的文學主張：

摛幼而好學，及長，遍覽經史，屬文好為新變，不拘舊體。……摛文體既別，春坊盡學之，「宮體」之號，自斯而起。46

所以《隋書·文學傳論》云：

梁自大同之後，雅道淪缺，漸乖典則，爭馳新巧。簡文湘東，啓其浮放……47。

「宮體」「新變」是否該當「淫放」之罪，此處暫不論，但是隋書此段文字顯然認為在「大同」之前蕭梁尚有「典則」可言。《梁書・庾肩吾傳》亦云：

> 及(太宗)居東宮，又開文德省，置學士，肩吾子信，摛子陵，吳郡張長公，北地傅弘，東海鮑至等充其選。齊永明中，文士王融、謝朓、沈約文章始用四聲，以為新變，至是轉拘聲韻，彌尚麗靡，復踰於往時。㊽

這段記載有兩點極需注意之處：㈠文中先云「齊永明中」王融、謝朓、沈約始用四聲以爲新變事，繼又云「至是」麗靡踰於往時。據此可知由永明末歷經梁初至中大通三年，這卅幾年間，「新變」之風曾經受挫於京城，一直到蕭綱入主東宮，新變之風才捲土重來。郭紹虞曾將齊末梁初這種現象解釋爲「復古詩想之萌芽」，並以劉勰爲重鎭㊾。但是眞正有具體力量足以扼止永明新變之風的，主要應該是來自昭明東宮集團的文學作風。㈡文中所述徐摛子徐陵也是由雍州入東宮的重要人物。普通二年，徐摛爲蕭綱平西將軍，寧蠻校尉諮議時，陵即爲寧蠻府軍事。由此可見蕭綱東宮集團的一切作爲，實爲雍州時期的延續。

因此蕭綱在雍州時期的府官僚佐的確能在昭明東宮集團籠罩建康文壇之際，在京外重鎭厚養另一風格迥異的文學集團，改變了梁代中期以後的文風。

七

綜合以上所述可知：南朝這種州府僚佐雙軌仕的地方制度，的確在無形中影響著南朝文學的發展。生活經驗是文學創作極重要的泉源。南朝文人較兩漢文人較幸運的關鍵在於：兩漢的地方官僚佐限定要本籍貫的人士，使得大多數的文人無法像南朝文人一般有較多行遍天下的機會，相對地也使其作品較缺少個人的經驗。長城戰役雖盛於兩漢，但文人赴邊者少，反倒是南朝文人卻出乎一般文學研究者的意料，有許多赴邊的機會。邊塞詩形成於南朝對於解釋中國詩歌史的發展有著結構性的地位。因此文人經驗的追踪是極重要的。山水詩的形成本來是由「求仙」「隱逸」而來，但是文人隨府出鎭卻給山水的寫作帶來新的視野，另方面也給各地山水帶來品題的機會㊿。本文因爲局限於以荆雍地帶爲主，其實江州廬山、揚州會稽更多遊仕文人的踪跡，故未及討論。荆雍西陲重鎭，不但對南朝政治有著深遠的影響，對於文學風潮也能遙相激盪。蕭綱就是以雍州文學集團而對梁代詩風產生重大的轉變，凡此關鍵，皆可於南朝地方僚佐制度中探得消息。

註釋：

❶ 嚴耕望《中國地方行政制度史、卷中、魏晋南北朝地方行政制度》一書對此論之甚詳。中央研究院史語所專之四十五、臺北，一九六三。

❷ 此處職稱採用《宋書、百官志》之說。《南齊書、百官志》爲「州置別駕、治中、議曹、文學、祭酒、諸曹、部從事」。《隋書、百官志》述梁之州吏爲「州置別駕治中從事各一人。主簿、西曹、議曹從事、祭酒從事，部傳從事、文學從事」。皆無太大出入。

❸ 其名稱出入情形和州佐吏相同，此需用《南齊書》所載。

④見嚴書，上編，卷中之上，第三章〈州府僚佐〉頁一五二。

⑤漢代首創此制。見嚴耕望《中國地方行政制度史、卷上、秦漢地方行政制度》，第十一章〈籍貫限制〉。

⑥《晉書·地理志下》，鼎文版頁四五五、四五七。

⑦《梁書·庾黔婁傳》：「庾黔婁字子貞，新野人也」。頁六五〇。

⑧據《南齊書·州郡下》，新野郡已入雍州，但庾於陵卻爲荆州主簿，此處可見荆州、雍州在當時的界限並不嚴格。

⑨見《晉書·地理志》。頁四五三～四五四。

⑩《三國志·甘寧傳》。頁一二九二。

⑪同前書〈魯肅傳〉。頁一二六九。

⑫《晉書·何充傳》。頁二〇三〇。

⑬《宋書·何尚之傳·史臣曰》。頁一七三九。

⑭《南齊書·州郡志》。頁二七四。

⑮詳參吳慧蓮《東晉劉宋時期之北府》，第五章〈北府對政局的影響〉，頁一五七～一六六。臺灣大學文史叢刊，一九八五，六月。

⑯詳參傅樂成〈荆州與六朝政局〉。收入《漢唐史論集》，臺北、聯經出版事業公司，一九七七、九月。

⑰《宋書、州郡志·雍州條》。頁一一三五。

⑱《南齊書、州郡志、雍州條》。頁二八二。

⑲見《資治通鑑》卷一百四十一〈明帝建武四年〉。世界書局版，頁四四一二～四四一六。

⑳《南齊書·孔稚珪傳》。頁八三八。

㉑《梁書・安成王傳》。頁三四三～三四四。

㉒蕭綱〈答張纘謝示集書〉，張溥《百三名家集，梁簡文節集》，頁三三八三。臺北，文津出版社影印。

㉓詳參拙作〈邊塞詩形成於南朝論〉。收入《古典文學》第十集，臺北，一九八八年十二月。按本文係一九八八年十月八日第九屆古典文學會議宣讀之論文。

㉔閻采平〈梁陳邊塞樂府論〉一文甚有見地，但對於南朝文人的邊塞生活經歷總是囿於傳統見解無法突破。閻文發表於《文學遺產》一九八八年第六期，北京中國社科院文學研究所，十二月。

㉕據余嘉錫《世語新語箋疏》，頁四七八。頁六一八。

㉖據逯欽立《先秦漢魏晉南北朝詩》，〈梁詩〉卷二十五，頁二〇四九。

㉗同前書，〈陳詩〉卷一，頁二四五一。

㉘《陳書、陰鏗傳》，頁四七二。

㉙據錢振倫《鮑參軍集注》所附年表，臺北、木鐸出版社，一九八二、二月。

㉚據同前書，頁三二二。

㉛據汪師雨盦編《方東樹評古詩選》，頁二〇三。臺北、聯經出版社，一九七五、五月。

㉜按，「土牛既送寒，冥凌方浹馳」，諸本皆誤。有作「奠陵」者，有作「冥陸」者，其義難通。錢振倫《鮑參軍集注》據《楚辭、大招》：「冥凌浹行」，王逸注：「冥，玄冥，北方之神也。凌，猶馳也。浹，徧也。」訂爲「冥凌」。此處承洪順隆先生提示，據以修正，特此致謝。

㉝據同註㉖，頁一四二六。

㉞同註㉛，頁二二〇。

㉟同註⑯。

㊱同註㉖，頁五五七～一五五八。

37 《四庫全書總目提要・徐霞客遊記》，商務印書館，萬有文庫薈要，臺北，一九六五。

38 見森野繁夫《六朝詩の研究》，第一、二章。日本，第一學習社，一八七六。並詳參拙作《荆雍地帶與南朝詩歌關係之研究》，第三章，第一節。臺大博士論文，一九八七、十二月。

39 據《兩漢魏晉南北朝文學批評資料彙編》，頁二五三。臺北，成文出版社。一九七八、九月。

40 《梁書・劉遵傳》，頁五九三。

41 《南史・庾肩吾傳》，頁一二四六。

42 據劉漢初之說。見氏著《蕭統兄弟的文學集團》，第三章，第一節，頁八十七。臺大中文研究所碩士論文，一九七五，六月。

43 《梁書・庾肩吾傳》，頁六九〇。

44 同註39，頁二四五。

45 採劉漢初之說。見同註42，第三章。

46 《梁書・徐摛傳》，頁四四六～四四七。

47 《隋書・文學傳論》，頁一七三〇。

48 同註42。

49 見氏著《中國文學批評史》，第四篇，第二章，第六節〈劉勰與復古思想之萌芽〉，臺北，明倫出版社，一九七二年。

50 王國瓔《中國山水詩研究》一書嘗以「求仙與山水」，「隱逸與山水」，「遊覽與山水」三項條件說明山水詩形成的條件。本文所論正可與「遊覽與山水」一項中有力的證據。參見氏書，第二部分〈中國山水詩的發展〉，頁八一～一二〇。臺北，聯經出版，一九八六年。

唐代胡人識寶藏寶傳說

王國良

壹、引　言

國人看重寶物的情況，在《周禮》、《管子》、《淮南子》……等古籍中，早已有所論列；其產地，則中國與四裔並有之❶。迨及漢武帝派張騫通西域、身竺等地，東漢明帝再遣班超遠使諸國，中亞、西亞所出各種稀奇罕見物品，便源源不絕地輸入；異邦的使節、賈客，也隨著履迹中土❷。

魏晉南北朝時代，雖然政治上擾攘紛亂，但與西域及南海諸國的交流關係，未嘗中斷❸。各國官商，或奉命覲見進貢，或從事私人貿易，攜來的物類名目，日有增加。其中，不少東西被國人視爲奇珍異寶。此時，對來華外僑（胡人）熟悉並能鑑別寶物的說法，逐漸流傳開來。及至隋唐，胡人識寶聚寶的觀念，已然深人民心，並且成爲一種普遍的意識了。

有關西域胡人識寶藏寶的種種傳聞，在隋朝以前的載籍上很少出現❹；而在唐代，則集中於當時文人的各種雜記稗史，不一而足。在比較著名常見的唐人筆記或傳奇小說，如：王度《古鏡記》、牛肅《紀聞》、戴孚《廣異記》、牛僧孺《玄怪錄》、薛用弱《集異記》、李復言《續玄怪錄》、段成式《酉陽雜俎》、溫庭筠《乾𦠆子》、裴鉶《傳奇》、張讀《宣室志》、盧肇《逸史》、蘇鶚《杜陽雜編》,段安節《樂府雜錄》,杜光庭《神仙感遇傳》、《仙傳拾遺》、劉崇遠《金華子雜編》……等,都收錄了此類廣泛流佈於社會上的傳說故事。

唐代以後,胡人識寶的傳說內容不斷發展、演變;流傳的地域,也由長安、洛陽和胡商羣集的東南沿海一帶,擴及全中國;時間則從宋、元、明、清延續至近代,直到今天,這類民間故事仍然時有所聞❺。

本論文限於時間和精力,僅將討論的焦點集中在承先啓後、又最具創發性的唐代。餘容後敍。

貳、胡人識寶傳說興盛的背景

西域胡人識寶傳說在唐代大爲流行,絕非偶然。一般而言,實有其交政、政治、經濟、文化諸方面的歷史條件。

㈠ 交通方面:唐代國際貿易興盛,當時與西域的交通,主要分成:西北的陸路、東南的海道兩大路線。陸路的交通,以敦煌爲出發點,分爲三道:北道從伊吾,經蒲類海、鐵勒部,突厥可汗庭,渡北流河水,至拂菻國,達於西海(今地中海);中道自高昌、焉耆、龜玆、疏勒,越葱嶺,經拔汗那、昭武九姓地至波斯,達於西海;南道從鄯善、于闐、朱俱波、喝盤陀,度葱嶺,經吐火羅,至北婆門,達於西海❻。海道則以廣州爲出發點,經南洋諸國而達師子國（今錫蘭島）、婆羅門，再經波斯灣東西岸，至大食國❼。交通的發達，當然對中西經濟、文化的交流，提供了有利的條件。

㈡政治方面；唐朝國力強盛，疆域遼濶。在它極盛時，西部邊陲一直拓展到今日的中亞和西亞。這就使大唐帝國一度與波斯接壤，各國紛紛派遣使節來華朝貢，攜來不少該國特產，尤其是名貴物品，間接助長國人對寶物的高度關切與盛趣。

㈢經濟方面；隨著諸國使者來華，不少胡人也經由海陸通道到中國經商貿易。波斯（大食）、罽賓、拂菻、康國出產的珍珠、寶石、翡翠、瑪瑙，以及高貴藥物、香料、奇禽異獸等，充斥吾國商場。上自達官要員，下至平民百姓，都有機會接觸到這些殊方遠人同寶物。

㈣文化方面；唐朝是一個在文化上比較開放的社會，更是一個各國各民族文化大交流的時代。當時中華文物東傳韓日，西輸中亞，遠播歐非，固然值得津津樂道；西域的音樂、舞蹈、繪畫、藝術品和民間文學，也絡繹輸入中土❽。在中外文學藝術交互影響的時空下，西域民間故事裏的某些情節，也多少會被移植到唐人的傳說中。

總之，唐時疆域遼濶，東西交通的發達，國際貿易的繁榮，再加上唐政府採取開明的民旋政策，自然使大量胡人進入中國各大城市，並且逐步定居下來。有唐一代，西域胡人投身政治、軍事、商業、宗教、藝術及其他種種活動，因而留名史册的，不在少數❾；還有更多不知名的人物，也在直接或間接地推動中西文化、經濟的交流。這種情況是西域胡人識寶傳說產生和廣爲流傳的主要背景，也是唐人說部中有關西域胡人的奇聞異事特別繁多的重要原因。

叁、胡人識寶藏寶傳說的類型

筆者目前所能捜集到的唐代西域胡人識寶傳說材料，不下三、四十則，大都出現在中、晚唐文士的說部上。就其內容而觀之，約可分成數種主要類型：

㈠ **望氣識寶型** 相傳寶物俱會發出精光，善於望氣者皆具未見珠寶而能斷定何人藏寶，何地藏寶的本事。如

(1) 唐開元天寶中，有崔書生，於東州邏谷口居，好植名花。暮春之中，英蕊芬鬱，遠聞百步。書生每初晨，必盥漱看之。忽有一女，自西乘馬而來，青衣老少數人隨後。女有殊色，所乘駿馬極佳。崔生未及細視，則已過矣。崔生乃於花下，先致酒茗樽杓，鋪陳茵席。乃迎馬首拜曰：「某性好花木，此園無非手植。今正植香茂，頗堪流眄。女郎頻日而過，計僕馭當疲，敢具單醪，以俟憩息。」女不顧而過。其後青衣曰：「但具酒饌，何憂不至！」女顧叱曰：「何故輕與人言！」崔生明日又先及，鞭馬隨之；到別墅之前，又下馬，拜請良久。一老青衣謂女曰：「馬大疲，暫歇無爽。」因自控馬，至當寢下。老青衣謂崔生曰。「君既未婚，予為媒妁可乎？」崔生大悅，載拜跪請。青衣曰：「事亦必定。後十五六日，大是吉辰，君於此時，但具婚禮所要，並於此備酒肴。今小娘子阿姊在邏谷中，有小疾，故日往看

省。向某去後，便當咨啓，期到皆至此矣。」於是俱行。崔生在後，即依言營備吉日所要。至期，女及姊皆到。其姊亦儀質極麗。送留女歸於崔生。崔生母在故居，殊不知崔生納室。崔生以不告而娶。但啓以婢媵。母見新婦之姿甚美。經月餘，忽有人送食於女，甘香殊異。後崔生覺母慈顏衰悴，因伏問几下。母曰：「有汝一子，冀得求全。今汝所納新婦，妖媚無雙。吾於土塑圖書之中，未曾見此。必是狐魅之輩，傷害於汝，故致吾憂。」崔生入室，見女淚涕交下曰：「本侍箕箒，望以終天。不知尊夫人待以狐魅輩。明晨即別。」崔生亦揮涕不能言。明日，女車騎復至。女乘一馬，崔生亦乘一馬從送之。入邏谷三十里，山間有一川，川中有異花珍果，不可言紀，館宇屋室，侈於王者。青衣百許迎拜曰：「無行崔郎，何必將來？」於是捧入，留崔生於門外。未幾，一青衣女傳姊言曰：「崔郎遺行，太夫人疑阻。事宜便絕，不合相見。然小妹曾奉周旋，亦當奉屈。」俄而召崔生入，責誚再三，詞辨清婉。崔生但拜伏受譴而已。後遂坐於中寢對食。食訖，命酒，召女樂洽奏，鏗鏘萬變。樂闋，其姊謂女曰：「須令崔郎却迴，汝有何物贈送？」女遂袖中取白玉盒子遺崔生，生亦留別。於是各鳴咽而出門。至邏谷口回望。千巖萬壑，無有遠路，因慟哭歸家。常持玉盒子，鬱鬱不樂。忽有胡僧扣門求食曰：「君有至寶，乞相示也。」崔生曰：「某貧士，何有是請？」僧曰：「君豈不有異人奉贈乎？貧道望氣知之。」崔生試出玉盒子示僧。僧起，請以百萬市之，遂往。崔生問僧曰：「女郎誰耶？」曰：「君所納妻，西王母第三女，玉巵娘子也。姊亦負美名於仙都，況復人間？所惜君納之不得久遠。若住得一年，君擧家不死矣。」（《太平廣記》卷六三

引《玄怪錄・崔書生》）

按：胡僧望氣而得知崔生持有異人所贈至寶——白玉盒子，遂扣門求見，並以百萬錢購之，雖事涉神奇，而理無不合也。

(2) 扶風縣之西南，有三寶村。故老相傳云：「建村之時，有胡僧謂村人曰：『此地有寶氣，而今人莫得之。其啓發將自有時耳！』村人曰：『是何寶也？』曰：『此交趾之寶，數有三焉。』故因三寶名其村。」蓋識其事。開成元年春，村中民夜夢一丈夫者，黑簪幘，被廣袂之衣，腰佩長劍，儀狀峻古。謂民曰：「吾嘗仕東漢。當光武時，與飛將馬公，同征交趾，嘗得南人之寶。其後馬公遭謗，以為多掠南貨，盡載以歸。光武怒，將命索其家。吾懼且及禍，故埋於此地。」言未訖而寤。民卽以所夢具告於隣伍中。是歲仲夏夕，雲月陰晦，有牧豎望見西京原下，炯然有光，若曳練焉，久而不滅。牧豎驚告其父，卽馳往視之，其光愈甚。至明夕亦然。於是里人數輩，俯而觀之。其光在土而出，若焰薪火。里人乃相與植準以表之，其明日，携鍤具，窮表之下。深約丈餘，得一金龜，長二寸許，製度奇妙，代所未識。又得寶劍一，長二尺有四寸。又得古鏡一，徑一尺餘。皆塵跡蒙然。里人得之，遂持以詣縣，時縣令沛國劉隨得之，發硎其劍，澹然若水波之色，雖利如切玉，無以加焉。其長二尺四寸者，蓋古以八寸為尺，乃古三尺。其鏡皆文跡繁會，有異獸環繞鏡鼻，而年代綿邈，形理無缺。乃命磨瑩。其清若上水之潔，真天下之奇寶也，縣令劉君曰：「此為古之珍玩，宜歸王府，可與天球和璧，焜燿於上庠。」遂緘滕其事，聞岐陽帥，願表獻天子。時陳君亦節度岐隴，得而愛之，因有其寶，由是人無知者。《太平廣記》卷四〇四引《宣室志・三寶村》）

按。胡僧因識寶氣，故預言日後時機一到，終將有人啓發埋藏於地下之三種寶物，其後果眞有奇寶出土，則功夫又進一層矣。

⑶ 司命君者，常生於民間，幼小之時，與唐元瓌同學。元瓌云：「君家世奉道，晨夕香燭，持高上消災經、老君枕中經，累有祥異。奇香瑞雲，生於庭宇。母因夢天人滿空，皆長丈餘，麾旆旌蓋，蔭其居宅，有黃光照其身，若金色。因孕之而生。生卽張目開口，若笑之容。幼而穎悟，誦習詩書，元瓌所不及。十五六歲，忽不知所之，蓋遊天下尋師訪道矣。不知師何人，得神仙之訣。」寶應二年，元瓌為御史，充河南道採訪使，至鄭州郊外，忽與君相見。君衣服藍縷，容貌憔悴，元瓌深憫之。與語敍舊，問其所學。曰：「相別之後，但修眞而已。」邀元瓌過其家，留騎從於旅次相候，君與元瓌同往。引入市側，門巷低小，從者一兩人。纔入，外門便閉，從者不得入。第二門稍寬廣。又入一門，屋宇甚大。揖元瓌於門下，先入為席，良久出迎。元瓌見其容狀偉爍。可年二十許，雲冠霞衣，左右玉童侍女三十五輩，皆非世所有，元瓌莫之測。相引升堂，所設饌食珍美，器皿瑰異，雖王者宴賜，亦所不及。徹饌命酒，君與妻同坐，乃曰：「不可令侍御獨坐。」卽召一人，

坐於元環之側。元環視之，乃其妻也。奏樂酣飲，既醉各散，終不及相問言情。遲明告別，君贈元環金尺玉鞭。出門行數里，因使人訪其處。無復踪跡矣。及還京。問其妻曾有異事乎？具言：「某日昏然思睡，有黑衣人來，稱司命君召。某便隨去。既至司命宮中，見與君同飲。」所見歷然皆同，不謬。後十年，元環奉使江嶺，又於江西泊舟，見君在岸上。邀入一草堂，又到仙境，留連飲饌。但音樂侍衞，稍多於前，皆非舊人矣。及散，贈元環一飲器，如玉非玉，不言其名。自此敍別，不復再見。亦不知司命所主何事？所修何道？品位仙秩，定何高卑？復何姓字耳。一日，有胡商詣東都所居，謂元環曰：「宅中有奇寶之氣，願得一見。」元環以家物示之，皆非也。乃出司命所贈飲器與商。起敬而後跪接之。捧而頓首曰：「此天帝流華寶爵耳。致於日中，則白氣連天，承以玉盤，則紅光照室。」即與元環就日試之。白氣如雪，鬱勃徑上，與天相連。曰：「夜更試之，此不謬矣。此寶太上西北庫中鎮中華二十四寶也。頃年已旋降。今此第二十二寶，亦不久留於人間，即當飛去。得此寶者，受福七世，敬之哉！」元環以玉盤承之，夜視紅光滿室。

（《太平廣記》卷二七引《仙傳拾遺・司命君》）

按：胡商詣元環居所，謂宅中有奇寶之氣。待示以司命君所贈如玉非玉之飲器，則起敬而後跪接，捧而頓首，此胡人敬禮寶之儀式也。既而斷定其器乃天帝流華寶爵，置於日中，則白氣連天；入夜，承以玉盤則紅光照室。試之，果如其言。奇哉！

其他，如《太平廣記》卷二三〇引《異聞集・王度》；卷四〇二引《宣室志・嚴生》；

卷四七六引《宣室志・陸顒》，也都有望氣識寶的情節出現，可以參看。

㈡ **覽物知異型** 凡人面對璞玉、銹劍等物，固然不易辨識其價值之高下，而有經驗的行家，卻一覽便知。苟叩其緣由，來歷，則如數家珍焉。如：

(1) 句容縣佐史能啖鱠至數十斤，恒食不飽。縣令聞其善啖，乃出百斤。史快食至盡，因覺氣悶。久之，吐出一物，狀如麻鞋底。縣令命洗出，安鱠所，鱠悉成水。累問醫人術士，莫能名之。令小吏持往揚州賣之，冀有識者。誡之：「若有買者，但高舉其價，看至幾錢？」其人至揚州，四五日，有胡求買。初起一千，累增其價，至三百貫文，胡輒還之，初無酬酢。人謂胡曰：「是句容縣令家物，君必買之，當相隨去。」胡因隨至句容。縣令問：「此是何物？」胡云：「此是銷魚之精，亦能銷人腹中塊病，人有患者，以一片如指端，繩繫之，置病所，其塊即銷。我本國太子，少患此病，父求愈病者，賞之千金。君若見賣，當獲大利。」令竟賣半與之。

(《太平廣記》卷二二〇引《廣異記・句容佐史》)

按：句容佐史所吐如麻鞋底狀物，善銷鱠肉，累問醫人術士，無能名之者。持往揚州，胡賈既見，謂係銷魚之精，亦能消人腹中塊病（瘕），可謂博聞廣識。

(2) 近世有士人耕地得劍，磨洗詣市。有胡人求買。初還一千，累上至百貫，士人不可。胡隨至其家，愛玩不捨，遂至百萬。已尅明日持直取劍。會夜佳月，士人與其妻持劍共視，笑云：「此亦何堪，至是貴價？」庭中有搗帛石，以劍指之，石卽中斷。及明，胡載錢至，取劍視之，嘆曰：「劍光已盡，何得如此？」不復買。士人詰之，胡曰：「此是破山劍，唯可一用。吾欲持之以破寶山。今光鋩頓盡，疑有所觸。」士人夫妻悔恨，向胡說其事。胡以十千買之而去。（《太平廣記》卷二三二引《廣異記・破山劍》）

按：胡人欲高價購買出土劍器，蓋以其能破寶山；士人不識其用途，以劍指搗帛石，光芒頓盡，遂如廢物，惜哉！由此更突顯了胡人識寶的特殊能力。

(3) 洛陽尉王琚，有孽姪小名四郎。孩提之歲，其母他適，因隨去。自後或十年五年至琚家，而王氏不復錄矣。唐元和中，琚因常調，自鄭入京，道出東都，方過天津橋。四郎忽於馬前跪拜，布衣草履，形貌山野。琚不識，因自言其名，琚哀愍久之。乃曰：「叔今赴選，費用固多。少物奉獻，以助其費。」卽於懷中出金，可五兩許，色如鷄冠。因曰：「此不可與常者等價也。到京，但於金市訪張蓬子付之，當得二百千。」琚異之，卽謂曰：「爾頃在何處？今復何適？」對曰：「向居王屋山下洞，今將往峨嵋山。知叔到此，故候拜覲。」琚又曰：「爾今停泊在何處？」對曰：「中橋逆旅席氏之家。」時方小雨，會琚不賫雨衣，遽去曰：「吾卽至爾居。」四郎又拜曰：「行李有期，恐不獲祇候。」。琚逕歸，易服而往，則已行矣。因詢之席氏。乃曰：「妻妾四五人，皆有殊色。至於衣服鞍馬。華侈非常。其王處士肩輿先行。云往劍南。」琚私奇之，然未信也。及至上都，時物翔貴，財用頗乏，因謂家奴吉兒曰：「爾將四郎所留者一訪之。」果有張蓬子，乃出金示之。蓬子驚喜，捧而叩顙曰：「何從得此？所要幾緡？」吉兒卽曰：「二百千耳！」蓬子遂置酒食，宴吉兒；卽依請而付。又曰：「若更有，可以再來。」吉兒以錢歸。琚大異之，明日自詣蓬子。蓬子曰：「此王四郎所貨化金也。西域商胡，專此伺買。且無定價，但四郎本約多少耳。逾則不必受也。」琚遂更不取焉。自後留心訪問，冀一會遇，終不復見之。（《太平廣記卷三五引《集異記・王四郎》）

按：張蓬子，不知何許人，經營黃金買賣，見王四郎所貨化金，捧而叩顙，卽付所要二百千（二十萬錢），蓋屬特約承購商之流。

其他，如《太平廣記》卷二四三引《乾𦠆子，竇乂》、卷三四〇引李景亮撰〈李章武〉、卷四〇〇引《廣異記・成弼》、卷四〇二引《廣異記》〈清泥珠〉、〈徑寸珠〉、卷四〇三引《宣室志・玉清三寶》、《廣異異・紫抹羯》、卷四二一引《宣室志・任項》、《廣異記・閬州莫徭》及《樂府雜錄・康老子》，並出現一覽卽知珍異的情節。

㈢ **觀寶禮讚型**　胡人對珠寶敬禮有加。每見貴重寶物，或跪接頓首，匍匐禮拜；或頂戴瞻仰。因敬寶而尊敬擁有貴寶的人士，甚至對得寶之地也敬重有加。如：

(1) 大安國寺，睿宗為相王時舊邸也。卽尊位，乃建道場焉。王嘗施一寶珠，令鎮常住庫，云：「值億萬。」寺僧納之櫃中，殊不為貴也。開元十年，寺僧造功德。開櫃閱寶物，將貨之。見函封曰：「此珠值億萬。」僧共開之。狀如片石，赤色，夜則微光，光高數寸。寺僧議曰：「此凡物耳，何得值億萬也？試賣之。」於是市中令一僧監賣，且試其疇直。居數日，貴人或有問者。及觀之。則曰：「此凡石耳！瓦礫不殊，何妄索直？」皆嗤笑而去，僧亦恥之。十日後，或有問者，知其夜光，或疇價數千。價益重矣。月餘，有西域胡人，閱市。求寶。見珠大喜，偕頂戴於首。胡人貴者也，使譯問曰：「珠價值幾何？」僧曰：「一億萬。」胡人撫弄遲迴而去。明日又至，譯謂僧曰：「珠價誠值億萬。然胡客久，今有四千萬求市，可乎？」僧喜，與之謁寺主。寺主許諾。明日，納錢四千萬貫，市之而去。仍謂僧曰：「有虧珠價誠多，不貽責也。」僧問胡：「從何而來？而此珠復何能也？」胡人曰：「吾大食國人也。王貞觀初通好，來貢此珠。後吾國常念之，慕有得之者，當授相位。求之七八十歲，今幸得之。此水珠也。每軍行休時，掘地二尺，埋珠於其中，水泉立出，可給數千人，故軍行常不乏水。自亡珠後，行軍每苦渴乏。」僧不信。胡人命掘土藏珠。有頃泉湧，其色清冷，流汎而出。僧取飲之，方悟靈異。胡人乃持珠去，不知所之。（《太平廣記卷四〇二引《紀聞·水珠》）

按：大食胡商見水珠大喜，乃頂戴於首，蓋胡俗也。因其珠靈異非常，故不覺有此敬禮之動作。

(2) 杜陵韋弇，字景昭。開元中，舉進士第，寓遊於蜀。蜀多勝地。會春末，弇與其友數輩，為花酒宴，雖夜不殆。一日，有請者曰：「郡南去十里，有鄭氏亭。亭起苑中，真塵外境也。願偕去。」弁聞其說，喜甚，遂與俱南。出十里，得鄭氏亭。端空危危，橫然四峙；門用花闢，砌用煙矗。弁望之不暇他視，真所謂塵外境也。使者揖弁入。既入，見亭上有神仙十數，皆極色也。凝立若佇，半掉雲袂，飄飄然。其侍列左右者，亦十數。紋繡杳眇，殆不可識。有一人望弁而語曰：「韋進士來。」命左右請上亭。斜欄層去。既上且拜，羣仙喜曰：「君不聞劉阮事乎？今日亦如是。願奉一醉，將盡春色。君以為如何？」弁謝曰：「不意今日得為劉阮，幸何甚哉！然則次為何所？女郎又何為者？願一聞知。」羣仙曰：「我玉清之女也，居於此久矣。此乃玉清宮也。向聞君為下第進士，寓遊至此，將以一言奉請。又懼君子不顧，且貽其辱，是以假鄭氏之亭以命君。果副吾志。雖然，此仙府也。雖云不可滯世間人，君居之，固無損耳。幸不以為疑。」卽命酒樂宴亭中。絲竹盡舉，飄然泠然，凌玄越冥，不為人間聲曲。酒既酣，羣仙曰：「吾聞唐天子尚神仙。吾有新樂一曲，曰紫雲，願授聖主。君唐人也，為吾傳之一進，可乎？」曰：「弁一儒也。在長安中，徒為區區於塵土間，望天子門且不可見之，又非知音者，曷能致是！」羣仙曰：「君既不能，吾將以夢傳於天子可也。」又曰：「吾有三寶，將以贈君，能使君富敵王侯。君其受之。」乃命左右取其寶。始出一杯，其色碧而光瑩洞澈。顧謂弁曰：「碧瑤盃也。」又出一枕，似玉微紅，曰紅蕤。枕也。又出一小函，其色紫，亦似玉，而瑩澈則過之，曰紫玉函也。已而皆授弁。弁拜謝別去。行未及一里，迴望其亭，茫然無有。弁異之，亦竟不知何所也。遂挈其寶還長安。明年下第。東遊至廣陵。有胡人見而拜曰：「此天下之奇寶也。雖千萬年，人無得者。君何得而有？」弁以告之。因問曰：「此何寶乎？」曰：「乃玉清真三寶也。」遂以數千萬為直而易之。弁由是建甲第，居廣陵中為豪士，竟卒於白衣也。（《太平廣記》卷四〇三引《宣室志・玉清三寶》）

按：廣陵市胡人見玉清女所贈韋弁寶物，卽行跪拜，實因玉清三寶係天下之奇寶，雖千萬年，人無得者之故也。《廣記》卷三三引《神仙感遇傳・韋弁》，則是同一個傳說的不同版本，所記胡人反應及言詞，也大同小異。

(3) 唐安史定後，有魏生者，少以勳戚，歷任王友。家財累萬，然其交結不軌之徒，由是窮匱，為士旅所擯。因避亂，將妻入嶺南；數年，方寧後歸。舟行至虔州界，因暴雨息後，登岸肆目。忽於砂磧間，見一地，氣直上衝數十丈。從而尋之，石間見石片如手掌大，狀如甕片，又類如石。半青半赤，甚辯焉。試取以歸，致之書篋。及至家，故舊蕩盡，無財賄以求敍錄。假屋以居。市肆多賈客胡人等，舊相識者哀之，皆分以財帛。嘗因胡客自為寶會—胡客法，每年一度與鄉人大會，各閱寶物。寶物多者，戴帽居於坐上，其餘以次分列—召生觀焉。生忽憶所拾得物，取懷之而去，亦不敢先言之，坐於席末。食訖，諸胡出寶。上坐者出明珠四，其大逾徑寸。餘胡皆起，稽首禮拜。其次以下所出者，或三或二，悉是寶。至坐末，諸胡咸笑，戲謂生：「君亦有寶否？」生曰：「有之。」遂出所懷以示之，而自笑。三十餘胡皆起，扶生於座首，禮拜各足。生初為見謔，不勝慚悚；後知誠意，大驚異。其老胡見此石，亦有泣者。衆遂求生，請市此寶，恣其所索。生遂大言，索百萬。衆皆怒之：「何故辱吾此寶？」加至千萬乃已。潛問胡：「此寶名何？」胡云：「此是某本國之寶，因亂遂失之，已經三十餘年。我王求募之，云：『獲者拜國相。』此歸皆獲厚賞，豈止於數百萬哉！」問其所用，云：「此寶母也。但每月望，王自出海岸，設壇致祭之，以此置壇上。一夕，明珠寶貝等皆自聚，故名寶母也。」生得財倍其先資也。（《太平廣記》卷四〇三引《原化記・魏生》）

按：魏生於虔州界無意獲致絕世寶石，在胡客寶會上出示，三十餘胡皆起，扶生於座首，禮拜各足，以其物乃能聚海中明珠寶貝——所謂寶母是也。

其他，若《太平廣記》卷三四引《傳奇・崔煒》、卷六五引《通幽記・趙旭》、卷四〇四引《杜陽雜編・肅宗朝八寶》，也都出現匍匐禮拜或瞻拜寶物及產地的情節。

㈣ **剖肉藏珠型**　胡人既辛苦獲致珠寶，或者為了躲避盜刼，或者方便夾帶出境，或者希冀得到同行敬重，往往有剖腋割股藏珠的舉動，如：

(1) 則天時，西國獻毗婁博義天王下頷骨及辟支佛舌，並青泥珠一枚。則天懸頷及舌，以示百姓。頷大如胡床；舌青色，大如牛舌，珠類拇指，微青。后不知貴，以施西明寺僧，布金剛額中。後有講席，胡人來聽講。見珠縱視，目不蹔捨。如是積十餘日，但於珠下諦視，而意不在講。僧知其故，因問：「故欲買珠耶？」胡云：「必若見責，當致重價。」僧初索千貫，漸至萬貫，胡悉不酬；遂定至十萬貫，賣之。胡得珠，納腿肉中，還西國。僧尋聞奏。則天敕求此胡，數日得之。使者問珠所在，胡云：「以呑入腹。」使者欲刳其腹，胡不得已，於腿中取出。則天召問：「貴價市此，焉所用之？」胡云：「西國有青泥泊，多珠珍寶，但苦泥深不可得。若以此珠投泊中，泥悉成水，其寶可得。」則天因寶持之，至玄宗時猶在。（《太平廣記》卷四〇二引《廣異記・清泥珠》）

按：胡人既自西明寺僧手中購得清泥珠，卽納之腿肉中，欲還西國。這種舉動，除了避免受到刼掠之外，恐怕跟唐政府禁止眞珠、金、銀等珍異品外流的辦法不無關係⑩。

(2) 司徒李勉，開元初，作尉浚儀。秩滿，沿汴將遊廣陵。行及睢陽，忽有波斯胡老疾，杖策詣勉曰：「異鄉子抱恙甚殆，思歸江都。知公長者，願托仁蔭，皆異不勞而獲護焉。」勉哀之，因命登艫，仍給饘粥。胡人極懷慚愧，因曰：「我本王貴種也。商販於此，已逾二十年。家有三子，計必有求吾來者。」不日，舟止泗上，其人疾亟，因屏人告勉曰：「吾國內頃亡傳國寶珠，募能獲者，世家公相。吾衒其鑒而貪其位，因是去鄉而來尋。近已得之，將歸卽富貴矣。其珠價當百萬，吾懼懷寶越鄉，因剖肉而藏焉。不幸遇疾，今將死矣，感公恩義，敬以相奉。」卽抽刀決股，珠出而絕。勉遂資其衣衾，瘞於淮上。掩坎之際，因密以珠含之而去。既抵維揚，寓目旗亭，忽與羣胡左右依隨，因得言語相接。傍有胡雛，質貌肖逝者，勉卽詢訪，果與逝者所敍契會。勉即究問事迹，乃亡胡之子，告瘞其所。胡雛號泣，發墓取而去。（《太平廣記》卷四〇二引《集異記・李勉》）

按：波斯老胡既尋得傳國珠寶，因懼懷寶越鄉，遂剖肉而藏焉。其目的也不外是取其隱密，甚至便利逃過互市監的搜查吧！

(3) 有舉人在京城，鄰居有鬻餅胡，無妻。數年，胡忽然病，生存問之，遺以湯藥。既而不愈。臨死告曰：「某在本國時大富，因亂，遂逃至此。本與一鄉人約來相取，故久於此，不能別適。遇君哀念，無以奉答。其左臂中有珠，寶惜多年，今死無用矣，特此奉贈，死後乞為殯瘞。郎君得此，亦無用處，今人亦無別者。但知市肆之間，有西國胡客至者，即以問之，當大得價。」生許之。既死，破其左臂，果得一珠，大如彈丸，不甚光澤。生為營葬訖，將出市，無人問者。已經三歲，忽聞新有胡客到城。因以珠市之。胡見大驚曰：「郎君何得此寶珠？此非近所有，請問得處。」生因說之。胡乃泣曰：「此是某鄉人也。本約同問此物，來時海上遇風，流轉數國，故僁五六年。到此方欲追尋，不意已死。」遂求買之。生見珠不甚珍，但索五十萬耳。胡依價酬之。生詰其所用之處，胡云：「漢人得法，取珠於海上，以油一石，煎二斗，其則削。以身入海不濡，龍神所畏。可以取寶，一六度也。」

（《太平廣記》卷四〇二引《原化記・鬻餅胡》）

按：長安鬻餅胡獲得彈丸大避水珠，剖左臂而藏之多年，猶今人寄存保險箱，且更加牢靠省事，難怪胡商相沿成風。

另外《太平廣記》卷四〇二引《廣異記・徑寸珠》，也曾記載波斯胡人在扶風逆旅，自搗帛石剖得徑寸珠一枚，以刀破臂腋藏之，便還本國的故事，可以參閱。

㈤ **感恩贈寶型**　胡客隻身流落異域，難免遭遇疾病困頓，苟遇有伸出援手的善心人士，必然對他們感激萬分，報答恩情的方法之一，便是贈送寶物。如：

(1) 李約為兵部員外。汧公之子也，識度清曠，迥出塵表。與主客張員外諗同官，並韋徵君況，牆東遯世，不婚娶，不治生業。李獨厚於張，每與張匡牀靜言，達旦不寢，人莫得知。贈張詩曰：「我有心中事，不與韋二說；秋夜洛陽城，明月照張八。」約嘗江行，與一商胡舟檝相次。商胡病，固邀相見，以二女託之，皆絕色也；又遺一珠。約悉唯唯。及商胡死，財寶約數萬，悉籍其數送官，而以二女求配。始，殮商胡時，約自以夜光唅之，人莫知也。後，死胡有親屬來理資財。約請官司發掘，檢之，夜光果在。其密行皆此類也。（《太平廣記》卷一六八引《尚書故實・李約》）

按：李約乃李汧公（勉）第四子，父子俱有義行（李勉行事，見上文「剖肉藏珠型」之二引），又都跟胡人和珠寶發生瓜葛，難怪有人要推測這是同一個傳說因流傳演變而產生的不同記錄⑪。

(2)

李灌者，不知何許人。性孤靜。常次洪州建昌縣，倚舟於岸。岸有小蓬室，下有一病波斯。灌憫其將盡，以湯粥給之，數日而卒。臨絕，指所臥黑氈曰：「中有一珠，可徑寸，將酬其惠。」及死，氈有微光溢耀。灌取視得珠，買棺葬之，密以珠內胡口中，植木誌墓。其後十年，復過舊邑。時楊憑為觀察使，有外國符牒，以胡人死於建昌逆旅。其粥食之家，皆被梏訊經年。灌因問其罪，囚具言本末。灌告縣寮，偕往郭墦伐樹，樹已合拱矣。發棺視死胡，貌如生，乃於口中探得一珠還之。其夕棹舟而去，不知所往。（太平廣記》卷四〇二引《獨異志・李灌》）

按：〈李勉〉、〈李約〉、〈李灌〉三篇都有胡人感恩贈珠寶，當事人爲其殮葬，密以珠含內口中以待死者家屬討取的情節。此與《藝文類聚》卷八三引《列異傳・鮑子都》、《太平御覽》卷五五四引《後漢書・王忳》，卷五五六引《陰德傳・陳翼》三則頗相類似，不過死者爲中國人，所遺贈乃金塊耳。又前文「剖肉藏珠型」之三引《原化記・鬻餅胡》以及《唐語林》卷一〈德行〉「崔樞」條，也有胡人感激奉贈珠寶之事。

× × × ×

以上將唐朝有關胡人識寶藏寶傳說，約略分成五種類型。其他如《錄異記》卷二〈胡氏子〉，胡氏子爲胡商剖取額頭中珠；同卷〈趙鍠〉亦有剖額取珠事，則不再細表。

肆　識寶藏寶傳說相關問題

一　寶物來源

㈠　產於中土　《太平廣記》卷三五引《集異記・王四郎》，張蓬子買得王四郎所貨化金（以仙術所點化之黃金）；《廣記》卷二三〇引《廣異記・句容佐史》，佐史吐出銷魚之精；《廣記》卷二三〇引《異聞集・王度》，王度從侯生手中獲得黃帝所鑄第八鏡；《廣記》卷二三二引《廣異記・破山劍》，士人耕地得劍……等，俱出自中國。

㈡　來自西域　《太平廣記》卷三四引《傳奇・崔煒》，南越王趙佗墓中陽燧珠，盜自大食；《廣記》卷二四三引《乾𦠆子・竇乂》，搗衣砧乃于闐玉；《廣記》卷四〇二引《廣異記・青泥珠》，青泥珠爲西國所獻；同卷引《紀聞・水珠》，水珠係貞觀初大食國所貢；同卷引《宣室志・嚴生》，彈珠（淸水珠）乃西國之至寶；《廣記》卷四二一引《續玄怪錄・劉貫詞》，龍女所贈者罽賓國鎭國椀也。

㈢　仙界降賜　《太平廣記》卷二七引《仙傳拾遺・司命君》，司命君贈唐元瓌飲器，實爲天帝流華寶爵；《廣記》卷三三引《神仙感遇傳・韋弇》，美人贈韋弇三寶，原係玉淸眞人之寶；《廣記》卷六三引《玄怪錄・崔書生》，崔書生獲得西王母第三女玉巵娘子所送白玉盒子。……俱非凡間之物。

二　識寶者的身份

㈠　貴族　《太平廣記》卷三四引《傳奇・崔煒》，廣州波斯邸老胡人，原爲大食國王派到番禺搜索國寶陽燧珠的使者；《廣記》卷四〇二引《集異記・李勉》，波斯胡老自言是王貴種；同卷引《紀聞・水珠》，謂買珠大食胡人實爲貴者身份。

(二) **僧徒**　《太平廣記》卷六三引《玄怪錄・崔書生》，扣門求見至寶的是一位胡僧；《廣記》卷二三〇引《異聞集・王度》，行乞至王度家，求王勱出示寶鏡的也是一位胡僧；《廣記》卷三四〇引李景亮撰〈李章武〉篇，能辨靺鞨寶的亦是胡僧；《廣記》卷四〇〇引《廣異記・成弼》，能進入唐太宗倉庫認出寶物的是一個婆羅門教徒；《廣記》卷四〇四引《宣室志・三寶村》，識扶風縣西南有寶氣的，相傳也是胡僧。

(三) **平民**　唐人說部、筆記所提及識寶胡人，除了前文已特別指出的貴族及僧徒以外，統統是來華經商或尋寶的平民大衆。

三　西域胡客出現的地點

大唐版籍廣濶，蕃胡蹤跡所至，分佈幾達全國州郡三分之一。唯據有關識寶藏寶傳說資料所見，西域胡客涉足的地區則以交通要道及商賈集中的都會爲主。依出現頻率高低爲序，分別是：

(一) **長安**　《太平廣記》卷三五引《集異記・王四郎》、卷二三〇《異聞集・王度》、卷二四三《乾𦠆子・竇乂》、卷三四〇〈李章武〉、卷四〇〇《廣異記・成弼》、卷四〇二《廣異異》〈清泥珠〉、〈徑寸珠〉、《紀聞・水珠》、《宣室志・嚴生》、《原化記・鬻餅胡》、卷四〇三《酉陽雜俎・寶骨》、《原化記・魏生》、卷四〇四《宣室志・三寶村》、卷四二一《續玄怪錄・劉貫詞》、卷四五七《廣異記・至相寺賢者》、卷四七六《宣室志・陸顒》等篇，《樂府雜錄》「康老子」條，並記載胡僧胡商出沒於首都長安及附近。

(二)廣陵　《太平廣記》卷三三引《神仙感遇傳・韋弁》、卷六五《通幽記・趙旭》、卷二二〇《廣異記・句容佐史》、卷四〇二《廣異記・寶珠》、《原化記・守船者》、卷四〇三《宣室志・玉清三寶》、《廣異記・紫靺鞨》、卷四二一《宣室志・任頊》等篇，並載胡商在廣陵（揚州）營生之事。另外，《廣記》卷四〇二引《集異記・李勉》，也提到老疾波斯胡思歸江都（卽廣陵、揚州）。

(三)洪州　《太平廣記》卷三七四引《錄異記・胡氏子》、卷四〇二引《獨異志・李灌》、卷四〇三《廣異記・紫靺鞨》、卷四四一《廣異記・閬州莫傜》，都提到洪州（今江西南昌）有胡客的足跡。

(四)洛陽　《太平廣記》卷二七引《仙傳拾遺・司令君》、卷二九八引《異聞集・太學鄭生》，並提及東都洛陽有胡商活動的情況。

(五)廣州　《太平廣記》卷三四引《傳奇・崔煒》，載崔煒在廣州波斯邸鬻陽燧珠事。

(六)義興　《太平廣記》卷四二四引《逸史・張公洞》，云江蘇義興縣市肆有胡賈識得龍食清泥。

(七)寶應　《太平廣記》卷四〇四引《杜陽雜編・肅宗朝八寶》，謂眞如尼於楚州安宜縣（今江蘇高郵附近）獲得諸寶，改縣名爲寶應。西域胡人過眞如舊居旁，皆望而瞻禮焉。這跟寶應近臨運河多少有些相關。

四　寶物的功用

一般而言，物品之所以被視爲珍寶，不外是罕見難得，或者具有特異的功能。擁有難得之物，固然可以滿足個人的好奇心，有時也可眩耀展示一番；若是有幸獲得功效特殊的稀世珍品，又通曉使用方法，則結果往往出人意表，受益無窮。今舉胡人所論寶物用途，介紹一二。

(1)《太平廣記》卷二三二引《廣異記・破山劍》，胡人求買士人耕地所得劍，其夜，士人與妻持劍以指搗帛石，劍光遂盡。翌日，胡人既至，嘆曰：「此是破山劍，唯可一用。吾欲持之以破寶山。……」

(2)仝書仝卷引《廣異記・清泥珠》，記武則天召胡人問：「貴價市此，焉所用之？」胡云：「西國有青泥泊，多珠珍寶，但苦泥深不可得。若以此珠投泊中，泥悉成水，其寶可得。」

(3)仝書仝卷引《廣異記・寶珠》，敍諸胡市得周武帝冠上所綴寶珠，至東海上，以銀鐺煎醍醐，又以金瓶盛珠，於醍醐中重煎，至三十餘日，有二龍女投入珠瓶中，珠女合成膏。胡人以膏塗足，步行水上，不知所之。

(4)仝書仝卷引《紀聞・水珠》，載大安國寺僧問胡人，睿宗所施寶珠何能？胡人曰：「此水珠也。每軍行休時，掘地二尺，埋珠於其中，水泉立出，可給數千人，故軍行常不乏水。……」

(5)仝書仝卷引《宣室志・嚴生》，記胡人既見嚴生所得彈珠，因曰：「我西國人。此乃吾國之至寶，國人謂之清水珠。若置於濁水，冷然洞徹矣。自亡此寶，且三歲，吾國之井泉盡濁，國人俱病。……」

(6)仝書仝卷引《原化記・鬻餅胡》，載胡客以五十萬購珠，書生詰其所用之處，胡云：「漢人得法，取珠於海上，以油一石，煎二斗，其則削。以身入海不濡，龍神所畏，可以取寶一六度也。」

(7) 仝書卷四〇三引《廣異記・紫抹羯》，記波斯胡人市得寶瓶，攜至揚州，長史鄧景山知其事，以問胡。胡云：「瓶中是紫抹羯。人得之者，爲鬼神所護，入火不燒，涉水不溺。……」

(8) 仝書仝卷引《原化記・魏生》，敍魏生索千萬讓售寶石之後，潛問胡人：「此寶名何？」胡云：「此是某本國之寶，因亂遂失之。……」問其所用，云：「此寶母也。但每月望，(我)王自出海岸，設壇致祭之。以此置壇上，一夕，明珠寶貝等皆自聚，故名寶母也。」

(9) 仝書卷四七六引《宣室志・陸顒》，載羣胡自陸顒身上取得消麵蟲，俱至海上，結宇而居。於是置油膏於銀鼎中，搆火其下，投蟲於鼎中鍊之，七日不絕燎。乃有仙人以珠獻胡人。胡人吞其珠，引陸顒入海中，其海水皆豁開數十步，鱗介之族，俱辟易回去。遊龍宮，入蛟室，珍珠怪寶，惟意所擇。

(10) 《樂府雜錄》「康老子」條，云康老子以半千獲錦褥；尋有波斯見，大驚，謂康曰：「何處得此？是冰蠶絲所織，若暑月陳於座，可致一室清涼。」卽酬千萬。

伍　結語

唐代胡人識寶藏寶傳說，基本上是一種特定歷史時空下的產物。它一方面反映了第七至第九世紀間，中國與西域各大小邦國的交流關係，一方面也記錄了某些胡客在中土，特別是在大商業型市的活動情形。由於這些傳說虛實參半，除了故事本身的傳奇性與趣味性之外，只要吾人能謹慎細心地加以甄別運用，它同時也是研究歷史學、民族學、民俗學、社會心理學和中西交通史，非常有價值的旁證資料⑫。

附註：

❶ 見《周禮・春官》、《管子・國蓄》、《淮南子・地形》。

❷ 《史記》卷一一一〈衞將軍驃騎列傳〉、《漢書》卷六一〈張騫李廣利傳〉；《後漢書》卷四五〈班超傳〉。

❸ 參考沈福偉《中西文化交流史》（上海人民出版社，一九八八年）第三章第一節「自魏至隋的西域交通」。

❹ 晉王嘉《拾遺記》卷九〈翔風〉，載石崇愛婢翔風係胡女，能辨識殊方異國所產珍寶奇異。又宋劉敬叔《異苑》卷二〈洗浣石〉，記二胡人求買洗石，蓋其中有二黃金鳥，時見赤氣故也。兩則並係唐代胡人識寶傳說之先聲。

❺ 程薔〈西域胡人識寶傳說在唐以後的發展演變〉（《民間文藝集刊》五，一九八四・二），詳述唐代以後的胡人識寶傳說，可以參看。

❻ 《隋書》卷六七〈裴矩傳〉引《西域圖記・序》，並參看包慧卿《唐代對西域之經營》（臺北文史哲出版社，民國七十六年），頁一一九—一二〇。

❼ 馮承鈞《中國南洋交通史》（上海商務印書館，民國二十六年），頁四二—四五。

❽ 參考沈福偉《中西文化交流史》，第四章〈唐代中西文化和科學技術的交流〉。

❾ 同註❽，頁一三七、一五四—一五六。

❿ 王溥《唐會要》卷八六：「開元二年閏三月勅：諸錦、綾、羅、縠、繡、織成、紬、絹、絲、犛牛尾、眞珠、金、鐵，並不得與諸蕃互市，及將入蕃。」

⓫ 程薔〈論唐代西域胡人識寶傳說〉（《民間文藝集刊》三，一九八二・二），頁八一。

⓬ 葉德祿〈唐代胡商與珠寶〉（《輔仁學誌》十五：一・二，民卅六・十二）一文，是國內第一篇討論胡人識寶傳說的專著，值得參考。

敦煌話本呈現的時代意義

林隆盛

一、前言

說話藝術，由來已久。最早可溯及漢魏之時，插科打諢、連說帶動作的演出，如東方朔的講述通俗故事❶，三國時吳質召優人「說肥瘦」以取悅❷，以及《三國志魏志王粲傳》裴松之注引《魏略》說曹植「傅粉，遂科頭拍袒，胡舞王椎鍛，跳丸、擊劍，誦俳優小說數千言訖」等皆是。說笑話，講故事，以供貴族取笑，本就是優人的職能，而由於此伎藝盛行於世，是故一些士大夫亦模仿之。就魏晉以前的說話而言，其特點爲：演出的場所只限於皇室、貴族的邸宅或宴會中，並且不能孤立演出，必須和戲劇性的表演結合在一起。

說話伎藝脫離戲劇性的表演，並且具有一定的情節者，起於隋代，當時已將說故事稱之爲「話」，如《太平廣記》卷三百四十八引《啓顏錄》云：「侯秀才可以玄感說一個好話。」此處的「侯秀才」，即指隋代的侯白。但侯白並未將說故事當成職業；關於職業說故事的記載，較早見於唐代元稹《元氏長慶集》卷十《酬翰林白學士代書一百韻詩》注文所說的「嘗于新昌宅（聽）說一枝花話，自寅至巳，猶未畢詞。」，又見於段成式《酉陽雜俎續集》卷四「貶誤」條所說的「有市人小說，呼扁鵲作褊鵲，字上聲❸」。

其實，唐代的說話伎藝，不但已經成爲一種獨立的伎藝，而且趨於職業；內容由說笑話、插科打諢，變而爲以民間故事、史傳故事，和社會現實爲其題材；而且場所已不偏限於皇宮貴族的邸宅，已普及於一般的市集。據此可知，唐代說話伎藝顯然已普遍成熟，話本也必然已經產生，否則如說「一枝花話」，自寅至巳，猶未畢詞，連續說了五、六個鐘頭，而能有條不紊，聽者不至於厭煩，可知說話者必有底本，而後按次講述。可惜「一枝花話」已佚，早期因無其他資料，以故無法得知確實情形。但自敦煌話本發現以後，這個懸疑終獲答案。

二、敦煌話本的篇目

自來對於敦煌話本的認識，頗多臆測，數十年來不斷修正著。首先，王國維將使用通俗語，純說不唱的作品稱爲通俗小說，以爲倫敦博物館所藏唐人小說一種，全用俗語，是宋以後通俗小說之祖❹。王氏所說的唐人小說，即是編號斯二六三〇號《唐太宗入冥記》(擬題)這個話本。雖然他已經注意到此篇話本的通俗性，使用俗語，不雜韻語，但由於卷子前後殘闕，未能窺見全貌，且當時其他資料尙少，故王氏只提出初步看法，未能深一層探究。

直至一九五〇年，王慶菽發現斯二〇七三號《廬山遠公話》與斯二一四四號《韓擒虎話本》兩個話本卷子後，敦煌話本的地位已趨明朗，不但能證明唐代已有話本，更能藉以考知其說話形態。如《廬山遠公話》是原有的標題，而且開端首段有「說這惠遠，家住雁門」就已經是話本的形式：《韓擒虎話本》首段亦云：「說其中有一僧名號法華和尚」，結尾云：「畫本既終，並無抄略」，顯然是話本的結構。並且，由《一枝花話》與《爐山遠公話》中，二者皆標題爲「話」，更可確認其爲唐代話本無疑。

據此可知，敦煌文書中的話本類，自有其特殊的體裁，要而言之，約有四端：

1. 純說不唱，全用散文講說，或散文多，韻文少。
2. 有定型的話本結構。
3. 全用俗語，通俗易懂。不做虛飾或任意俳比，僅以當時流利的口語說出。
4. 含有濃厚的說話人的語氣❺。

如是，這些純說不唱，具備話本形式的敦煌話本共有五篇，即編號斯二〇七三號《爐山遠公話》、斯一三三號《秋胡》、斯二一四四號《韓擒虎話本》、斯二六三〇號《唐太宗入冥記》，以及斯六八三六號《葉淨能詩》。

三、敦煌話本的內容

敦煌話本共有五篇，這五篇話本，分別從佛教經典、史傳故事與民間傳說三方面取材而得。底下即就其題材來源，述其內容：

㈠ **取材於佛教經典者：**

編號斯二〇七三號《〇山遠公話》，乃是當時佛教徒藉著釋惠遠的生平事跡，來宣傳佛教教義的話本。全文共一萬八千字左右，內容大要是：惠遠家住雁門，捨俗出家，以旃檀爲師，其弟惠持在家養母。之後，惠遠南下廬山，誦唸《涅槃經》，引出山神造寺。又因缺水，故遠公以錫杖撅地，水從地下湧出，至今仍號錫杖泉，寺下有白蓮池。千尺潭龍前來聽經，而有《涅槃經疏抄》的完成。壽州賊白廬搶劫廬山，掠走遠公。遠公將《涅槃經抄》文與弟子雲慶，雲慶又交與道安。道安後來在東都福光寺內開講。遠公爲償還宿債，乃予白莊爲奴，又賣身到崔相公家爲奴，改名善慶，在崔相公府中講《涅槃經》的四生十類，十二因緣等。善慶詰難道安，辯論《涅槃經》之義後，還其本相，滿座嗟念。晉文皇帝召見遠公，供養數年後，重返廬山，造一法船，皈依上界。

其實，《廬山遠公話》與《高僧傳》中的《釋慧遠傳》是有別的，這裏所說「取材於佛教經典者」，則是指《廬山遠公話》廣採佛教經典故事而言，不一定侷限在《釋慧遠傳》中。事實上，《廬山遠公話》爲說話人的底本，自當有別於歷史傳記，且說話人爲了突出故事主題，和人物特徵，於是虛構某些情節，利用奇妙想像力，對歷史記載別創新義。

舉例來說，如《廬山遠公話》所云遠公制《涅槃經疏抄》，用擲筆、投火、投水等法求契合於佛，此類故事在《高僧傳》中屢有所見，在《道安傳》、《朱大行傳》中皆有之❻。又惠遠論難東都事，亦見於《竺法汰傳》❼。

㈡ **取材於史傳故事者**：

斯二一四四號《韓擒虎話本》，敍述隋文帝楊堅建立帝國，及韓擒虎立功的事跡。它是依據正史的記載，推演出更生動的故事。其內容大要爲：北周武帝禁佛，法華和尚至隨州隱藏。有八大海龍王前來聽法華經，並賜龍膏一盒，囑往楊堅處，爲其醫療腦疼之病；且告以百日之內，合有天分，若爲君王，當再興佛法。皇帝自司天太監處，得知楊堅合有天分，於是詔其入覲，欲加殺害。楊妃以藥酒毒殺皇帝，楊堅卽位爲隋文帝。金璘陳王不服，派兵來攻，楊堅令楊素、賀若弼與韓擒虎三人領軍往戰。韓擒虎與陳鎭國上將軍任蠻奴大戰，敗之，且生擒陳王。隋文帝大悅，拜擒虎爲開國公。又遣擒虎爲使和蕃，擒虎以射箭神技懾服匈奴單于。其後，韓擒虎入爲陰司之主。

《韓擒虎話本》乃據隋代、北周之間的歷史傳承事實，繪聲繪影地安排楊堅確實秉有天命，但需要龍膏換腦換骨才可。於是話本的作者便將正史所說的患了足疾，改成爲腦疼❽；而天命的傳承，則開始於法華和尚將龍王所送的靈藥，讓楊堅服用，此一刹那間，楊堅的天命已達成熟。

當然，此中最重要的人物是韓擒虎。《隋書》卷五十二〈韓擒列傳〉中，明顯載錄其事。而說話人極盡所能地從史載中塑造出韓擒虎個人的英勇形象。但有時突顯過度，亦頗多混雜賀若弼的事跡進入者，如與陳之任蠻奴戰，出使蕃地等❾。

而結尾處亦採之正史，入爲陰司之主。只是，《韓擒虎話本》將其排場敍述更爲詳盡❿。

(三) 取材於民間故事者：

斯一三三號《秋胡》，乃敍述秋胡求學取仕，其妻守潔的經過。內容大要是：秋胡辭母別妻，帶十袟文書遠遊。入勝山，於石堂中得名師指點，通達九經。投魏國，爲左相。秋胡妻守節六年，其母不忍，要求新婦改嫁，其妻堅貞不允。九年後，秋胡想家求歸。秋胡歸家途中，見採桑婦而戲之，不識其妻；其妻力拒誘惑，秋胡慚而罷去。秋胡見母，歡喜不已，及見其妻，方知嚮之採桑婦，其妻斥責秋胡不忠不孝。

這個故事流傳甚廣，由來已久。西漢劉向《列女傳》載敍頗詳，其後，《西京雜記》、《秋胡行》均有論及⓫。而據光緒《嘉祥縣志》卷四記載，在武梁祠堂畫像石中，就有「秋胡妻」「秋胡義姑婦」等字樣出現，可見秋胡故事在民間廣被流傳，且已融入民間習俗中。

斯二六三〇號《唐太宗入冥記》，敍述唐太宗因玄武門兵變，射殺其兄太子建成及其弟齊王元吉，而爲二人冥告，生魂於是被遣入地獄受審的經過。內容大要爲：閻王審問唐太宗，太宗告以武德三年至五年殺人數廣。後又見崔冥判子玉，將李乹風書信交與崔子玉，崔子玉審查太宗在人間的功德。並在命祿簿上改太宗陽壽，再添十年，以此要求太宗厚贈官祿，勸太宗歸陽間後，須修功德，大赦天下，於寺錄講《大雲經》。

按唐太宗入冥，生魂被勘事，見於《太平廣記》卷一百四十六所引張鷟《朝野僉載》中⓬。不過，《朝野僉載》只說「生人冥判」，並未明言判官姓名。然在敦煌莫高窟壁畫中，繪有「地獄審判」之事的壁畫，其中就提到「崔判官」。由此看來，唐太宗入冥的故事，在民間流行頗早。林師聰明《敦煌俗文學研究》曾提到，甚至太宗在世時恐已有之，事雖涉及在朝之主，而不以爲大逆不道，從而阻絕。考唐代流行的歌舞戲中，必採一望重的人爲主角，才足以歆動觀衆。此篇敍述太宗入冥與建成、元吉作一對質，於當時人情世故，並無相忤處。

斯六八三六號《葉淨能詩》，是一篇由十幾個相對獨立的小故事，連綴而成曲折離奇、幻境迭現的話本。其內容大要爲：葉淨能於二十之年便入道門，大羅宮帝釋送予符本一卷，淨能勤苦而學，達到「在道精熟，符籙最絕」的境界。大羅王化河試之，淨能書符一道，其河枯竭。又經華陰縣，自華岳神處救得張令妻回。於長安玄都觀安置，爲康太淸女除野狐精魅。開元皇帝好道，詔淨能於大內顧問，求長生不死之術。淨能欲取仙藥，行經錢塘江，有惡蜃，乃書符斬之。玄宗命高力士掘地道，內伏五百面鼓，擊之，詐言有妖鼓之聲，命淨能除之。淨能作法化大蛇噤之。又將酒瓮化成道士，爲皇帝宴上取樂。關外亢旱，淨能求雨。開元十四年，正月十五夜，淨能侍玄宗神遊劍南觀燈，並於蜀王殿上奏樂及留汁衫子事。淨能爲皇后求子。又八月十五夜，淨能侍皇帝遊月宮。後淨能見大內一宮人，美貌殊絕，乃行法取之。高力士設計欲殺淨能，淨能遁歸大羅天。淨能於蜀川遇帝使，命傳語玄宗，玄宗聞語淚流。

上述十幾則故事，都是長期流傳於民間衆人之口，或見諸唐人筆記小說的記載，其脈絡大體相同，人名則略異。而民間說話人在講述這些故事時，往往加以渲染修飾，把相關或相近的故事，集中於葉淨能一人身上。既表現出道教符籙的精妙神奇，同時又生動地說明民間藝人豐富的想像力，與特殊的說話伎藝。

按《葉淨能詩》所述故事都見載於歷代雜記或唐人的筆記小說中，舉例如下：

1. 救張令妻於岳神之手：見於《太平廣記》卷二十六「葉法善」條引《集異記》及《仙傳拾遺》；又卷二百九十八「越刈參軍妻」條引《廣異記》；卷三百七十八「李主簿妻」條引《逸史》。
2. 康太清女爲野狐精魅所迷事：見《太平廣記》卷二百八十五「葉道士」條引《朝野僉載》。
3. 錢塘江斬蜃、地道伏鼓、求雨、取宮中美人事：均見於《太平廣記》二十六卷「葉法善」條與卷二百八十五「葉道士」「劉靖妻」「東明觀道士」諸條所引。

4. 幻化酒瓮助樂事：見《太平廣記》卷二九六「葉法善」條；又卷三十「張果」條引《明皇雜錄》、《宣室志》、《續神仙傳》；又卷七十二「葉靜能」條引《河東記》。

5. 遊月宮事：見《太平廣記》卷二十二「羅公遠」條引《神仙感遇傳》、《仙傳拾遺》、《逸史》；卷二十六「葉法善」條；卷七十七「葉法善」條引《廣德神異錄》；卷二百四「唐玄宗」條引《開天傳信記》；樂史撰《楊太眞外傳》卷上注引《逸史》。

6. 劍南觀燈事：見《太平廣記》卷二十六「葉法善」條；卷七十七「葉法善」條引《廣德神異錄》；《碧鷄漫志》卷三引《幽怪錄》。

7. 爲皇后求子：見《太平廣記》卷三百「葉淨能」條引《廣異記》。

8. 高力士設計欲殺淨能事：見《太平廣記》卷二十二「羅公遠」條；卷七十七「羅思遠」條引《開天傳信記》。

四、敦煌話本的時代觀

每一種文體，均有其產生的背景與影響。敦煌話本，即是當時的說話人在敦煌地區講述民衆所喜聞樂見的故事，而以爲取悅的話本。民間藝人所掌握的，除說話的技巧、音量的收放、口語的應用等之外，當然亦特別重視聽衆的喜好，故於內容上，必有所斟酌。而直接談論時政，又顯太露，故往往借託其他相關故事，來反映當時朝政，甚至表現出人民對當前生活的不滿氣氛；有時，亦適時提出解決方案來。因此，敦煌話本與當時所發生的社會現象，必然密不可分。就唐代說話藝術之演進來看，敦煌話本產生的年限，最遲不會晚於唐末。而敦煌話本，正表現出唐代邊陲地區人民的心聲。

就目前所知的五篇敦煌話本來說，《唐太宗入冥記》產生年代最早，而《廬山遠公話》最晚。它們各具特色，呈現出唐代民間對時政的感觸，並反映出民間生活的面面觀。以下即就敦煌話本所呈現的時代觀，加以論述。

(一)《廬山遠公話》

《廬山遠公話》後題：「開寶伍年張長繼書記」，開寶，爲宋太祖年號，據此，王重民認爲《廬山遠公話》可能作於此時⑬。其實，此後題乃是抄寫年代；抄寫年代未必是寫作年代，王重民舉此來證明變文與話本傳承的關係，並不適宜。

羅宗濤《敦煌變文廬山遠公話成立的時代》一文中，就話本的偈語，與用錢名稱加以推論，認爲當是後唐同光以後的作品⑭。不過，從偈語與用錢名稱來斷定，並不能合理考探出確切年代。

韓建甄《敦煌寫本廬山遠公話初探》一文，對惠遠故事的流變，有合理的解說。其云惠遠事跡最早見於張野《遠法師銘》與謝靈運《惠遠法師誄》，而後有《祐傳》、《僧傳》的具體記載。至唐則分爲兩個系統：一爲蓮社系統，即《蓮社十八高賢傳》；一爲話本系統，即《廬山遠公話》。

按《蓮社十八高賢傳》收於宋陳舜俞《廬山志》中。其中記載神運殿的故事傳說，前不見著錄，當產生於唐代。《全唐文》卷三百三十九載顏眞卿《東林題名》云：

仰廬阜之鑪峰，想遠公之遺烈，升神運殿，禮僧伽衣……

《廬山志》卷十二引陸游《游廬山東林記》云：

> 至晉慧遠法師祠堂及神運殿，堂中有耶舍尊者，劉遺民等一十八人像，謂之十八賢……神運殿本龍潭，一夕神鬼塞之，且運良材以作此殿，不知實否？然神運殿之字，唐相裴休書，則此說亦久矣。壁間有張文潛題詩……唐碑亦甚多，惟顏魯公題名最為時所傳。

裴休爲唐宣宗大中年間的宰相，神運殿故事於唐玄宗開元、天寶之際，卽已流行，故《十八賢傳》當產生於中唐時期。

蓮社系統的故事，大多流傳於士大夫及佛教之中，因此多有記載；而話本系統則流傳於民間，故記載較少。然《十八賢傳》與《廬山遠公話》對於東林房殿之說，甚爲吻合。《十八賢傳》云造神運殿者，乃山神之功；而《廬山遠公話》亦云在惠遠住腳於廬山時，便唸《涅槃經》，感得山神爲造寺殿。山神造寺之說，既流傳於上流士大夫中，亦必流行於民間庶氓之間。故知《廬山遠公話》當產生於中晚唐之際。

中晚唐時期，民間草莽爲亂最大者，莫過於黃巢之亂。《廬山遠公話》中的賊首白莊，正是如此之輩，爲害百姓甚鉅。而此時政府既無法平定禍亂，百姓更是流離失所。於是，佛教徒亦欲起而拯救苦難的百姓，但又無能爲力的情況下，乃假藉話本，宣說因果論與償宿債之說。由惠遠的口中說出白莊的作亂是爲討宿債而來，百姓大可不必畏懼；但也希望白莊索回害債之後，當勿再作亂。《廬山遠公話》云：

乃見夢中十方諸佛，悉現雲間，無量聖賢，皆來至此。喚言：菩薩起……喚遠公近前，汝心中莫生悵忘（惘），汝有宿債未常（償），緣汝前世曾為保兒，今世令來計會，債主不遠，當朝宰相，常憐相公身，是已後却賣此身，得錢五百貫文還他白莊。

又云：

相公前世作一箇商人，他家白莊也是一個商人，相公遂於白莊邊借五貫文，是時貧道作保，後乃相公身亡，貧道欲擬填還，不幸亦死，輪迴數遍，不遇相逢，已是因緣，保債得債。

而後話本敍遠公償宿債百了，便現出本相，歸廬山，造法船，皈依上界。

至此，可窺知《廬山遠公話》所反映者，正是當時民衆對社會不安的不滿情懷，和合理適時的解決方案。

㈡《韓擒虎話本》

《韓擒虎話本》爲唐武宗會昌五年以後的作品⑮。其中敍及韓擒虎征服陳朝，遏服蕃邦來使，且出使蕃域。當時外族頻來叩邊，甚且呑併疆域。但由於韓擒虎勇猛，終於平息北蕃的侵略野心，保全隋朝。

唐時邊境戰亂頻仍，尤其在玄宗以後，唐帝國勢力漸趨沒落，邊疆地區缺乏有效的防備，外族不時入侵，百姓更是困苦難堪。河西地域與吐蕃交接，宣宗大中元年，吐蕃寇河西地，《新唐書》卷八《宣宗本紀》云：

（大中元年）五月，張仲武及奚北部落戰，敗之。吐蕃、回鶻寇河西，河東節度使王宰伐之。

吐蕃寇河西，且佔據瓜州、沙州等地，當時，處於陷區的河西民衆，多麼企望有英雄人物來救他們脫離困境。《新唐書》卷八《宣宗本紀》云：

（大中五年）沙州人張義潮以瓜、沙、伊、肅、鄯、甘、河、西、蘭、岷、廓十一州歸于有司。

按張義潮爲敦煌地區的大族，他領導大衆驅走外族，打敗吐蕃的侵略，伯二九六二號《張義潮變文》有詳細的記載⑯。而從《張義潮變文》、《張淮深變文》，可看出民間講述英雄的事蹟。《張義潮變文》的演述者，採用張義潮的眞實事蹟，廣泛講說給民衆得知；影響所及，當時的說話人，亦當喜歡利用史實故事，講說驅逐外族，拯救民困的故事。

由此可知，《韓擒虎話本》雖在講說前代故事，但廢佛、與蕃人作戰、解救民困、保衞疆域而不使動亂等事，皆見載於唐代史書之中。尤其唐武宗曾經廢佛，吐蕃入侵且佔據河西各州。宣宗時張義潮收復失地，十一州還歸唐室等，更爲當時大事。說話人乃採用當時的傳說，從《隋書》對韓擒虎的記載，潤飾更多的故事，而寫成精彩動人的《韓擒虎話本》。

其實，他們多麼渴望邊陲地區，永遠都有張義潮、韓擒虎這般打敗蕃兵的英雄人物在，那麼，他們將可以永離戰亂之苦了。

(三)《葉淨能詩》

《葉淨能詩》開頭敍說淨能於道精熟，符籙最絕，而以十四則獨立故事加以證明，最後以玄宗哭詩作結。從篇中看來，處處留有志怪開風，顯示其爲早期階段的話本面目。從時間上言，可能是作於唐代宗晚年左右⑰。

《葉淨能詩》的旨意，雖在強調葉淨能的道法高超，符籙精絕，且以唐玄宗的好道求仙爲主線，而發展成篇。但篇中所見的唐玄宗形象，卻被寫成一個量窄而又窩囊的角色。如敍說地道伏鼓事，淨能作法，以蛇噤聲，《葉淨能詩》云：

> 淨能既聞聲絕，奏曰：「臣□階下，不是妖鼓之聲。」……淨能奏曰：「陛下試臣符籙之功，令人打鼓。」皇帝聞奏，慚見淨能，便歸觀內。

葉淨能作法止樂之後，玄宗因而「慚見淨能」，器度偏狹，遠不如《太平廣記》卷二百八十五載明崇儼事。明崇儼作法制止樂聲之後，皇帝起初是笑，既而大悅⑱。可見《葉淨能詩》乃是故意描述玄宗的個性輕浮，器度狹小。

又化酒瓮爲道士以助樂，道士飲酒苦相推辭，云其酒已劣，不得飲，葉淨能怒云：

> 「恩此道士，終須議斬首？」皇帝曰：「他有何罪愆，忽而斬之？」淨能奏曰：「緣伊近我極。」皇帝依奏，令高力士取劍斬道士。

只因偏愛葉淨能之故，竟然冤斬道士，可見玄宗事理不明，既昏庸而又殘忍。

玄宗心悅遨遊月宮，於是與葉淨能前往，但月宮寒冷不堪，玄宗急欲返回，淨能告知不用匆忙，可從容觀看，但玄宗實在忍耐不住，話本云：「皇帝倚樹，轉覺凝寒，再問淨能，朕今忍寒不得，願且卻歸……淨能再聞帝語，不覺哂然，便乃作法，須臾卻到長安。」此處「不覺哂然」一語，將葉淨能對玄宗輕視之意，表露無遺。

最後，玄宗欲殺葉淨能，派遣五百人圍攻，淨能卻思心作法，變身入殿柱中，皇帝驚忙，連聲便喚：

> 天師，天師，朕無此意，高力士起此異心，幸願天師察朕誠素。

玄宗雖有意殺葉淨能，但一見葉淨能作法，又驚慌恐懼，將事情都推到高力士身上，更顯示出玄宗是個敢做不敢當的儒弱者。

《葉淨能詩》對玄宗形象的汚蔑，其因應有兩點：

(1) 民間對玄宗的奢侈、好大喜功，有所不滿，尤以生活疾苦的人民爲甚，說話者正爲疾苦人民講話。

(2) 安史之亂後，敦煌地區便爲吐蕃占領，人民頓感無依，而且生活疾苦，故民間對玄宗處理安史之不當，導致國家動亂不堪，甚至使得敦煌地區淪入吐蕃之手，乃對玄宗產生不滿，而藉葉淨能故事，戲弄玄宗，以達一時的快慰。

由此可知，《葉淨能詩》一方面講說葉淨能在道精熟，符籙最絕的道術；一方面迎合聽衆所需，談說地方傳聞，醜化玄宗形象等。不但讓聽衆沉迷於葉淨能高深的道術之中，又能抒發一己對時政怨懟不滿的心情。

(四)《唐太宗入冥記》

《唐太宗入冥記》乃敍述唐太宗生魂因建成、元吉的冥告，故必須入冥與之對質。其實，兄弟三人並權相爭，在新舊《唐書》《隱太子傳》及《通鑑》卷一百九十一中均有記載。然此事的是非曲直，實難以輕加論斷。論功則太宗爲最，大半天下因他而得，但卻需拱手讓給建成；縱使太宗寬容大量，不與計較，然其屬下，拋妻別子爲太宗賣命，意在求取顯爵高官，萬一太宗不受重視，則他們又何必那般辛苦？是以怨氣四塞，終成悲劇。玄武門兵變卽由此而起。

如此大事，在民間形成一股巨大的傳言，或以爲太宗本是天命之主；或以爲太宗手段狠毒；或以爲非太宗所爲，乃其部屬成事後才告知太宗。衆說紛紜，莫衷一是。於是，說話者便運用民衆心理，挑起兄弟對質事件，讓當事人直接談說清楚。但說話者又無法探清此事的緣由，於是又將重點放在指陳人世間的殘酷行爲，到冥間後必將重新審判。故生前必須修造功德，書寫經像，入冥後才能安心無事。

另外，《唐太宗入冥記》亦間接表達出對當時社會政治的官官相護、行賄貪污的行徑，予以莫大的諷刺。當崔子玉見過唐太宗之後，便爲其陽世間五百餘口的後路打算，於是想要求高官，厚贈祿賜，話本云：

> 催(崔)子玉添□已言，心口思惟：「我緣生時官卑，不因追皇帝至□□，憑何得見皇帝面？今此覓取一員政官。」

此時太宗只想歸回長安，卻無思其他，讓崔子玉百般戲弄。之後，答問頭，方才了悟。話本云：

> 子玉奏曰：「不是那箇大開口，臣緣在生官卑，見□輔陽縣尉。乞 陛下殿前賜臣一足之地，立死□幸。」皇帝語子玉：「卿要何官職？卿何不早道。」

說話者在此紆回曲折地傳述太宗、崔子玉的對話心理，予以貪賄者莫大的諷刺。

《唐太宗入冥記》亦表現出宣揚佛教經典的要義。故事中提到崔子玉勸太宗歸回長安之後，定要抄寫經典，多做功德。話本云：

> 陛下若到長安，須修功德，發走馬使，令放天下大赦，仍□□門街西邊寺錄，講大雲經。陛下自出己分錢，抄寫大□□。(雲經)

修功德，大赦天下，講《大雲經》，抄寫《大雲經》，以求消除罪惡，顯然是說話者的本意。而對於殘殺數廣，兄弟骨肉相殘，最好的解決方案，當然是多做功德，抄寫經典，以補罪過。因此，請高僧於寺外街講經典，請書手抄寫佛教經典，在有唐一代，已頗爲風尚。

㈤《秋胡》

秋胡故事流傳頗爲廣遠，從漢魏至南北朝，其內容大抵是：娶妻、游宦、歸家、桑遇、贈金、拒誘、見母、重逢、投江等。而敦煌《秋胡》話本，則於游宦之前，增有求母、辭妻、遇仙求術、投魏、改嫁、求歸等情節，使得內容更加豐富，情節更加生動有趣。

《秋胡》話本中談及秋胡求學的地點，並不在名儒門下，或廣庭衆徒之處，而是入深山，遇仙入於石堂中，洞達九經，然後投魏當官。顯然，說話者在此加入了地域觀念，將原來流傳中的魯秋胡的求學地點，移往敦煌地區。

其實，在石堂的仙境中求學，本是唐代敦煌民間盛行的一種想法。如伯三八八三號《孔子項託相問書》中，曾描述項託在石堂仙境讀書的情景，其文云：

> 夫子使人把鍬钁，堀著地下有石堂。
> 一重門裏石師子，兩重門外石金剛，
> 入到中門側耳聽，兩伴讀書似雁行。

石堂中又有數重門可以進入，它與民間衆多的石窟藝術必然有所關聯。或許，當時敦煌地區的學子，常聚集在石窟中研讀經典，無形中成爲求學的地方。因此，說話者乃將秋胡求學地點，說成勝山中的石堂裏，又配合民間的仙境傳說，言石堂中有一仙人，通達各種學問。於是秋胡學之三年，洞達九經。此處所云九經者，乃是當時鄉學教學常用的典籍。敦煌童蒙讀物中，即有《新集文詞九經鈔》，更能確定石堂仙境與石窟藝術有濃厚的關係，秋胡的求學過程，亦是當時民衆所詳知的。

《秋胡》話本除表現敦煌地域觀念之外，更強烈突顯貞潔婦女的形象。從堅決不改嫁，嚴厲拒誘等，頗能道出當時邊陲人民對禮節貞婦的崇高敬意，同時，亦對當時憑藉強權，欺壓百姓婦孺的權貴，予以最嚴厲的譴責。《秋胡》話本的主旨，亦正在此了。

五、結　論

敦煌俗文學的範圍廣泛，作品繁多，呈現民間文學的多種面貌。尤其是講唱類中的話本文書，多用俗語講說，純散不唱，通俗易懂；透過說話人的繪聲繪影，音容描摹，傳神生動的演出，極爲大衆所喜愛。

敦煌話本的特點有二：

㈠就文體演進而言：

1.曩昔以爲話本始於宋代，事實並非如此。敦煌話本以其流利的口語，講說通俗的故事，正足以看出唐代社會俗文學發展的狀況，行明唐代的說話伎藝已達成熟而普遍流本，說話的底本也已經產生。

2.敦煌話所無論在形式、體裁上，皆爲後代話本所承襲，而加以發展，它在文學發展史上，實具有重要的地位與價值。

㈡就其內容而言：

1. 敦煌話本的篇目雖然不多，內容卻是多元性的，或講說史傳故事，民間傳說，或演繹宗教哲理，發抒個人情感等，頗能眞實反映當時社會大衆的生活與思想。

2. 敦煌話本確實表露出邊陲地區，人民生活之需求，以及渴望過著安定日子的心聲；同時，敦煌話本對當時所發生的戰亂不安，提出合理的訴求，並爲當時在戰亂之中苦難的人民尋求精神的寄託。

由此可知，敦煌話本其實就是唐代話本，它所湧現的，即是唐代民間百姓生活的面面觀。故欲研究唐代民間文學者，敦煌話本實爲不可或缺的重要文獻。

附註

❶《漢書・東方朔傳贊》云：「朔之詼諧逢占射覆，其事浮淺，行於衆庶，童兒牧豎，莫不眩耀。而後世好事者，因取奇言怪語，附着之朔，故詳錄焉。」

❷《三國志・魏志》卷二十一注引《吳質別傳》云：「質黃初五年朝京師，詔上將軍及特進以下皆會質所，大官給供具。酒酣，質欲盡歡，時上將軍曹眞性肥，中領將軍朱鑠性瘦，質召優使說肥瘦。眞負貴，恥見戲。」

❸段成式《酉陽雜俎續集》卷四「貶誤」條云：「予太和末因弟生日觀雜戲，有市人小說，呼扁鵲作編鵲，字上聲，予令座客任道昇字正之。市人言：二十年前，嘗於上都齋會設此，有一秀才甚賞某呼扁字與編同聲，云世人皆誤，予意其飾非，大笑之。」

❹見於《東方雜誌》十七卷八號王國維《敦煌發見唐朝之通俗詩及通俗小說》一文。

❺如《廬山遠公話》篇中頗多口語化的散說：「說這惠遠」、「是時也」、「說其此人」、「是日也」等語；又如《唐太宗入冥記》中有「是何人也」「判官名甚」等語均是此類。

❻《高僧傳》《道安傳》云：「安常注諸經，恐不合理，乃誓曰：『若所說不甚遠理，願見瑞相。』乃夢見梵道人頭白眉長語安云：『君所注經，殊合道理。』」又《朱士行傳》云：「士行深懷痛心，乃求燒經爲證，王卽許焉。於是積薪殿前，以火焚之，士行臨火誓曰：『若大法應流漢地，經當不然，如其無獲命也如何？』言已，投經火中，火卽爲滅，不損一字，皮牒如本，大衆駭服，咸稱其神感。」

❼《高僧傳》《竺法汰傳》云：「時沙門道恆，頗有才力，常執心無義大行荆土。汰曰：此是邪說，應須破之。……明旦，更集慧遠就席，攻難數番，責鋒起，恆自覺義途差異，神色微動，麈

尾扣案，未卽有答。遠曰：不疾而速，杼柚何爲？坐者皆笑。心無之義，于此而息。汰下都，止瓦官寺。晉太宗簡文皇帝，深相敬重，請講放光經，開題大會，帝親臨幸……。」

⑧ 《北史》卷十一《隋本紀上》云：「大象二年五月，以帝（楊堅）爲楊州總管，將發，暴足疾而止。」

⑨ 《隋書》卷五十二《韓擒傳》中云：「任蠻奴爲賀若弼所敗，棄軍降於擒。」故話本混二者爲一。

⑩ 《韓擒虎話本》云：「昇廳而坐，由（猶）未定，忽然十字地烈（裂），湧出一人，身披黃金鏁甲，頂戴鳳翅，頭毛按三丈頭低……恰到第三日整歌歡之此，忽有一人著紫，忽見一人著緋，乘一朶黑雲，立在殿前。」

⑪ 《西京雜記》與《列女傳》所載秋胡故事，大抵相同。晉傅玄有《秋胡行》，顏延年、王融均有《秋胡》詩。

⑫ 《太平廣記》卷一百四十六引張鷟《朝野僉載》云：「太宗極康豫，太史令淳風見上，流淚無言，上問之，對曰：『陛下夕當晏駕。』太宗曰：『人生有命，亦何憂也？』留淳風宿。太宗至夜半，奄然入定，見一人云：『陛下蹔合來，還卽去也。』帝問：『君是何人？』對曰：『臣是生人判冥事。』太宗入見冥官，問六月四日事，卽令還，向見者又送引導出。淳風卽觀玄象，不許哭泣，須臾乃寤。至曙，求昨夜所見者，令所司與一官送注蜀道一丞，上怪問之，選司奉奏進止與此官，上亦不記，旁人悉聞，方知官皆由天也。」

⑬ 王重民《敦煌變文硏究》云：「《爐山遠公話》是公元九七二年寫本，可能就是這時候的作品，反映了第十世紀下半世紀變文衰而話本興的時期的話本代表作品。」

⑭ 羅宗濤《敦煌變文爐山遠公話成立的時代》一文認爲：其前有兩首偈語「身生智未生」與「儒童說五典」，又見於斯二一六五號「又眞覺秈云」的偈語中。直覺大師是晚唐五代人。又從文中

「一百貫文」，貫與文混用在後唐同光三年以後，故推斷之。然而，錢的混用在晚唐時已經相當紊亂，因此，以錢之名稱來斷定成立年代，似稍嫌不足。

⑮ 《韓擒虎話本》開頭卽云：「會昌既臨朝之日，不有（祐）三寶……」可知其產生年代之上限，當不早於唐武宗會昌五年。

⑯ 伯二九六二號《張義潮變文》云：「諸川吐蕃兵馬還來刼掠沙州，奸人探得事宜，星夜來報僕射……決戰一陣，蕃軍大敗。……燉煌北一千里鎮伊州城西有納職縣，其時回鶻及吐渾居住在彼，頻來抄刼伊州，俘虜人物，侵奪畜牧，曾無暫安。僕射乃於大中十年六月六日，親統甲兵，詣彼擊逐伐除。

⑰ 《葉淨能詩》直稱唐明皇爲玄宗，自應在代宗定廟號後。然文中未涉及楊貴妃與霓裳羽衣事，卻述及皇后無子求子事，顯然此話本產生於楊貴妃故事普遍流傳之前。故約當憲宗元和以前，代宗定廟號之後。

⑱ 《太平廣記》卷二百八十五「葉道士」條云：「唐明崇儼有術法，大帝試之，爲地窖，遣妓奏樂，引儼至，謂曰：『此地常聞絃管，是何祥也，卿能止之。』儼曰：『諾。』遂書二桃符，於其上釘之，其聲寂，上笑，喚妓人問，云見二龍頭，張口向下，遂怖懼不敢奏樂也。上大悅。」

附錄一　斯二〇七三號《廬山遠公話》

廬山遠公話　蓋聞法王蕩蕩佛教巍巍王法無私佛行
平等王留政教佛演真宗皆是十二部尊經總是釋
迦梁津如來滅度之後衆聖潛形於像法中有一和尚
号曰旃檀有一弟子名曰惠遠說這惠遠家住鴈門
兄弟二人更無外族兄名惠遠捨俗出家弟名惠持侍
養於母惠遠於旃檀和尚處常念正法每觀直經
知三禪定如樂使登世之一个遠遠於百合掌啓和
尚曰弟子伏事和尚積載年深學藝荒無自為還
託令擬訪一名山尋溪渡水訪道參僧憶託於嵓谷之
邊以暢平生可矣師曰汝今既去擬住何山惠遠曰但

附錄二　斯二〇七三號《廬山遠公話》

遠公能涉長路而行，遂乃重現神通。遠公既至長安，足下雲生，如壯士展臂，須臾之間，便至廬山。遠公亦也不歸舊寺，相去十里已來，於一峻嶺上權時結一草菴，彼中結跏敷坐，便即重尋舊卷，再舉經聲。荏苒之間，又經數月。遠公忽望高原，乃嘆此山，其境峻巖，鶴鳴澗下，龍吟百谷千巖，例皆花發，地平長流之水，園開不朽之花，是如來修行之處。於是遠公正坐，入其三昧，然淨意澄心，思惟佛道，念浮生不久，現凡世而無堪，便將自性心王，造一法船，歸依上界。遠公造船，不用凡間料物也，不要諸般，自持無漏大乘已為纜索，菩提般若用作拘欄，金剛鏨造已為

附頁伍　張長繼書記

附錄三　斯二一四四號《韓擒虎話本》

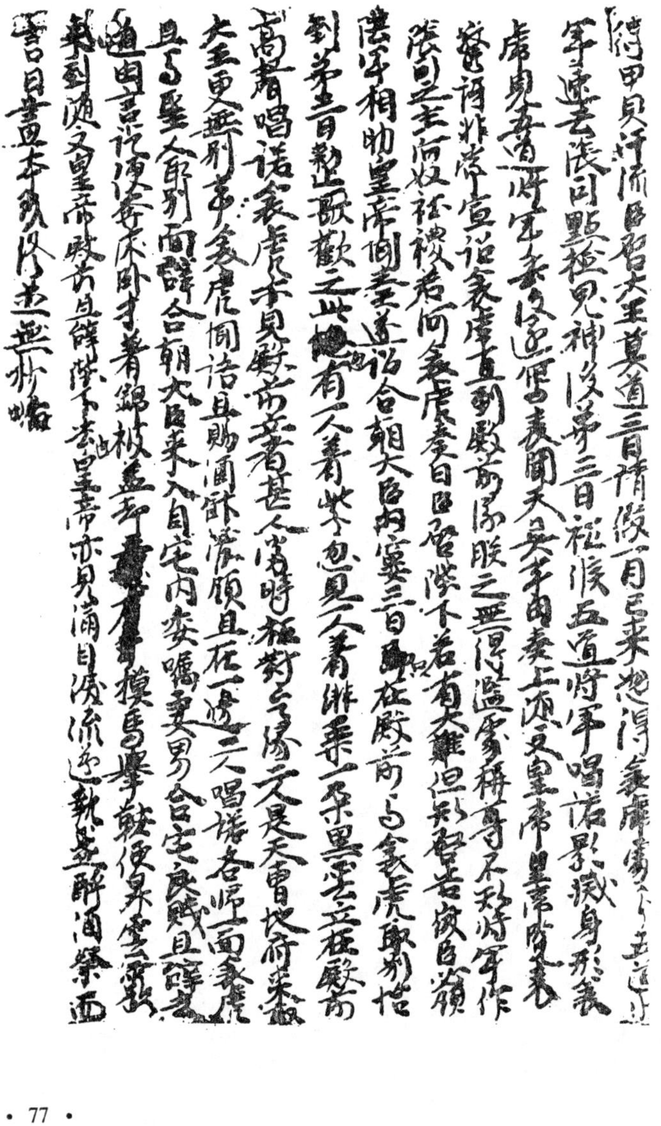

南宋詞中所反映之朝政

——以高、孝、光、寧四朝爲例

王偉勇

一、前　言

詞之發展，在南宋以前，率以娛賓遣興、析酲解慍爲其目的，而以離情別緒、兒女私情、吟風弄月爲其內容。間或藉以抒寫性情襟抱、身世遭遇，已屬別調；況乃藉以反映朝政，議論時局，則尤少見也。洎乎「金兵南侵，二帝北狩，江山僅餘半壁，繁華盡付流水。一時慷慨悲歌之士，莫不攘臂激昂，各抱恢復失地之雄心，藉展『直搗黃龍』之素願。而高宗誤信讒佞，不惜靦顏事仇，逼處臨安，以度其『小朝廷』生活。坐令士氣消阻，一蹶而不可復振。不平則鳴，於焉橫放傑出之歌詞，宛若天假之，以洩一代英雄抑塞磊落不平之氣。此時外逼於強寇，內誤權奸，在長短句中所表現之熱情，非嫉讒邪之蔽明，即痛仇讎之莫報，蒼涼激壯，一振頹風。」（龍沐勛〈兩宋詞風轉變論〉，《詞學季刊》第二卷第一號）於焉詞之內容丕變，功用擴大，而有大量反映朝政之作；不惟高宗朝，終南宋之世，實皆有之。本人爲進一步了解當代詞人對朝政關注之方向，乃自其詞作中，爬羅剔抉，比對史實，作一番整理探討，期有以知其具體內容。

其次，本文所謂之南宋詞，實包含下列四種人士之作品：㈠生於北宋而隨宋室南渡者，如李綱、岳飛、陸游。㈡生卒皆在南宋者，如陳亮、劉過、劉克莊。㈢自金歸正之北人，如辛棄疾。至若宋遺民，固屬南宋範圍，然本文爲省篇幅，僅以高、孝、光、寧四朝爲例，未涉遺民生活之時代，故不予計數。

爲求了解各代之朝政與詞人之反映，本文乃以朝代爲脈絡，略分三期：㈠高宗朝；㈡孝宗朝；㈢光宗、寧宗朝（光宗卽位僅五年，旋以疾傳位，故與寧宗合併。）而後擬具詞人所反映之朝政，先敍史實，後舉作品加以印證；一則有以了解各代之政治措施，再則觀其異同，三則結合文史，互爲佐證也。

二、主文

㈠ 高宗朝

1. 議論建都

高宗南渡之初，朝臣首度爭議之問題，厥爲建都。建炎三年（西元一一二九年）二月，帝在鎭江。當時金軍正擬渡江南下，帝召從臣問去留，王淵以錢塘有重江之險，建言逃往錢塘。高宗畏敵如虎，深然其言。而張邵乃上疏曰：「今縱未能遽爭中原，宜進都金陵，因江、淮、蜀、漢、閩、廣之資，以圖恢復。」帝不聽，終駐蹕杭州。紹興六年（一一三六）七月，張浚復奏曰：「東南形勝莫重於建康（卽金陵），實爲中興根本；且使人主居此，北望中原，常懷憤惕，不敢暇逸。而臨安僻在一隅，內則易生玩肆，外則不足以號召遠近，繫中原之心。請臨建康，撫三軍，以圖恢復。」高宗採信其議，乃於次年移蹕建康。然八年復還臨安，張守諫曰：「建康自六朝爲帝王都，氣象雄偉；且據都會以經理中原，依險阻以捍禦強敵。陛下席未及暖，今又巡幸，百司六軍有勤動之苦，民力邦用有煩費之憂。願少安於此，以繫中原民心。」（以上並見《宋史紀事本末》卷六三南遷定都）而高宗一心欲與金人和議，殊不以北方失地爲念，執意返杭。同年，宋金簽訂「紹興和議」，南宋終定都臨安（卽杭州）。

針對朝廷已然之定局，詞人康與之嘗塡一闋菩薩蠻令，題曰「金陵懷古」，實乃借以傷今；亦卽針對當時統治者之決定，發出嘆惋之音。其詞曰：

> 龍蟠虎踞金陵郡。古來六代豪華盛。縹鳳不來游。臺空江自流。　下臨全楚地。包舉中原勢。可惜草連天。晴郊狐兎眠。

此詞上片寫歷史中之金陵，下片始切時事。「下臨」兩句，描述金陵視通萬里，復將今日金陵之足以包舉中原，道其戰略地位之重要。然南宋統治者乃棄此而都臨安，聽任金陵王都荒廢不治，無從發揮其作用，寧不可惜！

2. 反對和議

高宗自卽帝位後，怯懦一如其父兄；又緣曾爲質金營，親見金人之野蠻殘暴，畏懼之心油然而生；復囿於偏安據守之主意，故仍沿襲北宋對外之綏靖政策，以求苟安。及至秦檜自金地南歸，首謀相位，既而探知高宗心意，乃積極議和。據李心傳《建炎以來繫年要錄》卷七二載：「紹興八年，宰執入見，檜獨留奏事，言：『臣僚畏首畏尾，多持兩端，此不足與託大事。若陛下決議講和，乞專與臣議，勿許羣臣預。』帝曰：『朕獨委卿。』檜曰：『臣恐未便，望陛下更思三日。』檜復留身奏事，帝言欲和甚堅，檜猶以爲未可，復進前說。又三日，知帝不移，乃出文字，乞決和議。」是知秦檜之於主和，實「用心良苦」也。

面對朝廷之決策，南宋忠義之士，或藉詞作表達其積極主戰之心願。如李綱七首詠史詞，內容卽頗積極。茲舉〈喜遷鶯〉（晉師勝淝上）爲例：

> 長江千里。限南北、雪浪雲濤無際。天險難踰，人謀克壯，索虜豈能吞噬。阿堅百萬南牧，倐忽長驅吾地。破强敵，在謝公處畫，從容頤指。奇偉。淝水上，八千戈甲，結陣蛇豕。鞭弭周旋，旌旗麾動，坐却北軍風靡。夜聞數聲鳴鶴，盡道王師將至。延晉祚，庇烝民，周雅何曾專美。

按：此詞係以歷史著名之淝水之戰，借古喩今，激勵南宋朝廷善依天險，克壯人謀，以抗金取勝。餘六首，或詠漢武帝擊敗匈奴（〈調寄念奴嬌〉），唐太宗擊退突厥（〈調寄水龍吟〉），宋眞宗幸澶淵抗遼（〈調寄喜遷鶯〉），則寓意高宗效法漢帝、唐皇，乃至宋眞宗，以武力抗金也。或詠漢光武帝中興（〈調寄水龍吟〉），唐憲宗平淮西（〈調寄念奴嬌〉），則寓意高宗能中興宋室也。而眞宗幸澶淵詞中，盛稱寇準力排衆議，奉眞宗「親行天討」，可知作者亦渴望助高宗完成保國安民之大業也。至若〈雨霖鈴〉（明皇幸西蜀），則深戒朝廷勿苟安度日，庶免遺恨千古也。

或亦對朝廷主和之政策，表現憤憤不平之心境，如任官西北之胡世將，即塡酹江月詞道其事❶：

神州沈陸，問誰是、一范一韓人物。北望長安應不見，拋却關西半壁。塞馬晨嘶，胡笳夕引，贏得頭如雪。三秦往事，只數漢家三傑。試看百二山河，奈君門萬里，六師不發。閫外何人，回首處、鐵騎千羣都滅。拜將臺欹，懷賢閣杳，空指衝冠髮。闌干拍遍，獨對中天明月。

按：此詞誠然感時而發，指斥和議之非，期待眞有抱負之志士實現恢復大業。詞中用三組人物以喻志：其一，一范一韓——北宋抗西夏名將范中淹與韓琦；其二，漢家三傑——張良、蕭何、韓信；其三，懷賢閣主——諸葛亮。然冠上「嘆」、「欹」、「杳」等字，豈非說明「時無英雄」！而所謂「奈君門萬里，六師不發」，即反對議和之政策也。

又如無名氏作〈水調歌頭詞〉（建炎庚戌題吳江）：

平生太湖上，短棹幾經過。如今重到，何事愁與水雲多。擬把匣中長劍，換取扁舟一葉，歸去老漁蓑。銀艾非吾事，丘壑已蹉跎。　鱠新鱸，斟美酒，起悲歌。太平生長，豈謂今日識兵戈。欲瀉三江雪浪，淨洗胡塵千里，不用挽天河。回首望霄漢，雙淚墮清波。

此詞據龔明之《中吳紀聞》卷六載，乃建炎四年庚戌（一一三〇）題於吳江者，作者姓名不詳。而曾敏行《獨醒雜誌》卷六更載：「紹興（一一三一至一一六二）中有於吳江長橋上題水調歌頭，……不題姓氏。後其詞傳入禁中，上命詢訪其人甚力。秦丞相乃請降黃榜招之，其人竟不至。或曰：『隱者也。自謂『銀艾非吾事』，可見其泥軒冕之意。秦丞相請招以黃榜，非求之，乃拒之也。』」雖然，其爲反映當時朝政，則確乎不移也。

此詞起首先回憶今昔生活之異，並設問何事使然？「擬把」三句，以劍換舟，暗喻報國無門，唯擬終老江湖耳。上片末結，謂已無意爲官（銀艾，指印綬），然今已無從歸隱，孰令改之？過片三短句，音節疾促，作者感情亦噴湧而出，且以新鱸、美酒，反襯其悲苦之心境。「太平」兩句，將上片種種疑問，做一回應：皆緣「兵戈」使然也。「欲挽」三句，謂已欲傾盡心力，洗盡蒙受胡塵之山河；顯係主戰者之心聲。然回望霄漢，徒嘆奈何！蓋以霄漢喻朝廷，怨其竟採主和妥協之政策，致難伸其素志也。

而不少南渡之士大夫於主和政策下，亦僅能於期待之歲月中，搔首感嘆而已。如斥責朝廷「無處問豪英」（〈八聲甘州〉句）之葉夢得，即自嘆：「坐看流年輕度，拚卻鬢雙華」（〈水調歌頭〉句）；欲「試倩悲風吹淚過揚州」（〈相見歡〉句）之朱敦儒，亦僅能搔首出紅塵，度其「醒醉更無時節」（〈好事近〉句）之生活；而立志「笑談渴飲匈奴血」之岳風，終太息：「欲將心事付瑤琴。知音少，絃斷有誰聽。」（〈小重山〉句）❷至若呂本中南歌子末結：「只言江左好風光，不道中原歸思轉淒涼。」亦深改不滿與無奈也。

3. 反抗權相——秦檜

秦檜主和之苦心，已如前述。然猶以羣臣爲患，乃設法排擠反對和議者。《宋史紀事本末》卷七二載：「勾龍如淵爲檜謀曰：『相公爲天下大計，而邪說橫起，何不擇人爲臺諫，使盡擊去，則事可定矣。』檜大喜，即擢如淵爲中丞，劾異己者，卒成檜志。」於焉殺岳飛，竄張浚，貶李綱，逐胡銓，一時忠臣良將，誅鋤略盡。

面對此等政治迫害，南宋忠義之士，絲毫不以進退而妥協。如李綱被貶江西，仍藉詞抒其立場，其〈六么令〉下片云：

> 潮落潮生波渺，江樹森如髮。誰念遷客歸來，老大傷名節。縱使歲寒途遠，此志應難奪。高樓誰設。倚闌凝望，獨立漁翁滿江雪。（次韻和賀方回金陵懷古，鄱陽席上作。）

此中「誰念」句，即謂誰能體諒被朝廷排擊，貶斥至此之遷客？而人已老大，聲名未立爲可傷耳。其下謂不論環境若何，抗金之意志終難奪。結尾三句，則以寒江獨釣之漁翁，象徵其獨立不移、堅毅不拔之精神。

而南宋士人，對於反對和議而遭罷黜之忠臣，亦時挺身支持，彌壯其節。如紹興八年，宋金議和成，李綱於是年十二月，自洪州上書反對，卒遭罷歸福建長樂，張元幹於焉填賀新郎詞寄之，其下片云：

> 十年一夢揚州路，倚高寒、愁生故國，氣吞驕虜。要斬樓蘭三尺劍，遺恨琵琶舊語。謾暗澀銅華塵土。喚取謫仙平章看，過苕溪尚許垂綸否，風浩蕩，欲飛舉。

詞中「要斬」句，係借漢使臣傅介提劍斬樓蘭王之典❸，勉宋將亦能如此對抗金人。「遺恨」句，則借漢嫁昭君和親匈奴之事，影射和議之不可行。「謾暗澀」句，係以寶劍被棄，喻李綱主戰人物之見黜也。「喚取」以下，則以李白比李綱，兼切李姓；並對和議形勢設問：愛國志士豈能自此退隱苕溪，逍遙林下？末兩句陡然振起，否定退隱之思，端欲氣衝雲霄，有所作為也。張元幹另有一首〈賀新郎〉送胡邦衡待制詞，其上片云：

> 夢繞神州路。悵秋風，連營畫角，故宮離黍。底事崑崙傾砥柱，九地黃流亂注。聚萬落千村狐兔。天意從來高難問，況人情，易老悲難訴。更南浦，送君去。

按：胡邦衡即胡銓，曾於紹興八年，秦檜再度入相之際，上書高宗曰：「臣備員樞屬，義不與檜共戴天。區區之心，願斬三人頭（指秦檜、王倫、孫近），竿之藁街。……不然，臣有赴東海而死，寧能處小朝廷求活耶！」此書甫上，檜以銓「狂妄凶悖，鼓衆刼持」，詔除名，編管昭州（今廣西平樂）；四年後，諫官羅汝楫劾銓飾非橫議，復編管新州（今廣東新興）（參《宋史》卷三七四）。元幹此詞卽作於此時。首句言我輩日夜繫心者，皆中原故土；「悵秋風」三句，謂值此秋日，一則聽聞吹角連營之景，似乎此地武備十分雄武；一則思彼故都汴京，已然禾黍離離，一片荒蕪。如此起筆，南宋局勢亦隱然縮攝於尺幅之中。「底事」三句，設問：黃河中流砥柱緣何傾倒，以致濁流氾濫，令九州爲陸沈？而中原文明之地，亦處處爲狐兎盤踞橫行，寧不可嘆！「天意」兩句，謂天高難問，人間復無可共語者，唯志同道合之胡公可共處，而今公又遽去，忠臣落落處境可知矣！稍後，元幹亦因之除名。足證當時法網之峻，而義士求仁得仁，固無所懼也。十年後，新州守臣張棣訐銓與客唱酬（〈調寄好事近〉，參❹），謗訕怨望，乃移銓吉陽軍（今海南島崖縣）。而胡銓主戰反和之立場，始終不變。甚而符離戰敗後，孝宗詔以「和戎遣使，大詢于庭，待從、臺諫預議者凡十有四人。主和者半，可否者半，言不可和者，銓一人而已。」（參《宋史》卷三七四）誠然耿介之士也。

他如「某知有君父，不知有權臣」之高登，亦一再譏斥秦檜，，志不稍屈（參《宋史》卷三九九）。嘗塡〈好事近〉詞云：❹

> 富貴本無心，何事故鄉輕別。空使猿驚鶴怨，誤薜蘿秋月。　囊錐剛要出頭來，不道甚時節。欲駕巾車歸去，有豺狼當轍。

此詞下片，謂囊錐硬要出頭，而不顧何等時代，正見志士之執着也。然道既不行，不如駕巾車歸去；奈豺狼仍當道，自無從歸去也。顯然此亦諷刺秦檜等主和派汨亂朝政，陷害忠良，致忠良之士縱欲報效朝廷，亦難盡其力也。

4. 采石磯之戰

紹興三十一年（一一六一）十一月，金主完顏亮舉兵突破南宋淮河防線，直趨長江北岸，假道采石（今安徽馬鞍山）渡江之際，爲虞允文督水師擊退，大敗而走。完顏亮行至揚州，甚而爲部下所弒。此役，對南宋而言，可謂難得大捷，頗能振奮人心。愛國志士聞之，自爲之鼓舞不已；形之於詞，宜推張孝祥〈水調歌頭〉最著名：

> 雪洗虜塵靜，風約楚雲留。何人為寫悲壯，吹角古城樓。湖海平生豪氣，關塞如今風景，剪燭看吳鉤。賸喜燃犀處，駭浪與天浮。　憶當年，周與謝，富春秋。小喬初嫁，香囊未解，勛業故優游。赤壁磯頭落照，肥水橋邊衰草，渺渺喚人愁。我欲乘風去，擊楫誓中流。

此詞起首，先敍采石戰勝以切題，而後爲自己未能參與戰爭而遺憾；時孝祥方知撫州未能赴前線也。其下復敍此悲壯之戰蹟，而以吹角聲象徵勝利喜悅之心情。「湖海」以下，則藉三國陳登故實❺，表明個人亦有澄清天下之志；且以剪燭看刀之豪舉，寫出殺敵建功之熱切期待。「燃犀」用溫嶠典❻，既點明地點，亦擬敵軍爲妖魔鬼怪；且以駭浪浮天，狀采石戰役雄偉之場面。下片則以周瑜大敗曹軍、謝玄擊敗前秦之往事，稱頌虞允文之戰功；且藉祖逖擊楫中流❼之壯舉，寫個人欲建功立業之雄心大志也。紹興三十二年，張孝祥另塡一闋六州歌頭⑧，表達對南宋偷安江左、遣使講和之憤慨，所謂：「念腰間箭，匣中劍，空埃蠹，竟何成。時易失，心徒壯，歲將零。渺神京，干羽方懷遠，靜烽燧，且休兵。冠蓋使，紛馳鶩，若爲情。聞道中原遺老，常南望翠葆霓旌。使行人到，忠憤氣填膺，有淚如傾。」是又對時事之另一種反應也。

5. 譏刺使臣

再者，南宋士大夫對奉命出使之朝臣，亦頗留意其行徑；苟或違命見辱，亦時藉詞諷之。如紹興太學生之南鄉子：

> 洪邁被拘留。稽首垂哀告敵仇。一日忍飢猶不耐，堪羞。蘇武爭禁十九秋。　厥父旣無謀。厥子安能解國憂。萬里歸來誇舌辯，村牛。好擺頭時便擺頭。

按：此詞係描述洪邁使金之懦弱。據《宋史》卷三七三本傳載：高宗紹興三十二年春，金主遣使來告登位，且議和。邁爲接伴使，曾奏十有四事，折伏金使，頗稱名一時。至三月丁巳，朝廷議遣使報金國聘，邁乃慨然請行。至燕，金閤門見國書，謂不如式，抑令使人於表中改「陪臣」二字，朝見之儀必欲復舊禮。邁初執不可，旣而金鎖使館，自旦及暮，水漿不通，三日邁遂屈服。此詞上片，即針對此事，刺洪邁之毫無骨氣，羞對蘇武也。下片並刺其父洪皓，按《宋史》同卷載，皓之使金，見羈十五年始歸，高宗曾譽云：「蘇武不能過」，然紹興太學生仍刺其「無謀」，蓋謂其空留金國，束手無策也。結句復回諷洪邁但憑口舌，能言善道，返國後竟神氣擺頭也。

(二) 孝宗朝

1. 譏刺和議苟安及小人亂政

孝宗卽位後，仁孝奮發，志切恢復。而張浚受高宗之託，輔弼左右，益見朝氣。然隆興元年，符離軍潰，國家平日所積之兵財，掃地無餘。於焉秦檜餘流湯思退等，乃積極主和，孝宗心志動搖，和議之說遂行，終孝宗之世不變（參《宋史紀事本末》卷七七隆興和議）。面對此種轉變，南宋忠義之士恒藉詞抒其不滿。既痛陳和議之非，復斥責小人亂政，兼亦流露「時不我予」之慨嘆。如陸游〈鷓鴣天〉詞：

家住蒼烟落照間。絲毫塵事不相關。斟殘玉瀣行穿竹，卷罷黃庭卧看山。　貪嘯傲，任衰殘。不妨隨處一開顏。元知照物心腸別，老却英雄似等閒。

此詞據夏承燾、吳熊和放翁詞編年箋注，以爲乃乾道二年所作，時陸游年四十二，以言官彈劾謂其「交結臺諫，鼓唱是非，力說張浚用兵」（《宋史》卷三九〈陸游傳〉），免隆興通判，始卜居鏡湖之三山。詞中末兩句，本謂：原已了解造物者之無情，徒令英雄衰頹老死，仍等閒視之。此固爲怨天，而尤抱怨南宋統治者無心恢復，以致英雄無用武之地也。再者，此詞通篇充滿退隱思想，然此乃忠義之士一時沮喪而發，未必其眞情。故朝廷屢召，彼等亦屢起，陸游如此，辛棄疾、楊炎正與夫晚宋之劉克莊，亦莫不如此（參拙作《南宋詞研究》，頁二三四至二三六），所謂「自許封侯在萬里，有誰知，鬢雖殘，心未死」是也。

至如辛棄疾，以二十三歲盛年率衆南歸後，即熱切期待朝廷重用，以遂恢復中原之素志；其壯年歲月，亦於孝宗時代度過（年二十四至五十一）。然面對朝廷泄沓之風氣，復迭遭遣廢，其沈鬱固可知也。發之於詞，對朝政自多不滿。如其〈賀新郎〉詞（同父見和再用韻答之）下片：

> 事無兩樣人心別。問渠儂、神州畢竟，幾番離合。汗血鹽車無人顧，千里空收駿骨。正目斷、關河路絕。我最憐君中宵舞，道男兒、到死心如鐵。看試手，補天裂。

關於此段，大陸學者薛祥生、王少華有精彩之詮釋，茲移錄如下：「『事無兩樣人心別』，展望時世，山河破碎，愛國志士方痛心疾首，而南宋統治者卻偏安一隅，把家恥國難全拋在腦後。詞人用『事無兩樣』與『人心別』兩種不同意象加以對照，極其鮮明地刻劃了南宋統治者苟且偷安的慵懦醜態，深刻地抒發了鬱勃胸中的萬千感慨。詞人禁不住義憤塡膺，向統治者發出了嚴厲的質問：『問渠儂：神州畢竟，幾番離合！』神州大地，山河一統，自古已然，『合』時多而『離』時少。今當政者不思恢復，以和議確定了『離』的局面，是何居心！詞語中凜然正氣咄咄逼人，足以使統治者無地自容。……詞人想到：神州大地要想得到統一，就必須重用抗戰人材，可是當今社會卻是『汗血鹽車無人顧，千里空收駿骨』。當道諸公空說徵求人材，但志士卻長期受到壓抑，正像拉鹽車的千里馬困頓不堪而無人過問，徒然去購置駿馬的尸骨又有何用！詞人連用三個典故❾，非常曲折而又貼切地表達了鬱勃心頭而又不便言明的不幸。一個『空』字，集中表達了詞人對朝中當政者打擊排斥主戰派種種行爲的無比怨忿。……『正目斷關河路絕』，詞人觸景生情，由大雪塞途聯想到通向中原的道路久已斷統，悲愴之情油然而生。山河分裂的慘痛局面，激起了詞人收復中原的熱情。他想起晉代祖逖與劉琨聞鷄起舞的動人故事，想起了古代神話中女媧氏煉石補天的美麗傳說，更加堅定了統一祖國的必勝信念，唱出了『我最憐君中宵舞，道男兒到死心如鐵。看試手，補天裂』這時代的最強音」（《唐宋詞鑒賞辭典，頁一五三三，上海辭書出版社）。又如：

卻憶安石風流，東山歲晚，淚落哀箏曲。兒輩功名都付與，長日惟消棋局（〈念奴嬌〉，起句：我來吊古）

渡江天馬南來，幾人真是經綸手。長安父老，新亭風景，可憐依舊。夷甫諸人，神州沈陸，幾曾回首，算平戎萬里，功名本是，真儒事，公知否。（〈水龍吟〉上片）

此兩段文字，一則反用謝安之典，諷刺朝廷將恢復之事，盡付兒輩❿；且以桓伊撫箏典，慨嘆君臣相遇之難⓫。一則深嘆朝中無經綸之才，且盡屬晉代王衍等清談者流，全不以朝政爲事也⓬。又如：

鬱孤臺下清江水。中間多少行人淚。東北望長安。可憐無數山。　青山遮不住。畢竟東流去。江晚正愁余。山深聞鷓鴣。（〈菩薩蠻〉）

巵酒向人時，和氣先傾倒。最要然然可可，萬事稱好。滑稽坐上，更對鴟夷笑。寒與熱，總隨人，甘國老。　少年使酒，出口人嫌拗。此個和合道理，近日方曉。學人言語，未會十分巧，看他們，得人憐，秦吉了。（〈千年調〉）

去天尺五君家別，看乘空、魚龍慘淡，風雲開合。起望衣冠神州路，白日消殘戰骨。嘆夷甫諸人清絕。夜半狂歌悲風起，聽錚錚、陣馬檐間鐵。南共北，正分裂。（〈賀新郎〉下片，起句：細把君詩說）

此三段文字，一則用「青山」喻小人之蔽賢，且以水畢竟東流，反襯己終難東歸也[13]。次則以酒器——滑稽、鴟夷，藥材——甘草，禽鳥——秦吉了等擬喻小人，刻劃其阿諛逢迎、虛與委蛇之醜態也。三則以魚龍紛擾，騰飛搏鬪於風雲開合之中，隱喻朝中羣小趨炎附勢，爲謀權位而激烈爭鬪之狀；且嘆中原陸沈，只今唯見一堆白骨，而朝中當權者，乃如晉代王衍般，不理政事，苟安偷樂，無視南北分裂之局也。

孝宗朝，另一位急切反映朝政而發之於詞者，厥爲與辛棄疾志同道合，過從甚密之陳亮。其作品，如：

危樓還望，嘆此意今古幾人曾會。鬼設神施，渾認作天限南疆北界。一水橫陳，連岡三面，做出爭雄勢。六朝何事，只成門戶私計。（〈念奴嬌〉登多景樓上闋）

此乃登多景樓所作，樓在鎮江，陳亮曾於淳熙十五年至金陵、鎮江（即京口）一帶視察形勢，詞當作於此時。詞中以六朝戒南宋，亦詩人微而婉之意也。然南宋朝臣終以安享太平爲渾穆之王風，恢復中原爲戰爭之覇術，而任國勢頹唐；甚乃視陳亮上書之舉爲狂怪，而百般沮阻（見《宋史》本傳）。其三闋賀新郎酬辛稼軒之作，將平生素志遭際淋漓道盡，並對朝政提出熱切批評。茲舉一闋爲例，而以二闋爲輔，略述如次：

　離亂從頭說。愛吾民、金繒不愛，蔓藤纍葛。壯氣盡消人脆好，冠蓋陰山觀雪。虧殺我一星星髮。涕出女吳成倒轉，問魯為齊弱何年月。丘也幸，由之瑟。斬新換出旗麾別。把當時、一椿大義，拆開收合。據地一呼吾往矣，萬里搖肢動骨。這話霸、只成癡絕。天地洪爐誰扇鞴，算于中安得長堅鐵。淝水破，關東裂。

此詞前三句，諷刺南宋朝廷一味納金帛求和，未能與金人決戰，遂致民離國亂，後患無窮。殊不知此策徒能得短暫之和平，而非長久之計，所謂「小屈穹廬，但二滿三平，共勢均佚」⑭（〈三部樂〉，七月送丘宗卿使虜）是也。

「壯氣」兩句，謂苟安之計，坐令天下士氣日漸頹惰，甚而使臣出使，亦忘卻廉恥，無所成事，徒能觀雪陰山，誠教英雄扼腕。此種現象，陳亮終身引以爲憂，詞集中亦一再致意，所謂：「天下適安耕且老，看買犂賣劍平家鐵。壯士淚，肺肝裂」（〈賀新郎〉懷辛幼安用前韻）。尤可懼者，此家國之恥，今世若不雪，則中原父老殂謝後，其子孫「生長於戎，豈知有我」（〈中興論〉），必以奉賊爲忠義而狃於其習，甚而與宋室爲敵，不自知其逆，所謂「父老長安今餘歲，後死無仇可雪，猶未燥當時生髮」（〈賀新郎〉寄辛幼安和見懷韻），卽此義也。

「涕出」兩句，係借古喻今。孟子離婁篇：「齊景公曰：『既不能令，又不受命，是絕物也』，涕出而女于吳。」《吳越春秋》載：「闔閭復謀伐齊，齊侯使女爲質於吳。」合而讀之，上句意蓋謂：南宋求和于金，乃倒轉之局。左傳哀公十四年載：「孔丘三日齋，而請伐齊，三。公曰：『魯爲齊弱久矣』，子之伐之，將若之何？」引申言之，下句蓋以問句作肯定叮嚀：莫忘金人竊據宋土。此卽陳亮終身切齒而引以爲辱之事，所謂「二十五絃多少恨，算世間那有平分月。胡婦弄，漢宮瑟」（〈賀新郎〉寄辛幼安和見懷韻）是也。

「丘也幸，由之瑟」兩句，典皆出於《論語》述而篇：「丘也幸，苟有過，人必知之。」先進篇：「由之瑟，奚爲於丘之門。」蓋子路彈瑟發武勇之音，故孔子有是責也。然陳亮引此，反用其義，乃慶幸今日舉朝苟安柔靡之際，能得棄疾共發積極主戰之聲，誠有志一同也。

下片承上而來，設想朝廷若用棄疾領軍，定出現「嶄新換出旗麾別」之局面，而有一番新氣象也。「把當時」句，蓋謂：苟以辛氏領軍，則能秉「尊王攘夷」之春秋大義，整頓乾坤。於焉「據地」云云，乃陳亮想像隨軍馳騁萬里，英勇抗金之景。然此等主戰言論，特爲今日朝廷視爲話柄，而吾等期待，終成「癡絕」而已。思及此，滿腔無奈，顯而易見。然陳亮終未喪氣，特恐人壽不久，未能長存，以見大業爲憾，故云：「天地洪爐誰扇鞴，算于中安得長堅鐵！」⑮，末結，則以晉謝玄破苻堅於淝水，秦張儀破關東六國之合縱爲例，切盼南宋王師有朝一日亦如是，且以之與辛棄疾互勉也。

此外，如劉仙倫送張明之赴西京幕所作〈念奴嬌〉詞，亦云：「勿謂時平無事也，便以言兵爲諱。眼底河山，樓頭鼓角，都是英雄淚。功名機會，要須閑暇先備。」均以朝廷苟安爲憂，而互勉同志也。

2. 關心大臣出使

據史書載，宋高宗於秦檜等主和派慫恿下，於紹興十一年向金帝進表，卑躬屈膝曰：「世世子孫，謹守臣節。每年皇帝生辰並正旦，遣使稱賀不絕；歲貢銀、絹各二十五萬兩、匹。」洎乎孝宗符離兵敗，復訂「隆興和約」，從此宋帝不再對金稱臣，而改君臣關係爲叔侄，疆界仍維持完顏亮南侵前狀況，歲貢由二十五萬，減爲二十萬（參《宋史》〈高宗〉及〈孝宗〉本紀、《宋史紀事本末》卷七二及卷七七）。然此終屬屈辱條約，故對於奉命使金以賀正旦之任務，時亦寫入詞中。如〈曾覿金人捧露盤〉（起句：記神京）、〈憶秦娥〉（起句：風蕭瑟）；〈韓元吉好事近〉（起句：凝碧舊池頭）等，卽用寫出使北國所見之景與當時之心情。玆更舉范成大出使之作爲例：

> 萬里漢家使，雙節照清秋。舊京行徧，中夜呼禹濟黃流。寥落桑榆西北，無限太行紫翠，相伴過盧溝。歲晚客多病，風露冷貂裘。　對重九，須爛醉，莫牽愁。黃花為我，一笑不管鬢霜羞。袖裏天書咫尺，眼底關河百二，歌罷此生浮。惟有平安信，隨雁到南州。（〈水調歌頭〉，燕山九日作）

此詞爲孝宗乾道六年重九，成大出使金廷途中所作。上片首敘己之出使，冰心一片；並借禹之治洪流，以喻其力挽狂瀾之志也。「寥落」以下，敘經行所見之景，且暗點節候。下片承上而來，明示時序。「袖裏」句，謂已奉命出使，必謹愼其事，不敢怠慢。「眼底」句，則謂眼前所見之山河，盡屬險要之地，而爲虜廷竊據泰半，慨嘆之情，油然而生。末兩句雖爲尋常報平安之語，而出於衆人懸念之際，意義自不尋常也。[16]

至若對於奉命出使之官吏，忠義之士亦時塡詞相勉，期勿忘國仇家恨，而有辱節之行。如陳亮即曾於賀新郎詞中斥責出使官吏徒知「冠蓋陰山觀雪」；及至送章德茂大卿使虜，乃勉之曰：

> 不見南師久，漫說北羣空。當場隻手，畢竟還我萬夫雄。自笑堂堂漢使，得似洋洋河水，依舊只流東。且復穹廬拜，會向藁街逢。　堯之都，舜之壤，禹之封。于中應有，一個半個恥臣戎。萬里腥膻如許，千古英靈安在，磅礡幾時通。胡運何須問，赫日自當中。（〈水調歌頭〉）

此詞係陳亮於孝宗淳熙十三年送章森（字德茂）使金賀正旦所作。上片順旨而起，先勉德茂克盡使臣之責。「自笑」三句，筆意一轉，以爲堂堂漢使，豈應年年向敵臣服求和。「且復」兩句則肯定道出：目前之局勢終有改易之日。下片「堯之都」五句，期勉志士宜奮發雪恥，然着一「應」字，則於南宋君臣之苟安，含無限譏刺之意。「萬里」三句，寫出陳亮對於伸張民族正義之迫切期待。「胡運」兩句，復肯定金人氣數不旋踵將盡，而南宋國運自必如日中天也。

3. 關於官吏任期

官吏任期問題，當以辛棄疾之遭遇最值同情。其〈摸魚兒〉詞（淳熙己亥，自湖北漕移湖南，同官王正之置酒小山亭，為賦。）云：

> 更能消、幾番風雨，匆匆春又歸去。惜春長怕花開早，何況落紅無數。……長門事，準擬佳期又誤。蛾眉曾有人妒。千金縱買相如賦。脈脈此情誰訴。君莫舞，君不見、玉環飛燕皆塵土。

此乃爲官無法久任，未能施展抱負，而引發之不滿也。按：辛氏曾於孝宗乾道元年（一一六五）奏進美芹十論，其中「久任」項即云：「嘗竊深嘉越勾踐漢高祖之能任人，而種、蠡、良、平之能處事：驟而勝，遽而敗，皆不足以動其心，而信之專，期之成，皆如其所料也。……誠以一勝一敗兵家常勢，徵敗狃勝，非策。故古之人君，其信任大臣也，不間於讒說；其圖回大功也，不恤於小節；所以能責難能不可爲之事於能爲必可成之人而收其效也。」然自辛氏南歸（一一六二），至寫作至此詞止——孝宗淳熙六年（一一七九）三月，凡歷十七春秋，迭換十一職務⑰，是眞違反「久任」之原則。此次，原謂朝廷或欲予以重用，乃復失望，於焉借用陳皇后與玉環、飛燕之往事以起興。梁啓超曾釋云：「先生兩年來由江陵帥、隆興帥，暫任漕司，雖非左遷；然先生本功名之士，惟專閫庶足展其驥足，碌碌錢穀，當非所樂。此次去湖北任，謂當有新除，然仍移漕湖南，殊乖本望；故曰：準擬佳期又誤也。本年論盜賊劄子有云：『臣孤危一身久矣，荷陛下保全；事有可危，殺身不顧。』又云：『生平則剛拙自信，年來不爲衆人所容，顧恐言未脫口而禍不旋踵。』則蛾眉曾人妒，亦是實情。蓋歸正北人，驟躋道顯，已不爲南士所喜；而先生以磊落英多之姿，好談天下大略，又遇事負責任，與南朝士大夫泄沓柔靡風習尤不相容，前此兩任帥府皆不久於其任，或卽緣此。詩可以怨，怨固宜矣。」（鄭騫先生《詞選》一二二頁）

(三) 光、寧兩朝

1. 反映韓侂胄之亂政與北伐

韓侂胄，字節夫，安陽人。韓琦曾孫，以蔭入官，爲汝州防禦使，知閤門事。孝宗崩，光宗卽位，旋以疾不能執喪，趙汝愚議定策立寧宗，請憲聖吳太后（卽高宗后也）垂簾，因侂胄以入白。及寧宗立，遂以傳導詔旨見幸，時弄威福，甚乃假御筆逐朝臣留正、黃度、朱熹等。侂胄自以預定策功而賞不厚，怨汝愚，諷其黨劾去之；彭龜年、徐誼、楊簡等數十人，亦以言得罪，皆貶斥之。侂胄爲根絕異己，復倡僞學之禁，凡不附己者，悉指爲僞學，而盡逐之；蓋以道學本爲美名，故易稱僞學也。一時善類悉罹黨禍，史稱慶元黨禁。《宋史》卷四二九〈朱熹傳〉載：「是時士之繩趨尺步，稍以儒名者，無所容其身；從遊之士，特立不顧者，屛伏丘壑。」網禁之嚴，亦可知矣。

或勸侂胄立功名以自固，乃於嘉泰四年，決議伐金。侂胄以太平師平章軍國事，封平原郡王，序班丞相上，總三省印，一時羣小如蘇師旦，周筠、陳自強等皆阿附之，甚或稱爲恩王、恩父，勢燄薰灼，乘輿服御，僭妄無軌。已而師屢潰敗，侂胄懼，使北請和，金人以縛送首議用兵之臣爲言。開禧三年十一月，楊皇后乃用史彌遠之議誅侂胄，斬其首，函以遺金人約和。然自開禧用兵以還，民不聊生，公私力屈，孝宗所創「小元祐」⑱之氣象，至此耗費殆盡，南宋終無抗金之實力矣！（除引文外，參《宋史》卷四七四本傳、《宋史紀事本末卷》八二、方豪《宋史》(二)第三章第三、第四節）

面對韓氏此等作風，南宋士大夫實憂心忡忡；既不滿其亂政，復寄望其愼重北伐，誠然進退維谷也。如嘉泰四年（一二〇四），已被起用知紹興府兼浙東安撫使之辛棄疾，曾於召赴行在之際，陳言：「金國必亂必亡，願付之元老大臣，務爲倉卒可以應變之計」（《建元以來朝野雜記》乙集卷一八）。開禧元年（一二〇五）復塡〈永遇樂〉詞道其事：

元嘉草草，封狼居胥，贏得倉皇北顧。四十三年，望中猶記，烽火揚州路。可堪回首，佛貍祠下，一片神鴉社鼓。憑誰問、廉頗老矣，尚能飯否。（下片）

顯然藉南朝宋文帝輕信王玄謨北伐政策，出師敗創之往事⑲，深戒侂胄謹愼其事；且以廉頗自況，願擔負此重任也⑳。

雖然，韓氏決議北伐之事，亦確乎能激起朝廷主戰派之響應。如劉過卽曾塡一闋〈西江月〉表達愛國志士之心聲：㉑

堂上謀臣尊俎，邊頭將士干戈。天時地利與人和。燕可伐歟曰可。　今日樓台鼎鼐，明年帶礪山河。大家齊唱大風歌。不日四方來賀。

此詞上片先稱頌韓氏堂上有善謀之賢臣，邊疆有能戰之將士；而天時、地利、人和均對宋室有利，北伐之事誠然可行也。下片起首，先寫韓氏今日之治國，次句引昔人封爵之語㉒，預祝韓氏明年戰勝敵寇，更封高爵，傳之子孫。末結益以高祖還沛歌詩之故實㉓，爲朝廷預唱勝利凱歌也。

此外，亦有志士爲反對韓氏倉卒北伐而遭貶者，華岳卽是也。據《宋史》卷四五五〈華岳傳〉載，岳曾於開禧元年四月上書寧宗，諫阻倉卒用兵，其大意謂：此時百姓未安，士氣未振；且韓侂冑實不宜主其事，其所用者亦屬貪懦無用之輩，故「雖帶軍百萬，饋餉千里，而師出無功，不戰自敗。」書上，侂冑大怒，補岳入獄，發往建寧編管，囚於獄中。而後北伐果失敗，岳之好友趙希蓬曾塡《滿江紅》記其事：

> 勁節剛姿，誰與比、歲寒松柏。幾度欲、排雲呈腹，叩頭流血。杜老愛君□謾苦，賈生流涕衣空濕。為國家、子細計安危，淵然識。英雄士，非全闕。東南富，尤難匹。卻甘心修好，無心逐北。螳怒空橫林影臂，鷹揚不展秋空翼。但只將、南北限藩籬，長江隔。

按：此詞見全宋詞補輯，原據詩淵輯錄，寫作時間，當是北伐失敗以後，韓氏被殺之前。詞之上片極力讚美華岳之憂國赤誠與謀國識見。「幾度」句，謂岳屢欲向皇上披肝瀝膽，貢獻卓見，乃橫遭迫害；一腔忠憤，無人理解。其下，則以憂國憂民之杜甫、賈誼比華岳。蓋「杜老愛君」，終生流落；「賈生流涕」㉔，反被放逐；而爲國仔細計安危，識見淵深之華岳乃身陷縲紲，誠志士之悲哀也。下片由華岳之遭遇論及政局，忠憤塡膺。「英雄士」一段，謂似華岳識見淵深者，南宋不乏其人；而東南之富有，亦甲於天下，足供進取之資。而南宋朝廷乃靦顏媚金，棄之不顧，誠令人憤慨。「螳怒」兩句，則喻謂韓侂胄輩旣視戰爭爲兒戲，故一觸卽潰，更無餘勇可賈也。末結以深憂深憤之語謂：金人要脅割兩淮之地，以長江爲界，誠令人爲家國之情勢憂心也。㉕

再者，値韓侂胄禁僞學之際，士大夫多罹網禁；而朱熹亦於慶元六年（一二〇〇）辭世。然由於其時「僞學禁方嚴，門生故舊至無送葬者」。辛棄疾乃爲文往哭之，曰：「所不朽者，垂萬世名。孰謂公死，凜凜猶生。」（《宋史》卷四〇一〈辛棄疾傳〉）寧非抗言僞學之禁耶？形之於詞，則調寄感皇恩，其下片云：

一壑一丘，輕衫短帽。白髮多時故人少。子雲何在，應有玄經遺草。江河流日夜，何時了。

首三句，寫自我放浪山水之閒退生活，語淡情深，似曠達而實哀傷；「白髮」一句，尤覺感情眞摯，寄慨遙深，頗有壯志消磨之隱痛，亦所以哀朱熹之逝也。「子雲」四句，乃以承繼儒家道統之揚雄況朱熹，稱其文章著述終將傳之後世，「不廢長江萬古流」也。如此肯定之友誼，較之避忌不敢送葬者，辛氏情懷固甚偉也。

2. 議論用人

光、寧時期，或緣韓侂冑有北伐之議，因之早期主戰之士，雖已垂老，仍雀躍不已。然復懷疑其能力，自不免憂心忡忡（參前段敘述）。而所以懷疑朝廷無能力，乃緣所任非人。故「用人」政策，亦爲時人所關切，形之於詞，如：

千古李將軍，奪得胡兒馬。李蔡爲人在下中，却是封侯者。（辛棄疾〈卜算子〉上片）

此以李廣、李蔡之故實[26]，隱喻朝廷之用人，庸愚倒置也。辛氏另有〈水調歌頭〉詞云：「人間萬事，毫髮常泰山輕」（起句：長恨復長恨），亦此意也。

年少萬兜鍪，坐斷東南戰未休。天下英雄誰敵手。曹劉。生子當如孫仲謀。（辛棄疾〈南鄉子〉下片）

此以曹操之語[27]，引喻對主戰者之肯定，而以朝廷所任主和派者，斥爲任人宰割之豬狗也。辛氏《賀新郎》詞（起句：甚矣吾衰矣）所謂「江左沈酣求名者，豈識濁醪妙理」，亦以不識飲酒妙理，諷諭朝廷所任，盡醉心名利者耳。至如：

江頭日日打頭風。憔悴歸來邴曼容。鄭賈正應求死鼠，葉公豈是好真龍。（〈瑞鷓鴣〉下片）

此乃開禧元年，辛棄疾以六十六歲再度被彈劾免職時所作。首句以逆風行船喻世路艱難，次句以邴曼容「爲官不肯過六百石，輒自免去」之典故（參《漢書》卷七二），自嘲其處境，並流露其憤慨。末兩句，則以鄭賈、葉公㉘喻朝廷統治者，謂其非眞愛憐能扭轉乾坤，叱咤風雲之「眞龍」——穩重謀國之志士，特求「死鼠」耳。誠然對朝廷之用人，深致不滿也。他如：

> 知音者少，算乾坤許大，著身何處。直待功成方肯退，何日可尋歸路。（〈劉過〈念奴嬌〉上片）
>
> 酒須飮，詩可作，鋏休彈。人生行樂，何自催得鬢毛斑。（劉過〈水調歌頭〉下片）

此兩段文字，乃以側筆論用人：一則慨嘆天地雖大，竟無處容身；正緣積極主戰而未見用於當時朝廷也。一則以「休」彈鋏㉙，怒斥朝廷盡昏憒無能，不曉用人也。

> 少年有意伏中行，馘名王。掃沙場。擊楫中流。曾記淚沾裳。欲上治安雙闕遠，空悵望，過維揚。（李好古〈江城子〉下片）㉚

此段起首謂：年輕時卽有降服中行說㉛與馘名王，掃沙場之壯志；甚而學祖逖擊楫中流、立誓報國之抱負。結句「欲上治安雙闕遠」，則謂：欲效賈誼上治安策予朝廷而遙不可及，其言外之意，蓋責朝廷未能納言用人也。

3. 譏刺和議苟安

光、寧兩朝，由於客觀形勢未變，宋金對峙依然，因之報效朝廷之言論，時有所聞；形之詞作，亦自可得。如崔與之，於寧宗十二年至十五年（一二一九至一二二二），出任成都知府兼成都府路安撫使時，曾登臨劍閣，寫闋〈水調歌頭〉詞，其上片云：「萬里雲間戍，立馬劍門關。亂山極目無際，直北是長安。人苦百年塗炭，鬼哭三邊鋒鏑，天道久應還。手寫留屯奏，炯炯寸心丹。」即表明決心抗敵守邊，報效家國之一片丹心也。

然寧宗一朝，先是貿然北伐，開釁邊場；繼則和議定約，益增歲幣。徒然勞民傷財，耗損國力，倍受屈辱。然朝野風氣，始終泄沓苟安，了無良策，誠令有志之士，憂心悲憤，不勝感嘆。形之於詞，尤多此類心聲。如韓淲〈賀新郎〉詞：

> 萬事佯休去。漫棲遲、靈山起霧。玉溪流渚。擊楫淒涼千古意，悵怏衣冠南渡。淚暗灑、神州沉處。多少胸中經濟略，氣□□、郁郁愁金鼓。空自笑，聽鷄舞。天關九虎尋無路。歎都把、生民膏血，尚交胡虜。吳蜀江山元自好，形勢何能盡語。但目盡、東南風土。赤壁樓船應似舊，問子瑜公瑾今安否。割舍了，對君舉。

此詞係和張元幹〈賀新郎〉詞韻（起句：曳杖危樓去）。據方回《瀛奎律髓》載，淲於「嘉定初，即休官不仕。」此詞云：「漫棲遲、靈山起霧」，蓋作於退居上饒之時也。首句云「萬事佯休去」，著一「佯」字，則見其棲遲山林，亦難拋卻萬事也。「擊楫」兩句，藉祖遜典，緬懷靖康南渡，先輩北伐遺願，至今未能實現；「淚暗灑」句，則感嘆中原淪陷也。「多少」一段，謂愛國志士滿懷救國韜略，「待重頭收拾舊山河」，乃不爲朝廷所用；北伐之金鼓亦久久不聞，致豪氣鬱鬱難伸；縱有聞鷄起舞之志，終無用武之地也。下片起首，言君門凶險，無路可通，致有志難達；尤嘆小朝廷但吮吸人民膏血，以和議換取苟安，此誠南宋一大國恥也。「吳蜀」句，謂南宋尚有一片大好河山，人力、物力、地利，形勢何可勝道？可以有爲也。然朝廷一味苟安，但見東南半壁江山，目光何其淺短！「赤壁」兩句，則以三國諸葛謹、周瑜等破曹大將爲喻，爲問一切報國英雄而今可好？實乃報國無門之沉痛也。既如此，何如拋盡一切，大醉壺中天地！

4. 評議岳飛之死

高宗時代，抗金名將岳飛之遭遇，衆所周知（可參《宋史》卷三六五本傳、《宋史紀事本末卷七。）然其時詞人似未對此事作一反映。孝宗臨朝，始爲岳飛平寃，詔復官，謚武穆，並爲其建廟於鄂（卽武昌）。寧宗嘉泰四年（一二〇四）五月，追封鄂王；蓋韓侂冑欲風勵諸將，故追封之也。（參《宋史紀事本末》卷八三）劉過〈六州歌頭〉詞（題岳鄂王廟），卽寫於此後，於岳飛事多所評議：

> 中興諸將，誰是萬人英。身草莽，人雖死，氣填膺。尚如生。年少起河朔，弓兩石，劍三尺，定襄漢，開虢洛，洗洞庭。北望帝京。狡兔依然在，良犬先烹。過舊時營壘，荆鄂有遺民。憶故將軍。淚如傾。說當年事，知恨苦，不奉詔，偽耶真。臣

有罪，陛下聖，可鑒臨。一片心。萬古分茅土，終不到，舊姦臣。人世夜，白日照，忽開明。袞佩冕圭百拜，九泉下、榮感君恩。看年年三月，滿地野花春。鹵簿迎神。

此詞首兩句，以問代讚，肯定岳飛堪爲高宗朝抗金諸將之豪英也。其下四句，謂岳飛雖出身草野，已處冥世，然一腔忠義之氣，仍照耀人間。「年少」以下，寫岳飛一生經歷：少時在黃河以北從軍抗金；而後提猛弓犀劍，收復襄陽府等六處州郡，洗刼聚集洞庭之農民起義軍，並先後收復虢州、洛京、東虢等失地。更乘勝進軍朱仙鎭，離開封僅四十五里，故云「北望帝京」。（按：詞中為押韻，於岳飛戰功之順序略有顛倒。岳飛事功並參《宋史》本傳。）復國在卽，朝廷乃令岳飛班師回朝，非但令英雄「十年之力，廢於一旦」，且慘遭殺身之禍，故詞人因有「狡兔」之句。然其命意，較之「狡兔死，良犬烹」，尤深痛惜也。其下四句，寫至今荆鄂地區存活之百姓，仍深切懷念岳將軍，傾盡熱淚！下片轉而評論岳飛之死，「不奉詔，僞耶眞」尤有力駁斥秦檜陷害加罪之莫須有也。「臣有罪」四句，對高宗頗有微辭；隱謂高宗不聖，未能辨明眞僞，致釀成千古寃獄也。「萬古」三句，語氣一轉，謂千年萬代，分封王侯，終不予昔日奸臣㉜。其下三句，寫岳飛寃獄，終於平凡，俾人間重見光明。著一「忽」字，驚喜之情，亦可知也。「袞佩」三句，想像冥世有知之英雄，得知謚封之事，必着穿禮服禮冠，手持圭璧，拜謝君恩也。結三句，轉寫百姓每年三月，於春光明媚之際，亦以隆重儀仗致祭鄂王神靈也。

要之，復古此詞，記一段史實，且反映四代處理之大要，自屬朝政之一端。而後武穆事蹟，乃成詞人勵志之指標，譏諷苟安之殷鑒。如戴復古題贈李季允（埴）侍郎之水調歌頭詞，其下片卽云：「岳王祠畔，楊柳烟鎖古今愁。整頓乾坤手段，指授英雄方略，雅志若爲酬。杯酒在手，雙鬢恐驚秋。」

5. 使臣回報敵情

朝臣之使金，高、孝兩朝均有之，然其時詞人之反映，特着重其行止操守，而未及回報敵情也。寧宗朝，韓侂胄主政，史達祖爲其堂吏，起草文字，多出其手。嘉泰四年（一二〇四），韓氏欲伐金，先遣張嗣古入觀金之虛實，不得要領；次年，復遣李壁（參葉紹翁《四朝聞見錄》戊集），命史達祖隨行。事畢返程，九月二十一日，經汴京故都，史達祖塡一闋《滿江紅》，上片寫汴京之蕭條云：「雙闕遠騰龍鳳影，九門空鎖鴛鸞翼。更無人擫笛傍宮牆，苔花碧。」下片轉入議論云：

> 天相漢，民懷國。天厭虜，臣離德。趁建瓴一舉，并收鰲極。老子豈無經世術，詩人不預平戎策。辦一襟風月看昇平，吟春色。

大陸學者陳長明於此段文字有精闢之解說，茲移錄如次：「『漢』、『虜』字代指宋與金，『天』謂『天意』。古人相信有『天意』，將事勢的順逆變化都歸之於『天』。『天相』意爲上天幫助，語出《左傳》・昭公四年『晉、楚唯天所相』。『天厭』出左傳。隱公十一年『天而旣厭周德矣』。『厭』謂厭棄。事勢不利於金卽有利於宋。永樂大典卷一二九六六引陳桱《通鑑續編》載：『金主自卽位，卽爲北鄙阻轐等部所擾，無歲不興師討伐，兵連禍結，士卒塗炭，府藏空匱，國勢日弱，羣盜蠭起，賦斂日繁，民不堪命。……韓侂胄遂有北伐之謀。』就在李壁等出使的這一年春，鄧友龍充賀金正旦使歸告韓侂胄，謂在金時『有賂驛吏夜半求見者，具言虜爲韃（蒙古）之所困，饑饉連年，民不聊生，王師若來，勢如拉朽』，侂胄『北伐之議遂決（見羅大經《鶴林玉露》卷四）。』羅大經是肯定這些告密者的，說是『此必中原義士，不忘國家涵濡之澤，幸虜之亂，潛告我使。』這也是『民懷國』之一證。《通鑑續編》所謂的『羣盜蠭起』，即是說金境內的農民起義軍，也是『民懷國（宋）』的又一證。以上這些情況，對金國內部必有影響，李壁、史達祖一行當有更新的情況了解。如此年六月，金制定『鎮防軍逃亡致邊事失錯陷敗戶口者罪』，七月，定『奸細罪賞法』（均見《金史・章宗紀》），反映了他內部的不穩。總的是民心懷宋厭金，大可乘機恢復，統一疆土。話雖如此說，但一想到自己並非無才，只因未能考取進士不得以正途入仕，只屈身作吏，便覺英雄氣短，於是接著有『老子豈無經世術，詩人不預平戎策』的大聲慨嘆。最後『辦一襟風月看昇平，吟春色』，『辦』是準備之義，『昇平』即上文『建瓴一舉，並收鰲極』，國家恢復一統的太平景象，也就是下句的『春色』。這裏一個『看』字意味深長。『平戎策』即因自己無位無權而『不預』，『收鰲極』又望其成，則只有等著『看』而已，其中也頗含自嘲之意。」（《唐宋詞鑒賞辭典》頁一八四四～四五，上海辭書出版社）是知，除卻末結之慨嘆，此詞無異金人虛實之報告，亦足反映朝政之一端也。

三、結論

㈠綜上敍述，可知南宋詞中所反映之朝政，以朝代分，其層面蓋爲：

1高宗朝：議論建都、反對和議、反抗權相——秦檜、采石磯之戰、譏刺使臣。

2孝宗朝：譏刺和議苟安及小人亂政、關心大臣出使、關於官吏任期。

3光宗、寧宗朝：反映韓侂胄之亂政與北伐、議論用人、譏斥和議苟安、評議岳飛之死、使臣回報敵情。

㈡以朝政分，則和議政策、權相亂政、朝臣出使等，誠屬三大問題，各朝詞人均及之；餘則反映較少。

㈢以史實論，則詞人於朝政，亦有所選擇，未必全面反映。如建都問題、孝宗符離之役、韓侂胄僞學之禁，在當時均屬重大朝政，而詞中反映，則頗嫌不足。至若對問題之見解，亦未盡周到。即以戰和政策爲例，詞中所反映者，非積極主戰，即反對議和。然當時實亦有「主守」之說，如范成大試館職策云：「漢高帝，一天下者也，家室狼狽而不顧；越王勾踐，復仇者也，非報吳之事則不言；東晉，保境土者也，稽古禮文之事畢興，而北嚮爭天下之事不問焉。今終日所從事者，保境土之規模而已，又兼欲爲越王漢高之所爲，宜其材散力分，坐縻歲月。」（《黃氏日抄》卷六七引）似此衡量，孰曰不是！然終未見於詞作，顯未周到。雖然，詞自非論政文體，亦難責全；而南宋詞人藉以反映朝政，則確乎爲陝隘之詞境，別開生面也。

附註

❶ 此詞題爲「秋夕興元使院作」，蓋爲紹興九年七月（一一三九），時川陝宣撫使吳玠卒，胡氏方領其職。（參《宋史》卷三七〇）興元，今陝西漢中。

❷ 清沈雄《古今詞話》上卷引陳郁藏一話腴云：「武穆收復河南罷兵表云：『莫守金石之約，難充谿壑之求。暫圖安而解倒懸，猶之可也。欲遠慮而尊中國，豈其然乎？』故作小重山云：『欲將心事付瑤琴。知音少，絃斷有誰聽。』指主和議者。」

❸ 《漢書》卷七。傅介子傳載，時龜茲、樓蘭皆曾殺漢者，介子奉命使樓蘭，「（樓蘭）王貪漢物，來見使者。介子與坐飲，陳物示之，飲酒皆醉。介子謂王曰：『天子使我私報王。』王起，隨介子入帳中，屏語。壯士二人從後刺之，刃交胸，立死。」詞中以樓蘭影射金國，以傅介子喻李綱等主戰之士。

❹ 此詞俗謂胡銓所作，唐圭璋〈宋詞互見考案〉云：「此首高登詞，見東溪詞。張棣迎秦檜意，誣爲胡銓作，見名臣言行錄。」唐說有據，玆從之。

❺ 《三國志·魏志》卷七〈陳登傳〉載：「許汜與劉備共在荆州牧劉表坐，表與備共論天下人，汜曰：『陳元龍（登）湖海之士，豪氣不除。』」

❻ 《晉書》卷六七〈溫嶠傳〉載，嶠奉命平蘇峻之反，「至牛渚磯，水深不可測，世云其下多怪物，嶠遂燬犀角而照之。須臾，見水族覆火，奇形狀異，或乘馬車著赤衣者。」

❼ 《晉書》卷六二〈祖逖傳〉載，逖北伐時，渡江至中流，擊楫而誓曰：「祖逖不能清中原而復濟者，有如大江！」

❽ 此詞之寫作時間，一般箋注均定爲孝宗隆興二年（一一六四），孝祥作於兼領建康留守宴客席上。

大隆學者宛敏灝則以爲當作於紹興三十二年（一一六二），其理由有二：「⑴紹興三十一年十一月張浚自判潭州改判建康府行宮留守。次年正月五日高宗到建康，浚入對，詔浚仍宮兼行官留守（浚未到前曾以湯思退充任）。二月六日高宗還臨安。孝祥赴建康在浚幕作客卽在此時。⑵詞中無一語涉及『符離之潰』，而以『騎火』、『笳鼓』等指出金人近在對江，『冠蓋使，紛馳鶩』是指兩國使者絡繹於途，這年正月金主遣使來聘，宋亦遣洪邁使金，故詞人憤激而發出『若爲情』的質詢。」（《唐宋詞鑒賞辭典》，頁一四二九，上海辭書出版社）茲從之。

⑨ 「汗血」，見《漢書》卷六〈武帝本紀〉應劭注云：「大宛舊有天馬種，蹋石汗血，汗從前肩轉出如血，號一日千里。」「鹽車」，見戰國策楚策：「驥之齒至矣，服鹽車而上太行，蹄甲膝折，尾湛胕潰，漉汁灑地，白汗交流，外阪遷延，負轅而不能止。」「千里」句，見戰國策燕策，郭隗對燕昭王曰：「臣聞古之君人有以千金求千里馬者，三年不能得，涓人言於君曰：請求之。君遣之，三月得千里馬，馬已死，買其首五百金，反以報君。君大怒曰：所求者生馬，安事死馬，而捐五百金！涓人對曰：死馬且買之五百金，況生馬乎？天下必以王爲能市馬，馬今至矣。於是不期千里馬之至者三。」

⑩ 《晉書》卷七九〈謝安傳〉載：「安雖放情丘壑，然每游賞必以妓女從。屢違朝旨，高臥東山。……時苻堅強盛，疆埸多虞，諸將敗退相繼，安遣弟石及兄子玄等應機征討，所在尅捷。玄等既破堅，有驛書至，安方對客圍棋，看書既竟，便攝放床上，了無喜色，棋如故。客問之，徐答曰：『小兒輩遂已破賊。』」按：安意本謂後生小輩果然傑出，堪破殘賊。辛棄疾則反用其事，用以諷刺朝廷所任者，盡屬兒輩耳。

⑪ 《晉書》卷八一〈桓伊傳〉：「伊字叔夏，善音樂，盡一時之妙，爲江左第一。時謝安壻王國寶專利無檢行，安惡其爲人，每抑制之。及孝武末年，嗜酒好肉，以安功名盛極而構會之，嫌隙遂成。帝召伊飮讌，安侍坐，……便撫箏而歌怨詩曰：「爲君既不易，爲臣良獨難，忠信事不顯，

乃有見疑患。……」聲節慷慨，俯仰可觀。安泣下沾衿，乃越席而就之，捋其鬚曰：「使君於此不凡！」帝甚有愧色。

⑫《晉書》卷九八〈桓溫傳〉載：「溫自江陵北伐，……過淮、泗，踐北境，與諸寮屬登平乘樓眺矚中原，慨然曰：『遂使神州陸沉，百年丘墟，王夷甫諸人不得不任其責！』」按：夷甫，王衍字，其生平事蹟參《晉書》卷四三。

⑬關於此詞「山」、「水」之喻，鄭騫先生《詞選》云：「……望長安而靑山無數，傷朝士之蔽賢也，卽孔子『吾欲望魯兮，龜山蔽之』之意。……贛江不受靑山之遮，畢竟東流，己則終難東歸，置身十八灘頭，眞有蹙蹙靡騁之感矣。」（頁一三二）玆從之。

⑭「二滿三平」，係宋時方言。陳昉潁川語小卷下載：「俗言『二滿三平』，蓋三遇平，二遇滿，皆平穩得過之日。」二、三卽初二、初三日也。

⑮扇鞴，煉鐵之鼓風皮囊。故「天地」二句謂：人壽不久，猶洪爐中無不鎔之鐵。

⑯宋室此次遣使出行，涉及受書之禮，恐激怒金廷，遭殺身之禍，故爲衆人所懸念。《中興兩朝聖政》卷四八載：「自紹興和敵後，定受書之禮，多有可議者。……至是虞允文議遣使，上問誰可使者，允文薦李燾及成大。退以語燾，燾曰：『今往，敵必不從，不從，必以死爭之，是丞相殺燾也。』更召成大告之，成大卽承命。」《桯史》卷四亦載：「上臨遣之，曰：『朕以卿氣宇不群，親加選擇，聞外議洶洶，官屬皆憚行，有諸？』范對曰：『無故遣泛使（按：宋金兩曾約，互不遣泛使。），近於求釁，不執則戮，臣已立後，乃區處家事，爲不還計，心甚安之。』上色愀然，曰：『朕不敗盟發兵，何致害卿，嚙雪餐氈，理或有之，不欲明言，恐負卿耳！』范奏乞國書並載受書一節，弗許。遂行。」足見石湖勇於任事，精神固可佩。亦可知此詞末兩句正在安衆人之心也。

⑰據鄧廣銘《辛稼軒年譜》載，辛棄疾南渡十七年中，計任右承務郎差江陰僉判、建康府通判、司

農寺主簿知滁州、江東安撫司參議官、倉部郎中出爲江西提點刑獄、秘閣修撰任京西轉運判官、差知江陵府兼湖北安撫、知隆興府兼江西安撫、大理少卿、湖北轉運副使、湖南轉運副使，凡歷十一職。

⑲ 周密《武林舊事》序云：「乾道，淳熙間，三朝授受，兩宮奉親，古昔所無。一時聲名文物之盛，號『小元祐』，豐亨豫大。」

⑲ 《宋書》卷七六〈王玄謨〉傳：「玄謨每陳北侵之策，上謂殷景仁曰：『聞玄謨陳說，使人有封狼居胥意。』」按：狼居胥，山名，一名狼山，在今綏遠省西北境。漢霍去病戰勝匈奴，封狼居胥山，見《漢書》卷五五。又《宋書》卷九五〈索虜傳〉載：「(元嘉八年) 上以滑臺戰守彌時，遂至陷沒，乃作詞曰：『逆虜亂疆埸，邊將嬰寇仇。……惆悵懼遷逝，北顧涕交流。』」

⑳ 《史記》卷八一〈廉頗傳〉載：「廉頗居梁，久之，魏不能信用。趙以數困於秦兵，趙王思復得廉頗，廉頗亦思復用於趙。趙王使使者視廉頗尚可用否，廉頗之仇郭開多與使者金，令毀之。趙使者既見廉頗。廉頗爲之一飯斗米，肉十斤，被甲上馬，以示尚可用。趙使還報王曰：『廉將軍雖老，尚善飯，然與臣坐頃之，三遺矢矣。』趙王以爲老，遂不召。」

㉑ 此詞又見四卷本稼軒詞丁集，而字句頗有出入，茲錄供參考：「堂上謀臣帷幄，邊頭猛將干戈。天時地利與人和。燕可伐與曰可。　此日樓臺鼎鼐，他時劍履山河。都人齊和大風歌。管領群臣來賀。」唐圭璋〈宋詞互見考〉云：「丁集不知何人所編，收劉過詞以入辛詞，乃傳聞失實也。吳禮部詩話 (元吳師道著) 引謝疊山文，亦謂借劉誣辛，不免有寃忠魂，故此詞當以劉作爲是。」

㉒ 《史記》卷一八高祖功臣侯年表載：「封爵之誓曰：『使河如帶，泰山若厲，國以永寧，爰及苗裔。』」

㉓ 《史記》卷八高祖本紀載：「高祖還歸，過沛，留。置酒沛宮，悉召故人父老子弟縱酒。發沛中兒，得百二十人，教之歌。酒酣，高祖擊筑，自爲歌詩曰：『大風起兮雲飛揚，威加海內兮歸故

鄉，安得猛士兮守四方！』令兒皆和習之。」

㉔ 賈誼〈上文帝陳政事疏〉云：「臣竊惟事勢，可爲痛哭者一，可爲流涕者二，可爲長太息者六。」

㉕ 《宋史紀事本末》卷八三載：「（開禧三年）夏四月，以方信孺爲國信使所參議官，如金軍，持張巖書以行（按：時巖督視江淮軍馬，移書金帥議和。）。……信孺至濠州，紇石烈子仁止於獄，露刃環守，絕其薪水，要以五事。……子仁遣至汴，見完顏宗浩，出就傳舍。宗浩遣將命者來，堅持五說，信孺辨對不少屈。……會蜀中遣師復大散關，宗浩益疑之，乃遣信孺還，復書於張巖曰：『若能稱臣，卽以江、淮之間取中爲界；欲世爲子國，卽盡割大江爲界，且斬元謀姦臣函首以獻，及添歲幣五萬兩，犒師銀一千萬兩，方可議和好。』」

㉖ 《史記》卷一〇九〈李將軍列傳〉載：「李將軍廣者，隴西成紀人也。……以衞尉爲將軍，出鴈門擊匈奴，匈奴兵多，破敗廣軍，生得廣。……廣時傷病，置廣兩馬間，絡而盛臥廣，行十餘里，廣佯死，睨其旁有一胡兒騎善馬，廣暫騰而上胡兒馬，因推墮兒，取其弓，鞭馬南馳數十里，復得其餘軍。……初，廣之從弟李蔡，與廣俱事孝文帝。……元狩二年，代公孫弘爲丞相。蔡爲人在下中，名聲出廣下甚遠，然廣不得爵邑，官不過九卿，而蔡爲列侯，位至三公。」

㉗ 《三國志・吳書》卷二吳主傳注引吳歷之言：「曹公出濡須，作油船，夜渡洲上，權以水軍圍取，得三千餘人。……公見舟船、器仗、軍伍整肅，喟然歎曰：『生子當如孫仲謀，劉景升兒子若豚犬耳。』」

㉘ 《戰國策・秦策》：「鄭人謂玉未理者璞，周人謂鼠未臘者朴。周人懷朴過鄭賈，曰：『欲買朴乎？』曰：『欲之。』出其朴，乃鼠也，因謝不敢。」又劉向《新序》雜事條：「葉公子高之好龍，雕文畫之，於是天龍聞而示之，窺頭於牖，施屈於堂，葉公見之，五色無主。是葉公非好龍也，好其似龍非龍也。」

㉙ 彈鋏，事見《戰國策·齊策》。記載馮諼爲求孟嘗君提昇其待遇而三度彈鋏（鋏者，劍也），禮賢下士之孟嘗君均滿足其需求。

㉚ 宋時姓李名好古或字好古者，約四、五人，不知此李好古爲何許人，姑從全宋詞列於寧宗時期。

㉛ 中行說，文帝時宦者，使送公主妻匈奴，說不肯行。強之，因降單于。復事其子軍臣單于，日夜教單于候伺利害，爲漢患。事見《漢書》卷九三〈匈奴傳〉上。

㉜ 分茅土，謂分授茅土，古封建制度，天子大社，以五色土爲壇，封諸侯者，取方面土，苴以白茅授之，謂之授茅土。

關漢卿雜劇的宗教意識

鄭志明

一、前言

就人類內在深沈的生命意涵來說，永遠不會喪失對永恒存在的追尋與嚮往，渴求著無限的超越力量來扭轉身軀有限存有的悲苦。因此，人類的宗教感情，是不會隨著時代改變而消失，僅是其宗教形式轉變多樣罷了。

當人的自然生命，意識到外在環境的詭異與恐怖，進而相信有一天命的超越主宰，來維持宇宙與人事間的秩序規律，是一種極爲平易的內在本性。故凡是人類必然展現這種宗教意識，建構著宇宙與人生間的秩序精神。

宗教意識的外在具體化卽是宗教信仰，但是宗教意識不等同於宗教信仰，自認爲沒有宗教信仰的人，未必就沒有宗教意識。宗教意識是人的一種生命情懷，可由此孕育出自己所特有的人生觀與人性論。唐君毅在〈人類宗教意識之本性及其諸形態〉一文，將目前世界存有的宗教意識分成十種形態❶。而此十種形態的宗教意識，在現實的人文活動中，與日常經驗密切地結合，逐漸形成社會化的秩序建構，反映出大衆共同的認知體系，在實際生活的操作，內化爲羣體成員不可能輕意更改的文化意識及核心信仰。

自唐代傳奇到元代雜劇，文學的表現形式關聯著民族普遍共有的心態，確認自我在家庭、社會、乃至於宇宙中的形象與地位，其故事情節的推演變化，即是社會文化的整體描寫，人與人間微妙複雜的關係，是將人類行爲投入於宇宙時空的流轉中，形成定型的象徵結構。其中從愛欲生死的感性生活凸顯出天人相互感通的天命情懷，即是生命具體整合的人生境界。尤其在異族統治下的元代，雜劇植根於社會民間的通俗性格，是文人才力與民間文藝高度結合的作品，除了作者個人主觀的生命情志外，亦發抒了潛藏共存的生命價值，在瞬間即逝的舞臺演出，揭示出永恒的生命情境。

關漢卿的雜劇保有著鮮新自然的原始生命與活力，除了抒發文人敏銳的感受與思想外，流露出民間文藝寬廣的繽紛光環，觸動著民衆心靈的人生經驗。其戲劇的內涵有知識分子移情作用的感情寄託，亦有廣大羣衆鮮活豐麗的人生體驗，二者的相互激盪，融合了歷史傳承的人生經驗，充實了生命的外在歷練，交織出雜劇文學豐富多姿的文化價值。關漢卿的雜劇蘊含著濃厚的社會性與時代性，反映出時代民衆的心聲和社會寫實的風貌，勾現出個體與環境間自然存有的生命意義，經由具體的戲劇形式，顯示著人類存在所必然面對的種種相關問題。

本文即以宗教意識爲主題，重新探討關漢卿雜劇所呈現出的戲劇行動，以及同時展露的生命終極世界，含藏著天人互動的生存信念。這其中包括著元代特殊時空下某些集體的理想與價值，思考著人類存有的處境，並且帶動而出自我生命的安頓態度。

二、從竇娥的寃談起

關漢卿雜劇足以反映元代那一個苦難深重的時代，以最直接、最生活化的現場搬演，普遍流露了自然眞切的平民意識[2]，尤其是控訴吏治黑暗的公案戲，深刻地揭露了官吏的貪贓枉法，以及其施行的濫刑虐政，除了貶低了統治階層在平民心目中崇高的地位與聲價外，亦撫觸了廣大羣衆生生不息的文化脈動，經由社會層面的具體生活情境，密切相應或叠合著人類存在的根本問題。〈竇娥寃〉這個戲劇的主題結構，在土豪惡棍迫害下的受難與犧牲外，亦顯示出個體與超自然之間生命存在的積極意義。竇娥的寃，正是苦難生命的象徵，其寃含有兩個層面上的意義，第一是由天人衝突而來的超自然層面，對宇宙原有超自然之主宰的譴責；第二是由有限個體存有的自然層面，對人世間種種不相應之荒謬的質疑。這兩個層面的相互衝擊，延伸出傳統社會天人關係的基本思維形式，即是超自然界與人界溝通情境的表達方式。天是否爲人唯一憑依的信仰主體？那麼，天是否滿足人存在的需求？

在民間的傳統概念中，是以「天」、「天地」、「天公」等字眼來指稱超自然的神秘力量，即「天」是一個超越存有的實體，成爲人民信仰的終極主宰。人們皈依於天，是對天有所期求，希望天能維持自然現象及其秩序渾然爲一的和諧狀態，進而支援人自身文化活動統整爲一的均衡狀態。如此「天」不單被化約爲宇宙秩序的形上存有，亦具有統治人間的絕對權威，人們自然產生依附於此一權威主宰的信仰之情，而向之祈求以助我滿足生存的需求。人們投靠於天，向天索求其權威的主宰力，來維持人間的公義與是非，竇娥的寃與怨，基本上卽是來自於此種信仰心理，如第三折竇娥的怨天恨地云：

有日月朝暮懸，有鬼神掌著生死權。天地也，只合把清濁分辨，可怎生糊突了盜跖顏淵，為善的受貧窮更命短，造惡的享富貴又壽延。天地也，做得個怕硬欺軟，却元來也這般順水推船。地也，你不分好歹何為地？天也，你錯勘賢愚枉做天！哎，只落得兩淚漣漣。

竇娥對天地的層層逼問，並不是對天地絕對權威的究詰與懷疑，反而是還諸於天地的終極信仰，譴責的是一個顚倒錯亂的社會，期求的是天道的果眞存在，重新地照臨人間補償不幸的命運。故竇娥這種充滿激切悲慨的灼熱質問，並非眞正地否定或埋怨天的權威性格，而是借著對人世顚倒與天道錯置的強烈抗爭，凸顯出人渴望著有一實現一切價値的超越主宰之眞正存有，使人有了崇拜皈依的具體對象，來排解人世間清濁不分、善惡不辨、好歹顚倒、賢愚錯勘的種種不公與不平❸。

如此的期待，卽是人最根本的宗敎意識，在人孤獨無助的當下，企求眞有一超越主宰保佑且賜福於我，向其祈求禱告也眞能滿足欲望，從煩惱中超拔而出。竇娥三誓的依次兌現，正是天無限權威的實踐與落實，來悲憫竇娥的不白之寃。這種天的意志展現，卽是天的命令，俗稱天命，此一命令具有著制裁宇宙秩序的權威力量。天命的實踐方式，最常用的是天災與人禍的報應，天災人禍的報應又與世人的善惡行爲緊緊地關連著。如竇娥的寃與白雪大旱正是天命報應的基本形式，如第四折云：

> 你孩兒對天發三樁誓願，要丈二白練掛在旗鎗上。若刀過去，一腔熱血休落在地下，都飛在白練上；果係寃枉，如今是三伏天道，下三尺瑞雪遮了你女兒身尸；果是寃枉了你女兒，這楚州大旱三年。果然血飛上白練，六月下雪，三年不雨，寸草不生，都是為你女孩兒來。不告官司只告天，心中怨氣口難言，受刑為母當行孝，盡命因夫可賞賢。三尺瑞雪埋素體，一腔鮮血染白練，霜降始知鄒衍屈，雪飛方表竇娥寃。

「不告官司只告天」正指出天是人間是非正義的最後一道防線。故人在現實的孤立無援，都可仰望天的庇護救助。天以其不可見的超能，冥冥中在操縱世界，護衞人類。亦卽宇宙自有其一股力量在控制與干預人事或自然的操作與運轉。竇娥的執拗到底，卻遭受斬首的寃屈，這是他個人不幸的命運，而非天命的是非不明。天雖然能明察秋毫，維持公道，但是人間的寃枉並非天直接所能干預，而是以報應的方式執行其賞善罰惡的神能。故悲劇是無法阻止的，正義是可以伸張的，經過天人善惡感應，傳達天的權威意志，不容世人任意破壞宇宙的秩序準則。竇娥的三樁誓願，正是鬼魂訴寃所完成的善惡報應，依舊彰顯著天的權威與人的意志相混爲一的宗教意識。天是站在人與正義這一邊的，一旦價值脫序，卽以陰陽錯逆來警戒世人。竇娥的誓辭，卽是期求上天以其超能重新運轉宇宙，以自然災害，來雪白竇娥的寃屈。

天是支配宇宙間一切萬物的主宰，具有無所不知而又無所不在的超越神能。但是天意是難以猜測的，則報應的方式就無法預估的，此牽涉天命的「有常」與「無常」的問題。如竇娥的寃難道非以天災的方式，才能表達天命的制裁權威嗎？就竇娥而言，以其貞潔不二的道德執著，竟然要遭遇到種種寃屈的悲苦，這是她早已成型的先天之命，還是上天的不公所導致的不平嗎？竇娥的「受刑爲母當行孝，盡命因夫可賞賢」的堅貞，只換來事後報應的悲憫，這種晚來的正義，能眞正地撫慰人類卑小生命存在的困頓與流離嗎？上天對竇娥如此的報應方式，難道就是人早已註定而又無能抗拒的命運嗎？這裏牽引出傳統天命信仰的二個概念，即「天命不易」與「天命靡常」等。天命不易是指天所執掌的命運是人力所無法改變的，即紂王所謂「我生不有命在天」，但是紂王既然受命爲王，爲何會被文王、武王取而代之呢？在變動的時局中，思想隨之而有著大的突破，即是天命會因個人的修爲而改變維新的，故天命是無常的，人的道德實踐可以改變天的主宰意志。但是在現實的人生際遇中，人所能的道德實踐未必能完全轉換天所能的權威神能，使得人文自覺的形上理念未能取代無上權威的信仰意識。理性的觀念與現實的運作間終究是有距離的，觀念上的自覺有時是無法在行動完全地表現出來，此時人在天命的有常與無常間反而有著雙重的壓力，擠迫出對命運的更大譴責，如第一折竇娥的出場，即徘徊在生命的矛盾與不平衡中，對天是既愛又恨，難免有不少的愁苦語，如云：「莫不是八字兒該載著一世憂。」或云：「莫不是前世裏燒香不到頭。」當「有常」的宗教意念壓過「無常」的道德自覺時，人只有認命，怪自己的命不好，以爲天災人禍早已命定，譴責歎息是於事無補的。然而人還是有怨的，宗教意識隨之又起，希望天覺其在世間所受的委屈欺凌，並代爲報仇以爲之伸寃。在這種意識下，人對天的不滿是必然的，如第三折云：

沒來由犯王法，葫蘆提遭刑憲，叫聲屈動地驚天。我將天地合埋怨，天也，你不與人為方便。

竇娥埋怨天地的疾聲叫屈，並非否定對天地的宗教信仰，而是由「有常」與「無常」的矛盾所展顯而出的人間遺憾。當人由道德自覺所透顯的神聖光輝，依舊戰不勝命運的操弄時，人是更堅持人文的道德力量，還是乖乖臣服，聽任天的指示與安排，回歸到天既有的秩序之中呢？

天究竟是權威的主宰？還是道德的化身？其實這二個意念是同時存在於中國社會意識形態的價值系統之內。說明天的概念，有時存在於宗教信仰的實際活動中，有時存在於理智反省的道德自覺上。當二者同時碰上時，人在天運動的形與勢下如何理解與疏導人行動的意義呢[4]？這牽涉到信仰與道德的問題。信仰與道德的結合，有其崇高的一面，即天人合德的主體價值與哲學體系，亦有其世俗的一面，即善惡與禍福結合的因果報應觀念。就文明的通俗化而言，宗教意識是大於道德意識的，導致借宗教信念來成就道德實踐的動機，就深入於人民的價值意識之中。即如竇娥的孤苦世界是被安排在宿命的服從中，其對生命的覺醒是依附在既定的命運之下，一切人生的意義，都是由宗教意識來操控的，在某種信仰的態度下實踐其個人所堅信的道德常規，如竇娥不忍其婆婆受挨打而招供的義行，即來自於宗教報應的心理意識，第三折云：

我做了箇銜冤負屈沒頭鬼，不走了你箇好色荒淫漏面賊。想青天不可欺，想人心不可欺。冤枉事天地知，爭到頭競到底。到如今說甚的，冤我便藥殺公公，與了招罪。婆婆，我到把你來便打的。打的來恁的，若是我不死，如何救得你。

以天的報償來支撐人現實承擔的勇氣。竇娥的招罪，是義不容辭的生命之愛，悲憫其婆婆挨不住打拷的老病之軀，不再顧慮招罪後判死的危機，這種勇氣卻是來自於對於天的體認與信仰，在「寃枉事天地知」的宗教情懷下，人間的一切悲苦與不幸，都已經是無所謂了。此時「天」的信仰與「人」的道德形成了一種和諧的新秩序。這種新秩序的形成有著許多嚴肅性的思考面向，與傳統社會的文化風貌有著密切的相關性，是值得進一步探究與沈思的。

竇娥的寃反映出天命信仰的生存世界，牽涉出天命信仰的主體崇拜、天命的福禍報應、天命的有常與無常、信仰與道德的抉擇等問題。本文取用關漢卿的其他雜劇，對以上的問題作更深入的檢視與討論，追溯關漢卿與元代社會同時脈動的生命情懷。

三、天命信仰的主體崇拜

天是支配宇宙間一切萬物的潛存力量，民衆遂以天爲有生命的神格而崇拜之，認爲天是治理一切知曉一切的大神靈❺，關漢卿稱此大神靈爲擬人化的「天公」，與一般民間慣用的稱呼相同❻，以爲天公卽是宇宙間的最高主宰。關漢卿雜劇提到「天公」一詞者有下列幾則：

1. 他藉粧顏色花難並，宜環珮腰肢柳笑輕，一對不倒踏窄小金蓮尚古自剩。天公是

怎生，這世情，教他獨占人間第一等。（〈溫太眞玉鏡臺〉）

2. 今日見那趙野鶴，他覷了我相貌，他道凍餓紋耳連著口角，橫死紋鬢接著眉梢，他道我主福祿薄，更壽夭，則他那相法中無他那半星兒差錯，他道我斷的准也不錯分毫。我平生正直無私曲，一任天公饒不饒，這的是善與人交。（〈山神廟裴度還帶〉）

3. 段段田苗接遠村，太公莊上戲兒孫，雖然只得鋤鉋力，答賀天公雨露恩。（〈劉夫人慶賞五侯宴〉）

4. 想天公不受私，正是一還一報時。恨小非君子，無毒不丈夫。你好不尋思，這場公事，你三人痛莫支，你集賢為秀士，跳龍門折桂枝，為親爺遭橫死，須當是報怨私。若官司拿住爾，審情真，問口詞，下腦箍，使移子。（〈包待制三勘蝴蝶夢〉）

5. 你道是天公不可欺，人心不可憐，不知皇天也肯從人願。做什麼三年不見甘霖降，也只為東海曾經孝婦冤。如今輪到你山陽縣，這都是官吏每無心正法，使百姓有口難言。（〈感天動地竇娥冤〉第三折）❼

這五則中的「天公」一詞含意相當地簡單明瞭，以爲天公是人類個體生命的統治者，以其無上權威的絕對力量來管轄下民，維護世間的秩序與和諧，即天公是萬能的主宰，冥冥中在控制與干預個人的生命。如此的天公信仰是傳統社會根深蒂固的價值主流，是中國人文化心靈中的重要質素，相信天公的大公無私庇護著人民的福祉。然而大公無私的天公主宰與豐富多樣的社會情境結合，就會有著波濤洶湧的情節高潮。這些情節高潮又與天公信仰的意識形態有著緊密的內在關係。

〈溫太眞玉鏡臺〉是以天公的不公平來反襯劉倩英超人一等的美色。〈玉鏡臺〉的故事即由劉倩英的美色推演出夫妻老少配的衝突高潮。美色是天生的，是其嬌寵的本錢，卻也因此種下其婚配溫嶠的導因。溫嶠貪慕其人間第一等的姿色，設計了一個假學士，以「玉鏡臺」爲定物，強迫地完成此一婚事。此一情節雖根據《世說新語》改編，但將此題材發展成戲劇故事，增加了不少衝突的場景，在糾結的高潮中，完成了男才女貌的婚姻觀念，這其中含有天人交感的信仰問題。溫嶠這種騙婚的行爲，實非正人君子之所當爲，這牽涉到知識份子天人交戰的道德問題。關漢卿對於知識份子的道德人格，同情過多，甚至加以粉飾，偏向於世俗的觀點。價值觀念的世俗化，仍無法完全取代人間禮節的道德意義，故關漢卿安排了一場妻責夫好是無禮的情節，硬要其夫到屋外加以責難，最後仍不准其進入洞房，具有著懲罪與救贖的作用，而溫嶠的忍氣呑聲正可說明其騙婚乃不得已的手段，不作霸王硬上弓的武力侵犯，也卽其憐香惜玉的眞摯感情所呈現而出的道德勇氣。溫嶠除了知道自己理虧外，也了解少女劉倩英的情思，此卽其生命的自覺，如云：「你這少年心，則想個青春配。」溫嶠知道其年紀大條件差，但是他可以百縱千隨的討其歡心，這或許是老少配的另一種補償，故溫嶠云：「你若外事得個年少輕狂婿，不似我這般看敬重你。」在敬重的態度下溫嶠願意等待機會。故第四折設計了一個「天從人願」的「水墨宴」，來凸顯出溫嶠的才華及其溫柔體貼的情性，來成就雙方喜愛的喜劇結局。這齣戲劇所孕生的人生情境是相當世俗化，在俗世的情慾生命中，男女的愛悅與結合，是人性的本能，但在命運的操弄下，人與人間有許多的限制，如美醜、考少等，而這些老天早已註定，是無法更移的，可是天公也不會完全斷掉人的後路。天公是有好生之德的，這是傳統社會所本有的宗教意識，避開了嚴肅性的道德判斷，進入栩栩多姿的生命動態之中，顯示出天公是相當地人性化的，沒有絕對善惡的形式框架，在理想與現實的雙重情感下，天意是隨著人心而互動，不是一個絕對不可妥協的無上權威主宰。天意的改變，創造了愛情世界的喜劇精神，溫嶠的才華是轉悲爲喜的推動力量，把人生的嚴肅面導入於人生的輕鬆面，簡易地打開婚姻的糾葛，使劉倩英唱著「嬌妹早則不嫌你老丈夫」。

〈山神廟裴度還帶〉一劇更能表現民間天公信仰的特色，裴度不信相士趙野鶴斷其橫死，主張「一任天公饒不饒」的人生態度，正是整齣戲劇的行動核心，由個人的正直無私曲，改變了超自然的命運安排。在中國宿命論的流行極爲普遍，所謂「落土時，八字命」，卽人的命運在出生時早已受其生辰八字所註定，此宿命思想深入民心，故人們頗相信算命者的推算，以爲天意是不可抗拒的，只好一任命運的擺佈。〈裴度還帶〉將無可奈何的宿命論，轉爲道德支撐的實踐論，改變了天公的宇宙意識，使得天意會隨著人心而動。如此的觀念，比〈玉鏡臺〉的天人關係更進一步，以爲經由人的道德實踐是可以轉化天的意志。裴度原本是倒楣到極點的人，算者以爲其面相無一可觀，有「五露」、「三尖」、「六極」，皆命理中的凶相。所謂「五露」卽眼突、耳反、鼻仰、唇掀、喉結等，所謂「六極」卽頭小、額小、目小、鼻小、口小、耳小等，爲夭壽孤苦之相。又其「凍餓紋入口，橫死紋鬢角連眼，魚尾相牽入太陰，游魂無宅死將臨，下侵口角如煙霧，卽目形軀入土深」等相，指出裴度將在明日巳時死在亂甎瓦之下。裴度聽到這種相法不以爲然，認爲野鶴相士欺其家貧，正是「世情看冷暖，人面逐高低」，帶出其身貧志不移的滿懷壯志。天意難違，這是人活著最大的限制，儘管其有「經綸天地、扶持社稷」的長才，也躲不過閻王的招喚，連山神登場亦難憫其才華，違抗天命，這就是裴度個人夭壽的命。裴度的不認命，只是一時情緒上的反彈，而長老的話，「雖然相法中如此斷，也看人心上所積，可不道人有可延之壽也」，亦僅是安慰之語罷了。但是人可延壽的觀念，使得民間天公信仰的內涵有著新的闡釋觀點，裴度後來可以改運，卽是由此觀點發展而來。這可以說是民間宗教意識的轉進，相信道德的實踐卽是天公所讚許的人間秩序，在某種陰德的庇護下，可以轉死回生。如裴度的還帶，種下了救人的陰德，也使其大難不死，改變其一生的命運。故趙野鶴遇到不死的裴度，卽猜測他必有活三四箇人性命的陰騭，而且氣色也大不相同，有了「福祿文眉梢侵鬢，陰騭文耳根入口，富貴氣色四面齊起」的新命運。這種陰騭的觀念雖然有著人文的終極關懷，但是其內涵仍來自於宗教信仰，天公的權威意志不僅沒有消褪，反而經由陰騭的神秘報應，對天公的崇拜有增無減，更相信人所受的福及自己所成就的德，都是天公賞賜，深念天公的恩惠。

在〈劉夫人慶賞五侯宴〉中趙太公的開場詩與其所作所爲根本是不相符合的，天公以其雨露恩來賜福給不義的趙太公，實在是老天無眼。在人民的宗教意識中，人的一舉一動，都逃不出老天的法眼，亦卽天公以一顆超存的天眼在主宰人間。俗語謂「天有眼」、「天有目睭在看」等，以其無上的權威意志，負責起羣體的生活秩序與宇宙的自然和諧。趙太公從改寫文契到欲摔殺孩兒，一一地加強其不義的罪行，此時天公的正義在那裏呢？有的，天公的正義就寄託在李嗣源的身上。天公對善惡的報應，有其自成系統的曲折秩序，一般是不採現世報的，故先安排一個解救其兒的人，使得報應的時間得以拉長，卽俗諺云：「善有善報，惡有惡報，是日子未到，不是天理無報。」天理報應的時間長短，是掌握在天公的意志與算計之中。天公能安排其子爲李嗣源所救，自然也會安排母子相會的場景，來逼李嗣源作天人的心理交戰。李嗣源當初曾允諾讓其母子再團圓，以報應這段寃讎，如唱云：「我若是打聽的我孩兒在時節，若有些志節，把他來便撞者，將我這屈苦的寃讎，兒也，那其間報了也。」如此的報仇心理，卽是這齣戲劇的意識焦點，使戲劇統一的整體情節，朗現出天公報應的信仰理念，協助弱勢者獲得圓滿其生命的可能途徑。李嗣源不願讓母子團圓，只是這個報應過程中的小挿曲，凸顯出母子連心的天性，李嗣源的鷄鳴論也證明了這種天性的不可改易。就在其母將被吊起來打死之時，李從珂趕到，謂「恰更是九重天飛下一紙赦書來」，這就是天公的正義所在，雖然其母長期活在於陰暗的世界裏，但是天公還是給人有著無限的希望，會創造一個類似奇蹟的場景，開闢出一條驅散黑暗的光明道路。

〈包待制三勘蝴蝶夢〉中的天公信仰，從人性的光明面中展示出天公的好生之德。王家三兄弟因其父仇誤打死了兇徒葛彪，雖然說：「這一還一報從來是，想皇天報應不容私。」然而天公的報應來得不是時候，殺人是要償命的。此卽是這一戲劇衝突之所在，由潛伏的危機帶出戲劇行動的高潮。人大多是貪生怕死的，三兄弟互爭爲首的情意，讓殺人抵命的法律受到了挑戰。當天公的意志與人間的法律相互矛盾時，究竟是聽天公的，還是順從法律呢？包公的困擾卽由此而生，如何不違背法律而又能符合天意呢？那麼，第二折所穿挿的蝴蝶夢卽是整個事件的解開之匙，象徵天的救贖之情，安排包公去體貼天意，爲下民安排條活路。這其中洋溢著人間之愛與天公之義，天經由包公的仁慈來成就王母之大愛，如包待制云：「老夫心存惻隱，救小蝴蝶出離羅網，天使老夫預知先兆之事，救這小的之命。」王母的愛是來自於道德的抉擇，割捨掉親子的私情，護救先夫的命脈，這必需要有強烈的意志力來控制其內心的感情，如云：「教我扭回身，忍不住泪漣漣。」「忍不住」表示她仍有熱烈的愛子之心，只是她選擇了人間的無私愛，不惜地與個人的情意相交戰，爲的是成就人間的三從四德。這是生存問題的兩難選擇，對王三與王母都是不公平，是降臨己身的悲慘與痛苦。他們沒有任何怨言，反而處之泰然，這是自我至高的生命存在價值，與天地間的精神合而爲一。包公雖然違背了人間法律私放了王三，卻彰顯了民間天人合一的信仰主調，以爲天意不外人情，肯成全道德的犧牲者，是會得到天公的賞賜，成就其光燦萬古的不朽形象。

竇娥的埋怨也是生命的另一種成全，竇娥對「天公不可欺」的宗教信念有所懷疑，追問：不知皇天也肯從人願？竇娥與王母的遭遇是不相同的，王母的割愛是主動的，竇娥爲救蔡婆的代罪，多少有著無可奈何的被動，使他對天公之情存在著悲憤的感傷。竇娥不是在怨恨天公，而是在譴責昏暗的人間，而人間的沒有天良是否等同於天公的沒有正義？在戲劇裏，天公是沒有睡著的，以三年的亢旱來昭示山陽縣官吏的無心正法。人間的災異含有著天意的兌現，如此把民間天公信仰的宗教意識提高了，以爲信仰的主體——天公，是人間正義公理的化身，會以其降臨不祥的徵兆與災變，來主持人間的正義與秩序，人君若無法領受天降災異的教訓，將造成社會的混亂與國家的滅亡。如此宗教意識侵入到政治、社會等人文活動中，主宰其價值理念的走向。

在傳統社會裏以天公作爲信仰的主神，是件不容置疑的事實。可是天公信仰在歷史時空不斷地傳承與演變下，其成爲人類精神活動的宗教意識是複雜而又多樣的，且結合日常生活的無限經驗，有了多種的表現形態，有來自於最原始的宗教衝動，也有來自於高度理性反省的宗教義理，其彼此間的相互交流與移情經驗，形成羣衆生活的風俗習慣與文化信念。關漢卿的雜劇不自覺地與民間宗教意識相互脈動，懵懂地來往於民間信仰所預設的情節中而不自知。如此的不自知，不是關漢卿沒有自覺的智慧，而是有情世界原本流轉著宇宙人生間的多種可能性。關漢卿以其豐富的人生歷練與想像能力，參予於宇宙中天公的神秘運作，激盪出自然生命和文化生命相互交流的人間秩序。天公是宇宙與人類生命間的一種超越主宰，不單是人格化的神靈，也是自然與人文秩序的價值主宰。在傳統社會較少直接去接觸此一信仰的主宰，大多注意的是此一主宰維持人間秩序的天命，故下列幾節將專談天命。

四、天命的福禍報應

在前面幾齣戲中，天幾乎是人的價值底據，在現實的人際場景中，天公與人性間有一定的運數，形成天命報應的觀念，亦即報應是連繫天人之間的重要管道。天命的報應思想淵源於古代的原始信仰，崇拜上天是整個社會的決定者，以其絕對的權威力量要求下民按照天命行事[8]。順從天意行事的觀念，是天命信仰的基本內涵，一方面強調天公的神聖意志，一方面重視人性的價值自覺，可是天公的意志往往大於人性的自覺，一般人大多認爲天公是以人們是否順天意來進行賞罰並決定人的命運的。然而報應又以人的善惡行爲作爲判斷的準則，亦即天公的意志是根據世人行爲的善惡而產生的，故人的躬行道德以修人事，亦能經由自我的肯定而改變人的命運的。

天地間的災異變化與人事間的吉凶禍福，冥冥中存在著天命規律的數與勢，成爲一切死生善惡與是非運行的原動力，在紛紜多端的事象背後，規劃出天命天數一定的秩序，及其展現而出無可抗禦的超越力量。關漢卿雜劇對於天數報應是相當敏感的，取數段引文爲例：

1. 小梅香死的來忒沒影，李慶安險些兒當重刑，第一來惡業相纏，第二來也是那神天報應。(〈王閨香夜月四春園〉第三折)
2. 天果報，無差移，子爭箇來早來遲。限時刻十王地藏，六道輪回，單勸化人間世，善惡天心人意。人間私語，天聞若雷，但年高都是積善好心人，早壽夭都是辜恩負德賊。(〈詐妮子調風月〉第二折)
3. 走偏花街請妓女，道死了全家誓，說道無重數，論報應全無，若依著咒盟言，死的來滅門戶。(〈趙盼兒風月救風塵〉第四折)

天命的森嚴奧秘，是透由禍福報應來充分展示，成就人間的秩序。故在中國的宗教信仰裏，對於宇宙至高無上的天公，是畏而不親的，少做人格神的直接崇拜，而是皈依於天命的秩序之中，把乞靈於天的宗教心態，轉成爲盡己之力以避天之怒、虔己之心以信天之威的生活原則。天命信仰不等於天公崇拜，天的命定，不單是天公的權威意志，亦是自然與人文世界相互依存的最高準則，卽天命信仰是百姓對天公崇拜後具體存在的宗教情懷，有了這種宗教情懷後，天公可以是不存在的，只有在冥冥已註定的天命中，盡人事以聽天命，這時候人要學習的是敬仰天命而來的安命，檢點自己的行爲，減少盲目的衝動，化掉世界的紛爭與人性的疏離。

是福不是禍，是禍逃不過，如此的觀念，在關漢卿的雜劇中經常出現，如在人物的上下場詩屢使用「萬事分已定，浮生空自忙」、「月過十五光明少，人到中年萬事休」、「花有重開日，人無再少年」等俗諺，來窺示社會民衆在天命信仰所形成的生活經驗與共通語言。〈王閏香夜月四春園〉可以說是天命信仰的代表作，有相當濃厚的平民色彩。在這一部庸俗的戲劇體裁中，普遍地流露出自然眞切的天命信仰，其通俗性與普及性並未減弱其戲劇的藝術性。在元雜劇中貧與富間的愛情故事，與當時社會階層貧富的流動有密切的關係，〈四春園〉中王員外對沒落的李慶安的悔婚，是一件相當平凡的事，就描寫愛情來說，這部戲是不成功的，兩人並沒有山盟海誓的纏綿悱惻，有的僅是指腹爲婚的道德之約罷了。就在這個道德之約下，產生曲折的凶殺案，戲劇的轉機在於李慶安的不忍之心，救了蜘蛛羅網的蒼蠅，反救了其橫禍，這是報應最簡易的形式，是現實人生卑俗淺近的神道信仰，沾染著濃郁的鄉土色彩，將挫折多災的現世生活融入於心靈寄託的天命信仰之中。蒼蠅三番兩次沾住筆尖，以及爆破紫霜毫，是多麼不可思議的事，不可思議的事卽是神蹟的展示，相信神蹟爲天道天理，卽是民衆最爲生活化的崇拜心理，是人類自我防衞的精神中心。在民間，神蹟兌現的方式很多，充分地流露宿命與報應的宗教信仰心理，以某種特殊溝通的管道，顯現宇宙超越的神能，此卽天人感應的信仰意義。在〈四春園〉一劇，安排了獄神廟神明附身的夢語來傳達天公的訊息，經由神蹟的應驗方式，作爲見證以昭雪人間的寃屈。故在戲劇中傳統社會各種神秘經驗，如占卜、神算、符咒、啓靈、渡亡、禪機、神通等神人溝通方式屢見不鮮，一再地顯示出傳統社會由庶物羣神的原始宗教崇拜所發展而出的意識形態，相信天地萬物有神靈主之，且以其顯赫的天命照臨人間。在中國，宗教信仰早和其社會組織密切地關連，天命的超秩序實爲生活的一部分，其安置宇宙的控制力，卽亦是維持人間秩序的社會力，在發生悲劇、焦慮或危機時，天命以其特殊的神能，賜給人類生存的安全感受和生命意義，具有扶持人生與社會的安定作用。亦卽天命信仰以其特殊神蹟的象徵系統，在人間建立起一些普遍存在的、有力的、持久的存在意識與生活情緒，使人們經由宗教的信仰依賴塑造成面對世界的適應態度，包括感覺、行動以及生活方式。

〈詐妮子調風月〉是一部相當世俗化與人性化的愛情故事，刻劃婢女與小姐間的三角關係。寫一個美麗活潑嬌憨任性的婢女，眼見其情人將與其小姐訂婚，其主人偏要他到小姐跟前說情，她眞的妒忌得快發瘋，巴不得這婚事不成，不料小姐痛快答應，又得爲小姐上裝，進入到一個情恨交雜的尷尬境地。關漢卿把一個滿心滿意怨望詛咒的婢女，寫得極爲眞切活潑，具有眞實的血肉與靈魂。這是社會階層下的身分衝突，婢女爲婚姻的爭取，是必需經過長期內心矛盾痛苦的鍛煉歷程。在身份的壓迫下早已註定無法周全的困境，只好轉向對天命果報的寄託，渴望眞有善惡的報應成全其弱寡無援的心願。故謂「善惡天心人意」，有情人總能成就其姻緣。亦卽願天命眞有其權威力量來控制和干預個人生命的過程，使報應是絲毫不爽的，卽「年高都是積善好心人，早壽夭都是辜恩負德賊」，善惡行爲與福禍報應有著強烈的關連，也就是人的壽夭、貧富、貴賤等都隨著人的善惡行爲而預定，非由天公本其絕對自由意志而預定。此時天命是隨著人性善惡動作而牽引，人性的自覺能改變天的意志，轉化人的吉凶禍福，卽天與人在情感與意志上是相感相應。如此的天命意識，增加了人的主體活動，以爲吉凶禍福的報應，是由人本身的行爲來負責，但是人的行爲仍逃不出老天的法眼，禍福的轉變仍不由人來決定，主控權依舊在天，盡人事聽天命的宗教意識卽是這種情懷的展現，人必須遵守天意所安排的善惡準則，來避災趨福轉變原有的報應內涵。就其內在精神而言，仍來自於敬天畏天的心理，企圖以天所允諾的準則，重新找到生存的保障，這種宗教與人文的結合，表面上增加了善惡的人意，本質上依舊是臣服於天心的宗教意識，是以天命的意志爲生活的核心，所謂神意與人意的相互一致，是人聽命於天，非人可以自作主宰，就如婢女燕燕的感情與姻緣不是她個人力量所能爭取得到了，必須仰賴外來力量的援手，才能成全其勇於追求愛情的人生。故燕燕的愛情是無法獨立自足於其所存在的客觀環境之外的，除了他個人熱烈的追尋，是需要天命暗施援手，成就其美滿的結局。卽天命的權威意志，是與宇宙人生同時運轉的，除了特殊神蹟的象徵系統外，與人克服外在艱難困境的激勵奮發之全幅精神相互感通，有了新的吉凶禍福的報應關係，顯示出天哀矜萬物與人意相感的天心。

〈趙盼兒風月救風塵〉是關漢卿頗爲成功的一部社會喜劇，在巧妙的滑稽趣味中，蘊藏著妓女精神上深沉的悲苦以及被人踐踏的哀情，呈現出天命信仰的另一種表現形式，卽不可思議的神蹟未必是有求必應的，反而會依據實際的善惡狀態，展現其出神入化的能力與超越的精神。報應的有無不是絕對的，與虛妄的變幻人生息息相關。妓女宋引章的戀愛觀念是相當現實的，與其他元雜劇歌誦妓女忠貞的愛情戲是大不相同的。過份地歌誦妓女的忠貞不二的纏綿愛情，是美化妓女的愛情形相，似乎與寄生豪華生活見利思遷的妓女情思不太相應。關漢卿的〈救風塵〉頗爲寫實，將那妓女幼稚的愛情觀描繪得相當傳神。「妓女追陪，覓錢一世」可以說是妓女的經濟觀點。妓女的從良，是其最後的出路，從經濟的觀點來說，她們也渴望有一個美滿的生活：讓下輩子快樂無憂。然而，她們能選擇的對象未必盡合人意，如謂：「待嫁一個老實的，又怕盡世兒難相配；待嫁一個聰俊的，又怕半路里相抛棄。」故宋引章選擇花花公子周舍是有道理的，原因是既然好丈夫難求，嫁個千依百順懂得情趣的人也是不錯的。宋引章與趙盼兒的對話，可知宋引章是被諂媚的外在形式所迷惑，還是趙盼兒對男人喜新厭舊的心理有較深入的體會，預測到婚前的獻殷勤只是誘騙的手段，婚後終將遭受到拳打腳踢的虐待與迫害。趙盼兒設計圈套以美色引誘周舍，原本是不道德的，且又發誓欺騙了鬼神，理當受到天命的報應。趙盼兒表面上是不相信有天命報應這一回事，指出妓女的發誓是司空見慣的技倆，若報應有效，早就沒有妓女這行業了。實際上她依舊是怕天命的報應，她的賭咒太抽象：「我著堂子里馬踏殺，燈草打折臁兒骨。」又加上一句說明其誓詞非自願的：「你逼的我賭這般重咒也。」竇娥的三樁重誓是驚天動地的立卽實踐，趙盼兒的重咒又如何是無效的呢？天命信仰可能控制人民的道德行爲，也可能與道德行爲毫無關係，在充滿不可逆料、反覆無常和意外悲劇中，天命的報應唯有必然有效，才能增強宗教信仰的文化整合，在一個較爲安定的社會結構中，傳統的遺傳設計與生活經驗，自有其內在的規律性與系統性，將天命的意志潛存於風俗的細節之下，有種種象徵秩序的整合方法。比如宋引章的嫁錯人，卽是對人性的理解不夠透徹，貪戀他人的諂媚，誤上了賊船，是其個人內在理性的不足，無法參予社會結構中基本的定理規則，所以有了不幸的天命報應，她個人被人踐踏的悲情，卽是她個人所種下的禍根。宋引章的老練果斷，深知社會風俗和諧的有序程序，故其行動的種種設計，是配合著傳統文化的基礎結構和整合現象，以其聰敏的心智，隨著情節的發展合理地應付外在環境，捕捉既有的知覺整合，再隨著事物自然發展的景象，獲得天命的眷顧，如意地救出宋引章。趙盼兒對自己行爲設計是相當自信的，如此她又何必擔心賭咒的報應呢？

天命信仰原本是對天公意志覺知的簡單宗教意識，但是在時空的運轉與風俗的傳承上展現出多樣的文化形態，使得人們對構成人類處境的天命本質有著許多不同的思考方向與認知形式。對傳統小說與戲劇影響較深的天命形式大約有下列四種：卽五德終始說、自然定命說、陰隲因果說、數勢觀等❾。這些天命觀念在現實社會的具體運作與經驗傳遞下，深層地進入到人類思維意識的知覺整合之中，重組其變化無窮的經驗宇宙。小說與戲劇的文學形式，最能表現出傳統社會所共有的天命意識，從人自身存在的醒覺，思探到宇宙存有的本質，碰觸到各種不同解釋的天命世界。關漢卿雜劇，卽是經由模倣社會現實生活的律則與方式，從繁複雜沓的人生事件中，善於捕捉靈光乍現的天命世界，反映出傳統文化模式內在理性的種種關係與差異形式。

五、天命的有常與無常

禍福報應是天命的權威意志，賞罰報應的有無，牽涉到天命的有常與無常，卽是「天命不易」與「天命靡常」的兩個重要觀念。所謂「天命不易」是人經由信仰而得救，將一切問題的責任交給神，作爲人類合理行爲的最後保證，因此天命具有主宰天地萬物的能力，其天之所命於人者是不能隨便改變的。這種來自於原始宗教的天命信仰，隨著周代人文意識「天命靡常」觀念的抬頭，隱藏在人民信仰的意識底層。訴之於最高神的天命，經由殷周之際的憂患意識，發覺了吉凶成敗與當事者行爲有密切關係，當事者在行爲上所負的責任，會影響到天命的意志，於是而有「天命靡常」的觀念❿。天命信仰的轉化影響了中國宗教意識的實質內涵，在宗教信仰與人文意識的相互激盪下，彼此相互對立而又相互融合，一方面原始宗敎的信仰魅力一直潛存而長在，一方面順著民情掌握天命的人文意識主控著精神文化的基本形態。

唐君毅從「天命靡常」的觀念系統中，引申出中國古代天命觀有三層意義：第一義使中國古代之天或上帝，成爲非私眷愛於一民族之一君或一人者。第二義天命之降於人，後於其修德，人之受天命，當更敬厥德，卽所以承天。第三義人修德而求永命，及天命不已之思想，則爲中國一切求歷史文化之繼續的思想⑪。人文化的天命觀在原始宗敎的信仰環境中未必依其內在理性而發展，天的權威意志與人的善惡行爲，在現世利益的牽扯下，有其羣性活動涵化而出的意識形態與行爲模式，是與理性的思維體系大異其趣的，此卽理性思想世俗化的問題。唐君毅之天命觀的三層意義若落實在現實的信仰時空內，天命的絕對性、普遍性與永恒性將隨著實際的需要，轉換成相對性、個別性與差異性的宗敎意識，爲了謀求個體存在的具體利益，可以將天命的主體價值隨意地流轉在「有常」與「無常」之間，以外在情境爲核心來調整自己的天命意識。卽有時期望天是有常的，感激天的眷顧；有時期望天是無常，不甘心被天命所限。

關漢卿雜劇對於如此人性的糾葛有深入的體會，在社會的紛爭與人情的無常下，天命也在各方面壓力與欲望的擠壓下，能隨機而變且又面面靈光，以其功利的相對態度，滿足現實的需求，如下列幾則引文：

1. 似這等好姻緣，人都道全在天。若是俺無福無緣，衠告青天，也間阻的山長水遠，幾時得人月圓。（〈杜蕊娘智賞金線池〉第四折）

2. 忒心偏，覷重裀列鼎不直錢，把黃虀淡飯相留戀，要徹老終年，召新郎更揀選。忒姻眷，不得可將人怨，可須因緣數定，則這人命關天。（〈閨怨佳人拜月亭〉第二折）

3. 幸然是天無禍，是咎這人自招，全不肯施恩布德行王道，怎比那多謀足智雄曹操。（〈單刀會〉第一折）

4. 當日東坡一曲滿庭芳，則道一個香靄雕盤，可又早禍從天降，當時嘲撥無攔當。乞相公寬洪海量，大人那仔細參詳。（〈錢大尹智寵謝天香〉第二折）

天究竟是有禍？還是無禍？亦即天是有常？還是無常？天必與禍福相關嗎？這牽涉到人自身的自主性問題，當人自己能制裁人的陰暗面，發揚人的光明面時，天可以是「無常」的。當人依舊仰賴著天的超越能力時，人仍期望天是「有常」的。

「姻緣天註定」的觀念，似乎強調天的權威性，抹殺了人的自主性，在〈杜蕊娘智賞金線池〉一劇中天人的交戰，並非如此般單純。杜蕊娘雖然是一個微不足道的妓女，但是其倔強自尊的性格形象相當感人。杜蕊娘對於愛情的追尋是相當直接的，敢愛敢恨，不肯卑躬屈膝地做人。杜蕊娘一心要嫁韓輔臣，敢與虔婆頹鬧相爭，數說妓女「惡劣乖毒狠」的不義之門，道盡了妓女可悲的命運和卑微的心聲。輔臣負氣移寓他所，杜蕊娘的不能相忍，凸顯出妓女貞烈的形象。士子與妓女的邂逅與愛悅外，更需要相互尊重，才能情意相通。杜蕊娘的不肯隨意求和，即是尋找人性的尊嚴，愛情不單是肉慾的感官享樂，也該體會對方愛惡的心理反映。姻緣註定不能單靠天命，也須兩情的靈犀相通。心意相繫才是天命深綿的眷念與顧惜，杜蕊娘追尋的即是如此永恒的愛情志意，其「烟花簿上除抹了姓名，絕交了恠友狂朋，打併的戶淨門清」正是個人生命的覺醒，勇於爲愛而從良，可是如此狂熱的愛情，卻無法換來合理的尊重，她的不滿由此而發，一方面怨恨天命爲何無法有常，給予合理的報應結局，一方面也怨恨天命爲何不是無常，有德者不能安然受命。愛情的危機，正是推動情節的主要動力，安排了新的生機，發展出喜劇氛圍，在歡愉快悅的情緒下，天命卽是有常也是無常。

〈閨怨佳人拜月亭〉也是以喜劇的手法，經由王瑞蘭對蔣世隆不渝的愛情，刻劃出王瑞蘭內心世界天命意識的爭扎。王瑞蘭的拜月，願天下心厮愛的夫婦永無分離，卽是貫通天人的大愛，渴望人與人之間原本就是熱情融洽的，化除掉破碎與失敗的愛情悲劇。王瑞蘭在挫傷失敗的當下，她堅貞的愛情是眞摯動人的，所以絕處逢生，苦盡甘來的情節，是天命最大的安排。關漢卿對男女之情慣用喜劇收場，一方面流露出人自身堅忍奮銳的情志，一方面也昭示因緣數定的宗教意識。「人命關天」是人命離不開天意的有常，天意也隨著人命而轉，天命是無常的。

「禍」是天降的呢？還是人招的呢？若完全是由天降的，天是有常的；若是由人招的，天是無常的。在〈單刀會〉裏關公的英雄形象，正是人定勝天的意念。魯肅的妙策神機抵不過關羽的劍界，正是人算不如天算，而天算要以人的意志與膽識去完成。〈錢大尹智寵謝天香〉中的人算是與天算相合的。柳永流寓開封，戀名妓謝天香，無意進取，其友開封府尹錢可，恐其志墮，設計佯娶天香爲妾，以絕其念，三年後，柳得狀元歸，錢始道其故，以天香歸柳。禍是人招的，福同樣也可以是人招的，經由人的主體性安排，可以與神意命運結合，改變人的遭遇。錢可的用心足以改變柳永的際遇，柳永不是自覺的，卻可在他人的理性安排下，獲得人文的順境。由此可見天命的有常或無常，在於人有無自覺的能力，當人缺乏自覺的能力，天是維持社會秩序的唯一權源，具有無限的權威宰制人間的一切，因此天命是有常，人們向其祈禱以求庇護和恩賜。當人有自覺的能力，靠自己的力量來獲得天命的眷顧時，意識到天命是無常的，其神明顯赫的報應，隨著個人生命的貞定加以移轉。世間的百姓大多處在自覺與無自覺之間，卽是理性與非理性之間，人文的敎化並未完全淨化原始宗敎的生態環境，不能完全消除人們內心惶恐怖慄之感，當人文抬頭時，天命的無常理性可因人的努力而獲得實踐，當人文力量薄弱時，人難免又陷於情欲的深淵，無法揭示理性的潔淨與天命的莊嚴。

天命有常與無常的相互激盪下，卽形成了傳統神道設敎的文化理念，以爲人如果能潔身自愛，不殘害生命的元氣陰陽，就是有功於天地，故人要敬業於人事，以求天命的庇佑，此時雖有人文作用，天命的權威意志尚在。卽是以神道的權威意志來敎化百姓，建構了大衆經驗認知的宗敎體系，形成了一種積習已久又自圓獨立的宗敎形式，深受社會文化的支配顯現出特殊性格。這種特殊性格是貫古通今的綜合結晶，融通了傳統既有的發展脈絡，開啓了神道設敎的理論與實踐體系，使得民間流行的宗敎意識依舊樹立著中國特有的人文取向之典範，而此一典範是環繞在天命信仰所形成的宗敎經驗，在「有常」與「無常」的威力下維持社羣體制的和諧[12]。

六、信仰與道德的抉擇

宗敎意識原本與道德意識是不相干的兩碼事，在天命靡常與神道設敎的交集下，天之降命與人之修德結合，即所謂「天生蒸民，有物有則，民之秉彝，好是懿德」，由對崇奉神祇的凝歛與虔敬之情，形成反求諸己的道德精神去實踐人生的責任與義務。如此天命的於穆不已，即是德性的至誠無息，天命與道德的結合，成爲人生一切價值與理想的準則。此時人突破天命的有常，以無常的天命，建立了一個可以使我們安身立命的宗教意識。聿修其德自求其福的道德實踐，無法完全割捨掉志在祈福的宗教意識，仍未將天命的報應置之度外，以患得患失的心情去致力於人生所應爲的事。如此，所謂自求多福，依然是向天命而求，只不過是用人的敬德行爲求，敬德是假動作，祈福才是眞目的。以疾敬德求天降命，就動機而言，是另一種形式的宗教信仰。

盡了人事之後，假如無法達到預期的效果時，人會繼續踐仁行義嗎？踐仁行義是用來滿足人們避禍求福的自然情欲，還是完全能操之在我的有常道德世界？當人的理性沒有完全淨化時，在義理之外，更有所求，那麼信仰與道德孰重呢？舉關漢卿雜劇爲例來說明：

1. 常言道官清民自安，法正天心順。他那裏家貧顯孝子，俺可便各自立功勳。無正事尊親，著俺把各自姓排頭兒問，則俺這叫爹娘的無氣忿。今日個俺辱末你家門，當初你將俺真心廝認？（〈鄧夫人苦痛哭存孝〉第二折）

2. 全失了人倫天地心，倚仗著惡黨凶徒勢，活支刺母兒雙折散，生各札夫婦兩分離。從來有日月交蝕，幾曾見夫主婚，妻招婿。今日箇妻嫁人，夫做媒，自取些奩房斷送陪隨。那里也羊酒花紅段疋。（〈包待制智斬魯齋郎〉第二折）

3. 我為甚每夜燒香，博一箇子孫興旺。天將傍，非是我誇强，我則待將《禮記》

《詩》《書》講。（〈狀元堂陳母教子〉頭折）

關漢卿雜劇在天命的信仰之外，極爲重視人定勝天的道德要求，如謂「法正天心順」、「人倫天地心」等，以爲人間秩序的合理化，正是天意的所在。人倫與天心是自然感通，人性的道德自覺，卽是天命的理性作用，故用力於人道，就能感悟天命的莊嚴，成就潔淨理性的宇宙人生。此卽將天命的權威精神轉化成宇宙共有的規律理則，肯定人之所以爲人的價值。假如這種規律理則是建立在功利的道德效用上，一旦報應的關係失常時，人們是堅守道德呢？還是仰賴信仰的力量呢？

〈鄧夫人苦痛哭存孝〉一劇中李存孝的「英雄屈死黃泉下，忠心孝義下場頭」的不幸遭遇，正是人間的最大悲痛。爲什麼盡守仁義的道德情操，會帶來五裂身卒的寃屈呢？其實道德的實踐並不是影響天命報應的唯一原因，還必須注意到客觀存有的數與勢。李存信與康君立的諂媚無恥，再加上李克用貪酒的昏庸無能，一齣撼天動地的悲劇已暗中注定，李存孝是難以逃越出數勢的限制。這或許就是人的節遇之命，是不與人的善惡行爲相應的。但是在雜劇裏並沒有建立出人之善惡與禍福之遭遇無關的人文意識。善惡依然是會有報應的，天命仍會大公無私地普愛衆人，故戲劇安排李克用的酒醒，把悲劇推給不可抵抗的命運云：「你個有仁有義忠孝子，休怨我無恩無義的老爹娘。」再將禍首的李存信與康君立五車裂了，一報還了一報。李存孝被李克用車裂的故事，與《五代史記‧義兒傳》所載略同，但劇中謂存信與君立後亦皆車裂，爲存孝復仇，則非史實。如此因果報應的情節，正是該劇源自於天命意識的戲劇生命，在無可奈何的生存情境中，天命終舊是正義的維護者，也是道德的支持者。

〈包待制智斬魯齋郎〉一劇人間的巧合過多，似乎人間的離散聚合早有天數，惡人所造成悲劇的態勢，仍在老天的巧妙安排之中。張珪出家後的不肯還俗，是此一戲劇新的衝突焦點，張珪出家後的乘物遊心，發現形體、生命等都是天命委付的，不能執爲實我，人的存在是微不足道的，何必去爭執無常的利害呢？故唱云：「利名場上苦奔波，因甚強奪；蝸牛角上爭人我，夢魂中一枕南柯。」經由精神的修養，淡化了物欲的強求，擺開了命運限制，展現出混同玄冥的精神境界，如云：「我這里醉舞狂歌，繁華夢已參破。」又云：「想人生平地起風波，我情閑如謝安高臥。」如此突破現實的自在，是按捺住人間悲觀絕望的感情，嚮往著虛己無我的淨化世界。故李四等人的苦勸，仍挽不回張珪隨緣自在的心，如云：「我得過時且自隨緣過，得合時且把眼來合，得臥時側身和衣臥。」張珪即以順天命的變化來清心寡欲逍遙自在，類似道家乘道德而浮游的無肯專爲，即云：「抵多少南華老子鼓盆歌，任人笑我似風魔，塵寰物我不張羅，把雙眉不鎖，松窗一枕夢南柯。」自事其心的曠達，使張珪不願再墮入人間無可奈何的運命。傳統的天命意識多少受到儒家、道家等思想的影響，〈哭存孝〉儒家思想的成分較多，〈魯齋郎〉則偏向於道家的智慧。前者肯定天命意識與人文世界結合的正面價值，仍以個體生命去完成天道的意義，是用嚴肅的態度來正視人生的命運，只是付給天命較多的權威來支撐個體脆弱的生命。後者則是從天地之造化中求得全性保身，以爲生命是順物自然與時俱化的，帶有著浪漫氣質的樂天思想，從悲觀絕望中鑽出來，逃避人間的種種束縛，只是其對天命的無可奈何，似乎缺乏超越的宗教情感。

〈狀元堂陳母敎子〉一劇是傳統社會功名崇拜的產物，反映出科舉制度下的文化意識，如云：「黃卷青燈一腐儒，九經三史腹中居，〈學而第一〉須當記，養子休敎不看書。」強調讀書的用處，又云：「龍樓鳳閣九重城，新築沙堤宰相行，我貴我榮君莫羨，十年前是一書生。」說明十載寒窗的辛苦代價。在科舉的引誘下，人與人之間關係淡薄了，只有功利般名位取向，如陳母爲了激發中探花的陳良佐發奮再試，實在是不近人情，登進士第一眞的有那麼重要嗎？這種以成績量人成就，是一種自欺欺人的形式執著，迷失於外在有形的榮譽與聲名之中。陳母對功名的執著反映出民間的價値意識，從其打牆鉋出一窖金銀又令其兒陪埋，卽可看出其執著功名的心態，她云：「我欲教汝爲大賢，未知天意肯從否？遺子黃金滿籯，不如教子一經。」在這樣的心態下，功名的引誘是相當現實與功利的，如謂「一舉首登龍虎榜，十年身到鳳凰池」、「靑霄有路終須到，金榜無名誓不歸」、「昨日布衣猶在體，誰想今朝換紫袍」等。陳母每夜燒香，不是單單祈求老天賜福，而是誇強其「待將《禮記》《詩》《書》講」的人文自覺，有滿懷的自信，如其兒云：「若不是母親嚴教，你孩兒豈有今日。」如此的嚴教，卽是其取代天命信仰的本錢，或者說嚴教所取得的功名，已成爲其心目中的天命，把進士登第的平步靑雲視爲生命存在的唯一目標。此時功名崇拜取代了傳統的天命意識，以爲中進士才是道德的，才是不朽的。

就信仰與道德的抉擇來說，人們最後還是選擇了信仰，然而此時的信仰可能轉換成道德崇拜、自然崇拜、功名崇拜等新的形式出現，亦卽天命意識能貫穿於一切人文活動賦給它宗教的意義。如此，宗教意識不被其他人文意識所取代，反而能改變其他人文意識的內在精神，轉向天命的宗教意識，相信有一權威的主宰支配人間的一切文化活動。此一權威主宰可以不拘形式，寄託在道德、自然、功名等崇拜之下。

七、結　論

關漢卿的雜劇呈現出實際人文活動的生命指標，與傳統文化天人相通的形式息息相關。展現了基層社會集體理想與價值的觀念特質，思考與認識著人類處境的宇宙本質，從才能、福禍、貧富、夭壽等人際關係中歸向於天命的生命思考歷程，中間存在著曲折繁複的多種面貌。戲劇借著塵寰世相點出天命的形態及其眞實的作用。

竇娥的寃帶出了人天間的生命意義，其關係是相當複雜的，但是思想的脈絡相當的清楚，表現出天人交感的意識內涵，使其戲劇行動扣緊在天命交融孚會的過程中。其他的雜劇即順著此一宗教意識，去捕挹人間超越觀照後的和諧人生，就在宇宙的生生大情下，宗教信仰與人文意識，迸現出事象背後既定秩序，撼動出一片天人相盪的共鳴曲。

經由關漢卿的雜劇可知，傳統的宗教意識不是單一的，展現出豐富且多姿的思想內涵，與儒釋道三教思想間有密切的關係，且配合民間意識的流轉，有著更多的思想態勢。本文僅順著關漢卿雜劇的內容，思考其天命所展現的意識形態及其運作情況，至於形態模式的歸類以及理論的架構，則非本文所能獨立完成。

附註

❶ 唐君毅，《文化意識與道德理性》（學生書局，民國六十四年）第七章，其十形態如下：

一、信仰一自然神而向之祈求助我滿足欲望者。

二、信仰有限之人神民族神或超自然神之無限神而同時對之表示欲望者。

三、求神滿足吾人來生之願望者。

四、求神主持世間正義者。

五、求靈魂之不朽以完成其人格者。

六、信神以克欲者。

七、不信神亦不執我者。

八、擔負人類或衆生苦罪，保存一切價值，於超越世界或永恒世界者。

九、通過對先知先覺之崇拜以擔負人類衆生之苦罪者。

十、包含對聖賢豪傑個人祖先、民族祖先之崇拜皈依者。

❷ 顏天佑，〈元雜劇中的平民意識〉，《中外文學》第九卷第十二期，民國七十年，第四五頁。

❸ 張淑香，《元雜劇中的愛情與社會》（長安出版社，民國六十九年），第二五八頁。

❹ 蔡英文，〈天人之際——傳統思想中的宇宙意識〉（《中國文化新論思想篇二》，聯經出版事業公司，民國七十一年），第三一九頁。

❺ 鄭志明，《中國的社會與宗教》（學生書局，民國七十五年），第三一九頁。

❻ 鄭志明，《臺灣的宗教與秘密教派》（臺原出版社，民國七十九年），第一七頁。

⑦ 《關漢卿戲曲集》（宏業書局，民國六十二年），本文所引用文字皆根據此校定本，本段文字見於孟本、臧本，該校定本列入注中，第九〇六頁。

⑧ 朱天順，《中國古代宗教初探》（谷風出版社，民國七十五年），第二五三頁。

⑨ 龔鵬程，〈唐傳奇的性情與結構〉（收入《古典文學》第三集，學生書局，民國七十年），第一九一——一九八頁。

⑩ 徐復觀，《中國人性論史》（臺灣商務印書館，民國五十八年），第二五頁。

⑪ 唐君毅，《中國哲學原論導論篇》（臺灣學生書局，民國六十三年），第五〇七頁。

⑫ 鄭志明，《臺灣的鸞書》（正一善書出版社，民國七十九年），第三七頁。

一齣禁忌系統的婚姻類型劇

——〈桃花女破法嫁周公〉❶

陳器文

一、多層文化經驗整合的類型劇

按人類學功能派者的分類❷，元雜劇〈桃花女破法嫁周公〉可以視爲「儀式和習俗起源」的神話式劇曲，是齣使中國民間傳統婚俗中各項儀式得到普遍心理認同而傳述的風俗劇。功能派的開派人物馬凌諾斯基謂這一類的起源故事，「常是指出一個先例，爲該儀式，該習俗的流傳不息及進行程序的實際方向設立一個概念和一個辯正」，因此這類型的故事在原始文化中發揮了不可缺少的功能，包括：「表現、加強和整理信仰，護衞和勵行道德，保證儀式效力，容納指示行爲和實際規則。」❸「起源故事」與信仰、儀式、傳統三者關係密切，可說是文化事實的一座紀念碑。

堪任文化事實紀念碑的「桃花女破法嫁周公」，在民間流傳極廣，自元至民初始終活躍的舞臺劇及口頭活文學；但中國戲曲史分類，並無「風俗劇」此一名目，而多視之爲「顯示靈怪，敍述變異」的神怪劇，是「場上之戲而非案頭之曲」❹。因此戲劇史的文案上，元劇

〈桃花女〉始終是附驥尾聊備劇目之一格而已。又歷來研讀〈桃花女〉者，既以神怪劇視之，多着眼於桃花女與周公的「鬥」，並據此斥爲荒誕無稽或據此認爲他是一齣抽象觀念劇，前者以西諦之論爲代表，後者如方光珞之論。西諦認爲《樂毅圖齊七國春秋後集》中敍樂毅、孫臏二人的爭鬪，以及詭怪不可究詰的《前後七國志》等，全與史實不符，是受了元人著作的影響之故，他說：

為什麼元代會產生了這樣詭異無稽的東西呢？我們如果見了元劇中的〈桃花女鬪(按：應爲破)法嫁周公〉一類的東西，便知道像這「樂毅圖齊七國春秋後集」的產生，是毫不足怪的事，像那樣的原始性的半人半鬼的術士式魔鬪，其根源恐怕還不是元代而在更遠，恐怕不在本土而在他方。❺

如果我們能夠理解元雜劇中有公案劇及俠盜劇，此中表現了對社會之不公不義的抗議，有神仙道化劇是藉以發舒現實之壓抑與苦悶；那麼在元朝這樣一個社會階級矛盾激化的時空背景下，何以不能因勢利導地產生「鬪法」劇？西諦所云「原始性的半人半鬼的術士式魔鬪」，歸結可以說是一種社會心理症，以隱喩的方式去顯現出社會集體性的矛盾與對立。若我們一貫地漠視社會與文化中這種矛盾與對立之存在，以大一統的表層文化現象爲中國文化之全相，認爲中國社會是個一元的社會，中國文化是個完全整合的文化，據此認爲這些「魔鬪劇」非本土所宜，則不免因錯誤的認知而無從解讀文學的眞實了。即使在社會階級並不因政治因素而特別發達時，人們還是處於對立的社會區位中的，如老與少、男與女、富與貧、貴族與平民等；所以衝突與矛盾在每個社會每個時代中，都是以大小不等之程度潛存或顯現的。人類學者論及神話的文化功能，強調說：凡是發生社會學緊張的地方，凡是發生重大歷史變遷的時代，神話所引起的作用就特別突出。所以這些「魔鬬劇」發生的根源，未必不是元代，未必不是本土，難驟下定論，值得另文深入探討。

從「觀念劇」的角度出發強調桃花女與周公之「鬬」的，有方光珞的〈桃花女中的生死鬬——元人雜劇現代觀〉❻，這是將桃花女與周公視爲「生」與「死」兩對立觀念之象徵，「生死鬬」即爲貫徹全劇之主題。此一論點，是完全排除了「桃花女」以大量獨特的民間宗教語彙與禮俗動作，密緻地架構了中國婚嫁事件的深層文化心理，以及「周公」「桃花女」這兩個內容豐富的字源所暗示的社會意義。

人類學心理學派發展至貝特森，建立了一套比弗洛依德早期以有嚴重性壓抑的病人所做的研究更廣泛且更人類學式的象徵理論。他認爲：

> 潛意識心靈的象徵設計，根本不是關於性、或生育力或死亡之類的「東西」，而是一些對稱性衝突、統制、倚賴之類的「關係」，藉著性、生育力、死亡之類表達出來。❼

亦卽是說，人類心靈的象徵設計，是各種對應的關係架構而成，非單一性的概念架構而成的。貝特森更進一步闡論：

> 各種不同潛意識（藝術、儀式、神話、夢等）的演化性功能，雖說人類的智力已證明能御萬

物，但却有片斷的、分裂的經驗。儀式、神話、藝術等潛意識心靈歷程所控制的領域，就是從支離的部份重新構成一個整體，呈現出整合和類型化的一面，將心靈和肉身重新結合起來。❽

我們就「桃花女」這齣劇來檢證貝特森的理論——中國某些根源深遠的族羣潛意識中片斷、支離的部份，在元朝一位雜劇作家手中，又重新組合成一藝術整體，並且得到民衆的普遍認同，成爲一齣活躍了近六百年的婚姻類型劇。這齣婚姻劇中用以禳災避禍的各種手段，成爲民俗婚禮的神聖儀式，可能源自三個潛意識層面的總整合：

㈠ 人類共通性的原始禁忌。

㈡ 中國民間傳統信仰之禁忌。

㈢ 元朝社會宗教儀式獨佔化而產生之禁忌。

首先，就婚姻行爲中：

㈠ 來自人類共通性的原始禁忌——天地之間。

弗雷澤在他鉅著《金枝》一書第六十章〈天地之間〉❾中，例舉了約八十至一百個實際材料，說明世界上許多未開化的原始部族中，那些具有神秘素質的「神人」（包括具有神性、魔力，以及接受神聖儀式的人如王、祭司、少女、初潮女、月經期及懷孕期之婦女、新娘）都須接受禁忌約束：頭不可露天，腳不可觸地，不得見太陽，必須隔離幾乎變成「絕緣體」，弗雷澤推測形成這些禁忌之心理因素：「一方面是恐怕接觸了天地之後，神人的毀滅力量將發洩於天地，危及他人，另一方面又怕神人具有的微妙神性，一瀉無餘，今後不再能執行其佑庇衆人的神職。」[10]除了這些在原始部族中廣泛流傳的信仰和習俗外，弗雷澤並從古神話和民間故事中找到佐證。一則是希臘神話中，丹娜被幽禁在銅塔，宙斯化作「金雨」前來幽會，使丹娜受孕。一則是西伯利亞的先祖故事：被幽禁在鐵屋裏的姑娘走到光明世界，「神的眼光」落在她身上，姑娘就懷孕了。弗雷澤認爲「金雨」、「神的眼光」，表示的就是「太陽」或「陽光」[11]，在初民的意識中，陽光能使女子受孕、受傷害。——中國「婚」字之本義，按說文是「禮娶婦以昏時，故曰昏」，是否也透露出這一層禁忌心理？「桃花女破法嫁周公」中，桃花女戴花冠以驅「日遊神」，罩米篩以避「金神七煞」、手帕兒兜頭幪面以避「太歷凶神」、以兩領淨席舖地，避免踏上「黑道」，種種爲禳凶煞而有的動作，與原始社會女子不得見天日，不得觸地，必須「絕緣隔離」的禁忌是極類似的。尤其所謂「日遊神」、「金神」、「太歲」、「黑道」所指爲天地日星之義甚明。唯元劇中所表現與原始社會之不同，是元社會以象徵性動作完成禁忌，取代了原始某些極悲慘的實際厭禁行爲。如愛斯基摩人中的科尼業加部落，他們的姑娘一到成年期就關在一間小屋裏，頭六個月蜷手蜷腳地躲著，後六個月則把小屋加大一點使姑娘能將背伸直，在這全過程中都被認爲不潔，沒有人跟她接觸往來[12]。

(二) 來自中國民間傳統信仰之禁忌——三煞說。

元雜劇的成就，整體而言，是在金院本的基礎上逐漸形成的，從二者的劇目上可以看出有不少的元雜劇是將金院本加以潤色改編而成[13]，相較之下〈桃花女〉算是一齣嶄新的劇目，在題材似上無依傍，然而它所取樣的角色，如周公、桃花女、彭租、卻都是有豐富歷史及神話淵源的人物，它看來無稽的情節，更是潛存於民間的禁忌心理戲劇化的呈現。元雜劇

〈桃花女〉意識之所本，導自漢朝儒生方士化、儒教神學化、儒學與陰陽家合流，陰陽讖諱災異禍變之說侵入禮俗儀式中，形成的一套尅煞刑敗的禁忌系統，其中董仲舒的《春秋繁齋》、班固的《白虎通義》是這股潮流的顯例。這些災異禍變神格化、形象化即成了中國傳說及演義中替天行道的各形各色先行官、天罡地煞，如封神演義的哪吒，水滸傳的一百零八條好漢等，也正是雜劇〈桃花女〉中各路凶煞之所出。其間演化蘊釀似是有跡可尋的。以下比對兩則資料，可看出陰陽五行，讖諱災異之說侵入民間禮俗的痕跡，據《事物紀原》云：

> 漢世京房之女，適翼奉子，奉擇日迎之，房以其日不去，以三煞在門故也。三煞者，謂青羊、烏鷄、青牛之神也。凡是三者在門，新人不得入，犯之損尊長及無子，奉以謂不然，婦將至門，但以穀豆與草禳之，則三煞自避，新人可入也。自是以來，凡嫁娶者，皆宜置草於門閫內，下車則撒穀豆，既至，蹙草於側而入，今以為故事也。⑭

據《陔餘叢考》：

> 撒帳實起於漢武帝，李夫人初至，帝迎入帳中，預戒宮人遙撒五色同心花果，帝與夫人以衣裾盛之，云多得子也。⑮

這二則婚俗傳說，一謂撒穀豆之源起，一謂撒帳之源起，實則撒穀豆或撒五色同心花果，都是一種原始巫術的感應原理，不外祝祈新婚夫婦多子多孫的增殖儀式，不僅在中國，也是世界各地通行的「增殖」風俗，京房、翼奉卻將「三煞」說雜揉其中，成爲免禍於青羊、烏鷄、青牛之神之禳煞儀式，久而寖尋成風，成爲習俗。如南宋孟元老追記汴京婚娶風俗：

新婦下車子，有陰陽人執斗，內盛穀、豆、錢、菓、草節等，咒祝望門而撒，小兒輩爭拾之，謂之「撒穀豆」，俗云壓青牛等煞神也。⑯

較孟元老晚出的吳自牧記杭州婚俗謂：

赳擇官執花斛盛五穀、豆、錢、綵果，望門而撒，小兒爭拾之，謂之撒穀豆，以壓青陽煞耳。⑰

漢以後，婚俗中撒豆穀之儀式，由單純的祈求多子，轉而成爲壓禁兇煞，或稱爲「青羊、烏鷄、青牛」三煞，或稱「青牛等煞」，或稱「青陽（羊）煞」，這些煞神，似乎都是嚼食米草之獸物，數目與名稱並不完全一致，居於尙未定格的渾沌狀態，然而在鬼神禍福氣氛濃厚的文化環境中，原是「三煞在門」之凶日才須行此禳煞之禮，但此後無論吉日凶日都成爲婚禮中必行的常規了。

元雜劇〈桃花女〉，即是將禁忌潛入禮俗儀式的過程作了最戲劇的展示。

㈢ **來自元朝政治與社會狀況而產生之禁忌——獨佔宗教權。**

宗教社會學家韋伯，在他關於社會層與宗教意識的關聯的辯證中，分論知識份子、農民、市民、官僚、僧侶的宗教意識，指出「僧侶」階級的宗教心態：

> 有欲獨佔宗教儀式、聖靈知識、救贖等各手段的趨向，在大部分的情況，敵視那些不由僧侶之手以獲取個人救贖的努力或自由宗派的形式等。⑱

就社會的角色而言，元雜劇中的桃花女，是個極具自主力的自由宗派，在得知石婆婆卜得惡卦後，她安慰道：「陰陽不可信，信了一肚悶。」又在陰陽八卦嚴密的運命機轉中，死中求活，二度禳救了石留住及彭祖；她破了周公魘鎮之法後笑吟吟說：「羞殺你曉三才的孔明、知六壬的鬼谷、畫八卦的伏羲。」救活周家三口後又道：「算人間死與生，較陰陽高共低，再休提天文地理星家曆。」周公卻是另一個障層的人物，他「自幼攻習《周易》之書，頗精八卦之理」，在市街賣卦，掛了三十年的大言牌：「陰陽有准、禍福無差。」成爲夭壽窮通之理數唯一權威性的代理人。《周易》之爲卦書，並非簡單明瞭，人人可解，在中國占筮信仰的發展中，由草占骨卜，漸漸發展成爲複雜且專技化術數原理。其中原因是：

> 《易》占這種占卜形式，從使用八卦發展到使用六十四卦進行占卜時，已成巫覡，卜史壟斷的專用工具，俗間一般人是難於使用的。至於進一步使用三百八十四爻進行占卜，並不是由於卜問範圍擴大，原有的六十四卦無法應付，而是由於巫覡、卜史想更牢固地壟斷《易》占，以抬高自己的地位。⑲

《易》的後續作品如〈繫辭傳〉、十翼等得兆的方法，更是「極變化而行鬼神」，並配合天地人三才、太極、陰陽、術數等神秘體系相互運作，確非一般人可窺究竟，勢之所趨使江湖術士、廟祀、巫祝及元劇中如「周公」之流，成爲「獨佔宗教儀式及聖靈知識」的宗教特權份子了。據容肇祖的〈占卜源流表〉及〈周易演變表〉觀察⑳，宋以後取卦占具各成家數，託古之各類占卜秘本，如玉靈秘本、測字秘牒、洪範皇極、靈杯圖、推背圖燒餅歌等等，更是隨着社會過程而推波助瀾有變本加厲之勢，而托名西周王詡之鬼谷相法、托名麻衣道人陳圖南之麻衣相法、及以星命見長之子平術等，各以眞傳奧義號召，流傳廣大；命術之機括性越加森嚴、命理的紐帶更見緊密，元劇則以〈桃花女〉這樣一個平凡的繡花姑娘，動搖了這股獨占宗教儀式與解釋權的權威力量，災煞之來，當然非同小可。

元人是征服王朝入主中原，階級之分化較諸歷代尤甚，宗教之特權分子與豪權勢要以利相結的現象更爲凸顯，社會底層心理之緊張與焦慮，較諸已往是有增無減，因此需要更多戲劇化的儀式動作達到舒壓效果，使社會性之緊張得以發散，故此周公魘鎮桃花女，共計有九煞神沖犯，比起漢代的三煞，規模陣仗都可觀許多。

以此觀之，元劇〈桃花女〉（確是隱涵了多重的文化經驗，）將民族記憶中片斷、分裂的記憶予以重新整合，呈現出完整性的類型劇。

二、桃花女故事五種比較

表一：五種故事發生之時地

時代	地點	作品形式	作者	字數	出處
元、至正 西元1346	杭州	雜劇	王曄（不詳）	四折 約二萬字	《四部備要・集部》《元曲選》册三（臺北・中華）
清光緒甲午 西元1894	湖北武當	章回小說	夢花主人	十六回 約四萬字	《中國近代小說史料彙編》（臺北・廣文）
清、晚期 西元1900	海昌廣州	地方傳說筆記	許秋垞	約二百五十字	《筆記小說大觀》（臺北・新興）《正編四聞見異辭》卷一
民國廿年 西元1932	廣東海陸豐	口述整理	劉萬章 口述記錄	約二千字	《民俗叢刊》116〈粵南神話研究〉（臺北・《東方》復刊）
西元1982	福建武夷山	地方風物傳說	劉希玲（搜集整理）	約一千五百字	《中國地方風俗傳說選》(二)（北京・新華）

從北雜劇開始至武夷山一線天的傳說，計算故事流傳的時間，始於元末至正（紀元十四世紀

中葉），至今約六百多年。就流通的地點而言，幾乎遍及南北各省，包括浙江之杭州、湖北之武當、廣東之海昌、粵南一帶海陸豐地及福建之武夷山；據《元雜劇本事考》，（安徽）安慶梆子中亦有桃花女與周公鬪法改編劇，又據山東《新泰縣志》，有周公廟及桃花女墓，若從事實際的地方傳說調查，想必更不止於此。

元雜劇中說周公是「洛陽」人士，十分明顯地暗示此「周公」即是建都於洛邑的彼「周公」，這番影射，使全劇有了更明確的訊息。至於「桃花女」這一角色，雖非實有其人，卻也不能憑空塑造，必有所本，方能與「周公」所象徵的豐厚內涵，旗鼓相當。《荊楚歲時記》注云：

> 桃者，五行之精，厭伏邪氣，制百鬼也。㉑

又《風俗通義》：

> 謹按黃帝書上古之時，有荼與鬱壘昆弟二人，性能執鬼，度朔山上立桃樹，下簡閱百鬼，無道理妄為人禍害，荼與鬱壘縛以葦索，執以食虎，於是縣官常以臘除夕飾桃人，垂葦索，畫虎於門，皆追效前事，冀以衛凶也。㉒

又《論衡‧訂鬼篇》：

滄海之中，有度朔之山，上有大桃木，其屈蟠三千里，其枝向東北曰鬼門，萬鬼所出入也，上有二神人，一曰神荼，一曰鬱壘，主閱領萬鬼，惡害之鬼，執以葦索而以食虎，於是黃帝乃作禮，以時驅之，立大桃人，門戶畫神荼鬱壘與虎，懸葦索以禦凶魅。㉓

元雜劇說桃花女是「天種」，晚出的粵南傳說中，則直指桃花女是「桃精」，若將桃花女的行事與情境與上述三則資料比對，則所謂「桃者五行之精」、「桃人」、「大桃人」，應該就是桃花女之所本；必然如此，周公與桃花女在象徵的份量上才算相當。王曄之前，桃花女的原形——桃精、桃人——在民俗信仰上卽有一席之地，王曄之後，桃花女更成爲中國婚禮風俗之所濫觴；在形象上桃花女雖是元朝的新興人物，但在內涵上卻是有根柢的文化角色。

一則傳說或民間故事，只有在它有了精確動作的戲劇演出，或說出、寫出的文字紀錄之後，才會有最明顯的細節可供把握，以下我們根據見諸文字的五則桃花女故事，比較其「主要情節」、「災煞及禳除儀式」，分製表格如下：

表二：五種故事之主要情節

劇名	超自然靈物與社會角色	附屬人物	主要情節
(一)元	……→賣卦之人 天種→村坊少女	1.彭祖。 2.石婆婆與子石	1.周公算石留住有死災，桃花女禳效

雜劇	(二)清章回小說
	北極天尊……戒刀修成陽體→國公 北極天尊……刀鞘修成陰體→閨閣少女
留住。 3.桃花女之父母任公任婆。 4.周公子增福女臘梅	0士豪、軍士 1.錢彭剪（彭祖） 2.石寡婦與子石宗輔 3.任公任婆 4.周公女天香
2.周公算彭祖有死災桃花女禳壽 3.周公選凶煞日逼嫁 4.桃花女允婚破解凶煞 5.桃花女本命樹被砍、死而復活 6.周家三口經桃花女禳救死而復活 7.成兩姓姻親之好	0為士豪軍士解卦極神驗 1.同前 2.同前 3.同前 4.同前 5.同前 6.周公二口死而復活 7.周公與桃花女騰空繼續惡鬥 8.戒刀、刀鞘肉體歸位、二聖還原。

(三) 清筆記	(四) 粵南傳說	(五) 武夷山傳說
異人傳授法術 →術士 →女術士	玄天上帝 門限精→術士 桃精→女人	白帝祖師……→繡花女 柳樹精
0 某鄉人 4. 周公之子阿郎	2. 石婆婆與子 4. 周公之子	村姑們 新郎與新娘
0 周公欲使法術謀害某鄉人 1. 桃花女破周公法術 3. 周公令阿郎變蜂禍桃花女 7. 桃花女張蛛網縛蜂	1. 同前 3. 周公安排三煞日迎娶 4.「三煞」煞死周公之子 5. 桃樹砍倒桃花女死 6. 戶限弄斷周公死 7. 冥間繼續鬥法 8. 為玄天上帝收為神將	1. 桃花女排難解紛福澤鄉里 3. 柳樹精到處搶姑娘拉桃花女成親 8. 白帝祖師贈黃印破柳精妖術 9. 桃花女繡針劃破黑暗使武夷山伏羲洞有「一線天」大放光明

（附：本表以元雜劇之情節為準，分列數字。後者數字與之相同者情節相似而略有出入，數字缺漏者，表示缺少此項情節。）

表三：凶煞與禳除之儀式

劇名	出嫁之災煞	解禳之儀式
(一)元雜劇	1.出門觸日遊神 2.上車犯金神七煞 3.上路冲太歲煞 4.下車踏黑道 5.入門犯星日馬 6.入牆犯鬼金羊 7.入院犯昴日鷄 8.入三重門犯喪門吊客 9.坐帳犯白虎 10.砍倒本命樹	1.米篩遮頭 2.頭戴花冠 3.車兒倒拽三步 4.淨席鋪地 5.馬鞍搭在門限上 6.照鏡 7.撒碎草米穀、五色銅錢 8.射三箭 9.李代桃殭（小姑代死） 10.高叫姓名三聲還魂
(二)清章回	方位四惡煞： 1.四絕四滅星在東北 2.哭喪星在北 3.天羅地網在東	身穿大紅蟒袍 足穿黃緞道鞋 寶瓶盛五穀 紅菱蓋頭 父親抱上轎

小說	4. 斗木犴鬼金羊卯日兎星日馬在東北	紅煞神架住鋼鞭
	攬路四兇神： 5. 黑煞鬼 6. 喪門正神 7. 吊客聋神 8. 白虎神	繡刺十八洞天仙 柏葉芸香燻轎 桃木弓桃木箭射門上正中 跨馬鞍 李代桃殭
	9. 黑犬鎮壓魔治之法 10. 摧煞符	木杖三根連敲門閂 右足踢開大門
	11. 天罡劍斬尸 12. 六丁六甲神扛尸	重身法護尸
(三) 清筆記小說	周家門限盡變飛蛇	老嫗四人穿紅衣 執箭並篩 兼藏寶鏡
(四) 粵南	三煞日出現醜臉煞神	以素服為底衣 上轎大哭

傳說	(五) 武夷山傳說
	無
緣起	無

黃石曾就元劇〈桃花女〉與章回〈桃花女〉作一比較，臚列兩者詳略繁簡相異之處有五，可供參考㉔。本文則就桃花女故事羣之前後嬗變作比較，不在於繁簡的不同，而在於其間不同的時代訊息，分別要點有三：

(一) 原始禁忌意識之轉移及淡忘

雜劇桃花女是禁忌潛入禮俗儀式最典型的模式，劇中周公行事，必唸咒訣：「乾坎艮震巽離坤兌」——亦卽「天地風雷水火山澤」八種自然界現象，這是以自然界與人事之間有「天人感應」，而流露出「畏天命」的意識形態。是以桃花女出嫁日的各路凶神惡煞，是當值的禍神，是天威天怒，「順之者昌，逆之者不死則亡」，周公僅是配合天威天怒作了一番設計罷了，凶煞也非聽令於周公的。

清章回〈桃花女〉中的凶煞，卻都是聽令於周公，其中，石宗輔卻禍及彭祖延壽兩節，已顯現作者炫法術，躭於神怪趣味的取向，桃花女出嫁出現了方位四煞（實又不只四位），攬路四凶神、黑犬鎭壓魔治之法、摧煞符、天罡劍、六丁六甲神等等極紛遝的敍述，與婚俗儀式動作亦不盡相合，充分顯現好事文人踵事增華，變本加厲的渲染情事。使人情風土意味濃厚的風俗劇，一變而爲誇誕的神異小說。但是這篇小說卻有另外值得注意之處，作者夢花主人以北極天尊之戒刀修成陽體，刀鞘修成陰體，序曰：

形不離乎影，影必依乎形；陽不背乎陰，陰必隨乎陽；然形離影必至消乏，陽背乎必至乖戾，是此書名之曰陰陽鬪，是陽背乎陰矣，陰陽背戾，陰陽安得不鬪耶。

這是清小說承繼五百年前元劇中女性意圖突破——破法——重重傳統禁忌主題之外，更進一步表現出清朝中晚期女性和社會地位廣受討論的時代思潮，陰陽纏鬪不休，是否象徵男女兩性的永恆戰爭？

劉萬章的桃花娘故事，與其他各則故事比較，顯得「具體而微」，因爲是地方上流傳的口頭故事，內容簡省不少，石留住、彭祖的情節，略具雛形，它值得特別提出的，是周公選了個「三煞日」來暗算桃花女，這「三煞」之說，不但比元劇及章回的衆多凶煞樸質多多，而且是唯一上溯至宋《事物紀原》中所云「漢世京房」的三煞說的一則桃花女故事；但是「三煞」在此只是「一個」醜臉煞神，並非京房所謂的「青羊、烏鷄、青牛之神」；由此可知，「桃花女」的故事確實是由「三煞」說爲主幹發展而成的，但是推演至清末民初，它的原始記憶，僅是殘痕罷了。

許秋垞的海昌傳說：一切的附屬人物及情節都刪簡不見；只剩下詎婚的骨架，以解釋當地婚嫁的風俗，短短二百餘字的長度每每提到雄蜂蛛網山竹綿權等、田園鄉野的色彩十分濃厚，是桃花女故事地方化的例子。

一九八二年大陸武夷山的桃花女傳說，沒有了婚嫁情節，種種儀式動作也都消逝了，就內容而言，它幾乎是〈桃花女〉與另一齣元雜劇〈昇仙夢〉的混合，以桃精爲女，以柳精爲男，謂武夷山伏羲洞一線天是桃花女的繡針劃開的，但一線天與桃花女的內在素質，並無十分必然的關聯，桃花女此時似乎成爲一個標識人物而已。——値得附記一筆的是：臺北一九八九年出版的中國民間故事全集，謂經過成千上萬人所搜集整理而後出版，共四十册，卻並沒有收錄任何一則有關桃花女的傳說，這是否意味著：一則風俗傳說隨著時空及文化心理之不同，表現了它本身的「成住敗空」？

㈡「白巫術」與「黑巫術」。

元劇中，周公有子名增福，是以周公雖然始於騙婚，尚能善了，終於收納桃花女爲子媳完成一場人間婚姻大典，所謂：「若不是這些懵懂，怎能勾一家兒團聚喜融融」。本質上，元劇的凶神惡煞是屬於馬凌諾斯基所云「基於善良的願望」而行使的「白巫術」，是在父系社會宗族至上的意識下，加強女子身份轉換時的痛苦戲弄，以考驗其新身份的適應能力，又使成婚儀式高度嚴格以增強其文化功能。

清章回〈桃花女〉中，周公並無子，無法完成眞實的婚姻情境，這也是中國婚姻制度發展到絕對形式婚（有別於事實婚）的絕大諷刺，周公設計的天罡地煞種種網羅，成爲充滿仇恨目的而施行的「黑巫術」，全劇既是難以善了無可化解的鬧劇，自然無法成就民俗意義的婚姻類型了。

㈢周公、桃花女身份及人格的改變。

在桃花女故事羣中，不論桃花女是村坊姑娘，是矜貴的大小姐，或是得異人傳授法術的女術士，身份有變，本不變，都是「天種」，是得天獨厚，自然生成化育的一股生命力，成爲鰥寡無助的弱勢份子的保護神。相對之下，周公這個反襯角色的身份，用開卦舖的老兒，而貴爲國公，而成爲術士，最後竟成柳精，他的人格變化也頗堪玩味：雜劇中周公由職業自信而養成的剛愎性格、算出凶卜後對石婆婆及彭大的恤貧憐孤，流露出人性的一面；章回小說中，周公挾其貴爲國公的官威，已成爲偏狹狠黷的角色；海昌筆記中，周公更成爲連動機都不需要、純以法術逞其邪惡的負面人物；至於武夷山一線天的傳說中，周公似乎已無置身之地，取而代之的，是個無聊好色的柳樹精；這可能配地合當風土而歧出的發展，另一方面，也可能是周公這一角色已不成爲典型，在文化事實中，他已完成他的階段使命而宣告消失了。

三、〈桃花女〉之主題象徵與副題象徵

在民俗信仰與傳說的資料中，可以整理出有關於「桃」的兩重屬性，本節據這兩重屬性的積極性與消極性區分主題與副主題，藉以探索「桃花女」劇的底層文化心理與社會意義：

主題：生產、增殖、促成就婚姻，並經死而復活的生命現象，獲得更大之能源，成爲新的「保護神」。

副題：驅魔避邪——桃木（桃茢、桃弧、桃棓）桃符、桃人。

先論其主題象徵：弗雷澤的《金枝》中，提到北歐、美洲、東印度羣島及其他許多國家[25]，民間都有一種十分古老的「植物信仰」，認爲這種植物之精靈，可以帶來生產、豐收、增殖的效果，並將此一植物視爲女性偶像，稱之爲「五谷媽媽」、「五谷閨女」，或將

此植物編成花冠載在女孩頭上喚做「五谷新娘」，弗雷澤曾指出這些古代祭拜某一植物以求豐收收的信仰，有以下諸特點：

(1) 執行儀式並無專門祭司，人人可以執行。

(2) 執行儀式並無特定神殿，任何地方都可舉行。

(3) 植物被視爲精靈而非神，兩者之不同在於前者的活動能力限於自然的某些部門，所以這些精靈的名稱都是普遍名稱。如新燕閨女、大麥媽媽，而非專有名詞，他們作爲「類」而存在，不是作爲個體而存在。

(4) 舉行儀式是巫術而非祈禱，透過巫術的交感或相似以影響自然進程㉖。

在中國的民俗信仰及傳說中，以植物有神秘力量而使用於巫術的首推「桃」這種植物。中國是米食國家，當然也有穀神信仰，也有穀精的存在，據劉枝萬〈中國稻米信仰・緒論〉結語云：

> 五穀信仰終於發生穀神，曾備受崇信。其代表為衆所周知之稷神，起自周代，乃與社神（土地神）並駕齊驅，為天子、諸侯所祭，地位崇高。祇因五穀長出土地，即穀靈為地靈所涵育，致呈穀靈乃地靈分身之想法，稷漸為社所包涵，遂有輕稷而重社之趨向。社稷信仰下降於民間，致成土地神一枝獨秀，穀神却微而不顯之局面，到如今，幾瀕絕跡。除稷之外，尚有百種、穀父、麥神、豆神、粟神、黍神等等，但均微不足道。㉗

是以雖有穀靈，但流傳比較廣泛、淵源較久遠，歷來增損附會與緻始終不減，與文學之想像較契合的植物，不是五穀卻是穀精之外的「桃」。

在神話世界中，有許多將桃子視爲長生果的描寫：

> 不周之山：爰有嘉果，其實如桃、其葉如棗、黃華而赤柎，食之不勞。㉘

> 七月七日，西王母至，命侍女更索桃果……母以四顆與帝，三顆自食，桃味甘美，口有盈味，帝食，輒收其核，王母問帝，帝曰：欲種之，王母曰，此桃三千年一生食，中夏地簿，種之不生。㉙

桃子被稱爲嘉果，又成爲仙界異品、罕世珍菓，由食之不勞，漸漸成爲食之添壽；元明雜劇中，有許多以蟠桃慶壽爲題之作，如元無名氏有〈宴瑤池王母蟠桃會〉、明朱有燉有〈羣仙慶壽蟠桃會〉。小說有宋人《大唐三藏取經詩話》，說西王母池有蟠桃樹：

> 千年始生，三千年方見一花，萬年結一子，又萬年始熟，若人吃一顆，享年三千歲。㉚

中國人長生不老的意欲似乎對桃子最寄以厚望。從這個角度看來，桃花女所以能救石留住，使彭祖延壽，也是神話上的必然邏輯了。然而就神話的整體情境涉想，桃花女與石留住、彭祖間的關係，還有一個更廣泛的社會性主題，值得探索：公元前四世紀的希臘哲學家狄奧多披斯以爲：

> 如果你搬演（摸擬）一次假裝活動，使一個孩子甚至一個大鬍子男人降生人世，卽使他的血管中沒有你的一滴血，從原始的法律和哲理來看，他實際上就真的是你的兒子了。㉛

在某些原始巫術中，用「模擬誕生」作爲收養子女的一種方式，甚至使被認爲已死去的人起死回生的一種方式。因此桃花女存救石留住與彭祖的情節，是使她成爲「原母」角色的神話架構，在象徵意義上，她成爲二者之母。元劃形容周公道：

> 獨擅陰陽二十秋，猶餘妙理未窮搜。

這是不是說：在男性對政治、社會的絕對控制力之外，尙有一種力量，一種至高無上的力量，仍不知下落而且不在男性控制之下，這應該是生育的能力。基辛曾就這一層人類心理闡論道：

> 男人爲婦女所生；無論男子獲得何種政治控制，無論他們樹立何種象徵體系，他們都無法獲得或控制創造生命的力量。有相當多的人類學證據顯示，男子對婦女生育能力的嫉妒，是許多社會的主題，不過這個主題是潛隱的、象徵性的，男子的成年禮，秘

> 密儀式，可能局部地代表男子對其終極之無能的補償，即對他們無能去創造生命或甚至無能去控制生育力的補償。㉜

周公對桃花女之嫉恨，就社會階層而言，是術士獨占之宗教權受到威脅；就人類之底層心理而言，則是只能「板殭身死」「打點送終」的男子對子息綿延的「原母」人物之嫉恨。

如原始部落植物信仰中的穀精、五谷媽媽、五谷新娘、桃花女兼有此三重身份及其象徵意義之外，更有一段「死而復生」的情節，完全切合弗雷澤《金枝》論的基型。弗雷澤認為「死而復生」在原始信仰中的意義，一在於獲得更大的生命能源，二在於身份的完全轉移。例如某些原始氏族中，孩子到了青春期，按習俗要進行一定的成年禮，常見的做法就是假裝殺死又使他復活，這些成年禮的本質，可以說是與其圖騰交換生命的儀禮，以此可以獲得更大的生命能源㉝。「死而復活」往往也與「靈魂寄存於體外」的原始信仰有關，例如槲寄生是橡樹的靈魂㉞，因此掌握槲寄生即等於掌握它所寄生的橡樹的靈魂，它是祂的本命——命根子，一如通靈寶玉是賈寶玉的命根子一樣，「桃樹」是桃花女的命根子。桃花女懇求彭祖道：

> 伯伯你砍那桃樹去，休要傷了他根兒，你只半中間砍折。

桃花女與本命桃樹，兩者之間生命交感的關係非常密切，周公砍斷桃樹，意即要砍斷桃花女與超自然法力間的最終聯繫。就文化功能而言，在人類生命禮俗中模擬「死而復生」的儀式，意在殺死一個舊的形體，讓生命得到新的體現，儀式越隆重，越可以使轉移達到「社會化」及「神聖化」的效應，桃花女從出閨門到入廟門間種種凶煞的考驗，即是加強此一過渡的中介儀式之隆重性；庶乎此，桃花女的身份方才得到社會認同，成爲生產、增殖、完成婚姻以及宗族的保護神。

其次再就〈桃花女〉的副題——驅邪避魔之信仰加以探討：若元雜劇所塑造的「桃花女」，正是弗雷澤所指稱的那類與神秘的超自然法力有交感管道的植物精，則桃花女超自然法力之源頭，當是中國民俗信仰中對於「桃木」避邪驅魔的信仰。

有關「桃」的神能之記載，最早見於《禮記》與《左傳》中以「桃茢」——用葦花作的桃木柄掃帚——能掃除不祥。桃茢、桃弧、桃劍常常成爲各種儀式中驅魔消災的法器，桃木何以有驅鬼消災的能力，推源可能與羿死於桃棓（棒）有關。將粗大的桃木彫成人形，即成爲前文提到過的「桃人」，大桃人與神荼、鬱壘矗立門版，成爲驅禦凶魅的守門神，桃人進一步簡化成爲較平面的桃版，又成爲至今通行的桃符[35]。中國民俗信仰以桃木所作的諸多器具，都有驅邪作用；這說明了桃花女是位「功能神祇」，這與弗雷澤指出有關植物信仰的特點十分相合，又從桃花女用來禳煞的都是生活中應用的小器物也可得到印證；這與周公「乾坎艮震」所代表的「理論巫術」恰成對比，也透露出非古典的民間宗教信仰與官方的宗教組織之間，有了裂痕，產生抗衡的意識。

至於桃花女故事的後續發展：是桃花女驅禦凶魔的能力日益高強，魔鬪漸成故事的趣味中心，因此副題逐漸取代主題，原屬婚俗劇的本義卻湮沒不彰了。

四、戒刀、門限之意象與宗族意識

若按佛洛依德的說法，章回〈桃花女〉中戒刀與刀鞘之喻，顯然是男性象徵與女性象徵，全文總名之曰「陰陽鬪」，則寄喻更是明顯了。但是刀名之曰「戒」，有懲戒約制之義，似有更複雜的影射。

據心理分析學家卡丁納之說㊱，任何超自然靈物都是心理投射之創造物，所以「一個會懲罰人的神明是嚴父的心理投射」，在此，我們無意將周公與桃花女之鬪解釋爲父系社會與母系社會的鬪爭；周公之成爲社會人物中嚴父的角色，在元朝社會所指涉的意義，當是以男性長老爲主的宗族意識，（《爾雅·釋親》：父之黨謂宗族），這與周公的另一個超自然的象徵物——門限精所隱喩的意義是等同素質的。

《荀子·非相篇》摹述周公的相貌是：「文王長、周公短」，又云：「周公之狀，身如斷菑。」楊倞注：「木立死曰椔，椔與菑同」，以一截立死的短木來形容周公，則說周公是「門限精」，想來是十分有趣的偶合。在桃花女故事羣中，「門限」、「門檻」的意象出現的十分頻繁：

1. 救石留住的解禳之法：晚間三更前後，倒坐著門限上，披散了頭髮，將馬杓兒去那門限上敲三下。（元雜劇、清章回小說）
2. 桃花女出嫁的分節儀式：出門、上車、上路、下車、入門、入牆、入第三重門、入房。（元雜劇、清章回小說）

3. 桃花女自救：將那桃枝去門限上敲一敲，著周家死一口、敲兩敲死兩口、敲三敲死三口。（元雜劇、清章回小說）

4. 桃花女執箭並篩、兼藏寶鏡，以辟妖魔，否則周家門限，盡變飛蛇。（清筆記小說）

5. 周公是門限精，扮做術士，爲人看相。（粵南傳說）

6. 向門口的老爺，點起香燭、稟明兒子去處，一面叫他名字，一面喊快些回來。（粵南傳說）

7. 桃花女把一條戶限弄斷，周公七竅流血死去。（粵南傳說）

對於「門」的問題，陶希聖作如是闡釋：在古來禮俗上，有重大意義，門以內以「恩」制，卽門以內主仁，彼此有血統關係；門以外以「義」制，是異姓的關係，而夫妻是兼仁於義兩重關係，因此婚禮是個很重大的禮[39]。按傳統說法，女嫁曰「歸」，女子未婚在娘家近似寄養，待過門成爲婦人，行廟見之禮，承擔了「上以事宗廟、下以繼後世」的責任，才滿足了社會與文化上的要求。因此在婚俗劇中周公被喩爲門限精，顯然卽是宗族家庭對來歸女子的關鍵考驗。引申而言，「門裏門外」，是資格與身份的認同與排斥，是邊陲與核心之別。許多民間故事中，也都借「門裏門外」表達相似的情境，如關漢卿的〈感天動地竇娥冤〉，竇娥的鬼魂幾番欲入門而受攔阻，她道：

> 我是那提刑的女孩，須不比現世的妖怪，怎不容我到燈影前，卻攔截在門程外。

在現代小說中，也有相關的描寫，如魯迅〈祝福〉中的祥林嫂，被視爲不祥不潔之人，東家祭祖上供不准她沾手。旁人勸她：

> 到土地廟裏去捐一條門檻，當作你的替身，給千人踏、萬人跨，贖了這一世的罪名。

祥林嫂到土地廟求捐門檻，東家仍是不准她手祭祖上供。在羣族社會，被視爲「非我族類」以致不得其「門」而入，對當事者心理上會造成極大的恐懼。

門檻的禁忌，並非中國獨有，女性尤其是新娘不可踏到門限的風俗，在世界上許多其他民族也同樣有。阮昌銳「從中外婚禮的比較談婚禮的意義」中，提到十九世紀的英格蘭、印度、開羅、摩洛哥、近代歐洲（英國）都有這種習俗。他說：

> 在我國民間新娘也是禁踏門檻，大門的門檻代表公婆的命運，踏了會尅死公婆，故進門時好命婆就會說：「脚若擧得高、生子生孫中狀元」，進了正門，再進新房，新房門檻代表新郎，若踏了就會尅夫，好命婆就說：「脚若擧得起，紅眠床、金交椅。」[40]

不論好命婆的說辭如何，傳統以「門限」代表宗族權威的意識，至今仍殘留著。更進一步引中，「門」就是中國文化的核心傳統了。

歷史上的周公，定宗法制禮樂，可以視爲主導中國文化核心傳統的「大宗師」，其父周文王是傳說中演易之八卦爲六十四，可以視爲中國術數信仰的「祭司長」，大宗師與祭司長聯手，神權與政權嚴密統合的意識形態，一直是中國傳統文化的事實。統治階層爲加強禮樂制度的神聖不可更改，一概委稱禮法「本于天」、「本於鬼神之所欲」，如借孔子之口的這一段話：

夫禮，先王以承天道，以治人之情，故失之者死，得之者生。……是故夫禮，必本于天，殽于地，列于鬼神，達于喪祭射御昏（婚）朝聘，故聖人以禮示之。㊶

然而文化人類學者卻強調：

一個民族的男性長老，往往可以大幅度地創造該民族的儀禮和意識形態，並加以傳達、控制、施之於人，而這些男性長老只是該族羣的一小部份而已。㊷

比如說，兩性極化現象，婦女不潔的禁忌，使婦女政治經濟的地位從屬化的意識形態等，都可說是以男性長老社會爲主導的統御手段。

在雜劇中，可以觀察到「周公」除了他那一套危危乎矢靈的「乾坎艮震」外，他幾乎是孤獨的。不要說村坊中任、石、彭三戶人家與他對立，他身旁的老僕以及自己的女兒也常出言譏誚他的「乾坎艮震」，更值得注意的是：周公的兒子新郎官，只有影子般的形象，一句臺詞也沒有，是徹底沒有聲音的人，在此更凸了宗族意識長老權威的文化本質。由是而觀之，桃花女之「破法」，是憑著倖存於民間的一股質樸的生命信仰，對一個板殭的「萬神殿」的攻堅。

宗教除了是一種保守力量之外，有時也能成爲一種革命的力量。

五、三煞說與祖靈崇拜、長生思想

前文曾言，桃花女故事是以「三煞」爲主幹發展而成的婚姻類型劇。最早可考的資料，始見於漢的房京、奉冀，在原意增殖的儀式中，摻入「犯之者損尊長及無子」的禁忌，流露出「尊長」的必然性及對「無後」的恐懼心理。「煞」而稱「三」，是個並不見於通典經傳的特稱，可能基於中國古來數字觀念以三最具有神秘素質。「三煞」之說既不見於通典經傳，卻能潛入婚俗儀禮之中，行之久遠，使一兩個人的禳祈行爲，變成社會公開的儀式，必然有它遍存的有力的情緒和動機：

> 公共儀禮和集體關係可將私人的心理衝突戲劇化，在過去，這種儀式和宇宙論體系是由一些具有幻想力的人所提出並加以改進的。如果沒有引起其他人共鳴的話，那麼也就根本無法制度化。所謂共鳴可能就是清楚地表達出許多同胞共有的心理衝突，如果儀式僅是公共的表演，對於個人的心理經驗不再有意義，那麼這些儀式就無法持續下去[43]。

這段話簡約地說：個人心智的活動，唯有對他人心理上構成意義時才能被接受，成爲象徵性的普同主題。緣於一二人的發難，而能長久潛存於婚姻儀式中的禁忌，究竟反映了中國許多同胞什麼心理糾結？我們讀到一則民族誌，記載塔倫西族父母與長子奇異的緊張關係，因之討論到有關家庭內部與文化模塑之問題：

> 塔倫西人將親子之間的緊張加以驚人的戲劇化與儀式化……結婚與生育子女對塔倫西人是最重要的。事實上一個男人若要滿足心理與文化的要求，就是必須有一個兒子。一個人若無一個男性繼承人，則將來便不能變成一個祖先，也因此不能在塔倫西人的宇宙中擁有一個永恆的地位。留下後代，是一個人最高的榮耀，更是一生中最有值價的目標，所謂幸福，就是死的時候知道自己會變成祖先。㊹

衡諸人類心理，塔倫西的實例絕非特例。但這一段有關父親對長子之重視的敘述，若移之於中國「宗族意識」及「祖靈崇拜」的文化現象，尤爲中肯切近。然而，想必如塔倫西人一樣，中國人並非眞的急於成爲祖先。若現世長壽可期，祈禳有術，當然優先考慮陽世的長生。

金元以來，流行談星命，所謂命宮貴賤，必與星宿同參，其中，尤其對主掌壽夭的北斗星表現出最高的尊崇之意。北斗星是壽運星的信仰，中國自古有之，如《西京雜記》載高祖之事：

高祖戚夫人，八月四日，出雕房北戶，竹下圍碁，勝者終年有福，負者終年有病，取絲縷就北辰星求長命，乃免。㊺

《三國演義》一〇三回〈五丈原諸葛禳星〉，寫諸葛亮布罡踏斗求壽的星辰就是北斗星。《三國演義》作者羅貫中與元雜劇桃花女作者王曄，同是元末明初之人。雜劇中彭祖香燈祭祀北斗七星，添了卅一歲陽壽，諸葛亮沒辦到的，彭祖辦到了，實際上，是經由桃花女才辦到的。在整個桃花女故事羣中，出現的最高神祇，如章回中戒刀和刀鞘的主人是「北極天尊」，粵南傳說中收門限精與桃精的神將的是「玄天上帝」，「北極天尊」與「玄天上帝」都是北極星——壽星神格化的尊稱㊻。由此可知，〈桃花女〉劇是元社會談星命的流行思潮中，透過神聖的婚姻儀式，追求人生的最高旨歸：長壽永生，長壽永生可以兩種方式達成，一者是胤嗣不絕、香火傳承；一者是禳星求壽。換言之，中國社會是在婚姻意義的認知上，流露其「終極關懷」。

附註

❶ 元曲選題目正名是〈七星官增壽延彭祖，桃花女破法嫁周公〉，作者不詳，明臧晉叔校。羅錦堂《元雜劇本事考》，本劇尚有以下各題：明寧獻王朱權《太和正音譜》：〈智賺桃花女〉。明趙琦美脈望館鈔校《古公雜劇》（也是園舊藏）：〈老錢鏗夜祭北斗星，講陰陽八卦桃花女〉。明賈仲名《錄鬼簿續編》：〈祭北斗七星老錢鏗，破陰陽八卦桃花女〉，作者王曄。

❷ 馬凌諾斯基將民間故事分為三類，其三是聖譚或神話（sacred tale or myth），在儀式、典禮、社會規範或道德教條需要被證明時，發揮其作用。見《巫術、科學與宗教》，頁七五—九十。

❸ 《巫術、科學與宗教》，馬凌諾斯基著（Bronislaw Malinowski 1884-1942）。朱岑樓譯，頁八十。

❹ 羅錦堂《元雜劇本事考》第三章第八節，頁四四八。

❺ 西諦《中國文學中的小說傳統——論元刊全相平話五種》，頁一四九。

❻ 方光珞〈桃花女中的生死鬭——元人雜劇現代觀〉，《中外文學》四卷九期，頁六四—七四。

❼ 《當代文化人類學》，基辛（R. keesing）著，于嘉雲、張恭啓合譯，陳其南校訂。

❽ 貝特森（Bateson, 1972），見《當代文化人類學》引，第十一章，頁三〇一。

❾ 《金枝》，詹·喬弗雷澤著（J. G. Frazer），根據紐約1924年版譯出、徐育華、汪培基、張澤丕合譯。

❿ 同❼，頁八六一。

⓫ 同❼，頁八五五。

⑫ 同❼，頁八五三。

⑬ 將此雜劇名目與金院本名目作一對照，兩者計有四十五齣取材相同，見《中國戲曲通史》。張庚、郭漢城著，第二編，頁八九。

⑭ 宋《事物紀原》，佚名。或謂宋高承撰，明閻敬刊行、李果校補，卷九，頁三三五。

⑮ 《陵餘叢考》，清趙翼撰，卷三十一。

⑯ 《東京夢華錄》，南宋孟元老撰。

⑰ 《筆記小說大觀》正編卷十、《夢粱錄》卷二十，「嫁娶」條，頁七九六。

⑱ 《韋伯的比較社會學》（Vax Weber 1864-1920），金子榮一著，李永熾譯，頁一〇六。

⑲ 《中國古代宗教初探》，朱天順著，第五章，頁一六八。

⑳ 《中山大學民俗叢書》❷，《迷信與傳說》，容肇祖著〈占卜的源流〉，頁二一—三。

㉑ 《荊楚歲時記》，梁宗懍撰，記楚俗凡三十六事。《荊楚歲時記注》，傳隋杜公瞻作。

㉒ 《風俗通義》，漢應劭著，卷八，「桃梗」條。

㉓ 《論衡‧訂鬼》，東漢王充著，引《山海經》，今已佚失。

㉔ 見吳玉成《粵南神話研究》引黃石〈桃花女的傳說至民間婚俗〉。

㉕ 同❾，四十五、四十六章，頁五八六—六一三。

㉖ 同❾，四十五章，頁五九七。

㉗ 《中國民間信仰論集》，劉枝萬著〈中國稻米信仰‧緒論〉，頁二〇六。

㉘ 《山海經‧西次三經》。

㉙ 《漢武帝內傳》。

㉚ 《大唐三藏取經詩話》，宋人話本，〈入王母池之處第十一〉。

㉛ 同❾，引狄奧多拉斯（Diodoru Siculus），頁二十四。

㉜同❼，頁二九六。

㉝同❾，六十六章，頁九七七—九八九。

㉞同❾，六十八章，頁九九〇—一一〇四。

㉟同❾，六十五至六十七章，頁九三〇—九七六。

㊱本節資料請參考《中國古代宗教初探》，第三章、〈植物崇拜和農業神〉。

㊲見㉑㉒。

㊳同❼，第十一章，引卡丁納（Abram. kardiner），頁二九六。

㊴《生命禮俗研討會論文集》，討論部分，頁一〇一。

㊵《生命禮俗研討會論文集》，阮昌鋭〈從中外婚禮的比較談婚禮的意義〉，頁六五。

㊶《禮記・禮運篇》，健孔子之名曰。

㊷同❼、第十二章頁三三二。

㊸同❼，第十九章，頁五六二—五七八。

㊹同❼，第十一章，頁二九三—二九五。

㊺《筆記小說大觀續編》一，《西京雜記》卷三。

㊻《中國民間信仰論集》，〈附錄：黑煞神〉，頁三一八。

有字天書

——道教與文學新論

龔鵬程

第九屆古典文學會議，我曾提出〈說「文」解「字」——中國文學藝術展的結構〉論文，認爲我國有一個「主文」的文化傳統。在這個傳統裏，我們不但以文涵蓋一切藝術的創造，概括一切自然美的表現，更以文爲一切歷史文化的內容、爲存在之原理。因此，文字、文學與文化，形成了一體性的結構，文學不但居於我國藝術的中心地位，各門藝術也都朝文學發展。在今年淡江大學所辦的第三屆中國社會與文化研討會中，我也有〈論唐代的文學崇拜與文學社會〉一長文，繼續申論此旨。說明中國原有的文字崇拜，如何發展爲文學崇拜，並主導著社會文化的走向。

現在，我擬進一步討論中國本土所發展起來的道教。由道教的「天書」傳說，略窺其文字崇拜之底蘊，說明道教的性質，再據以了解其與文學之關聯，並補充上述諸文。

我這些探索，當然亦可放入所謂文學社會學的範疇中去看待。但無論規模、理論及方法，均與坊間各種仿襲自西方、或由西方所發展出來的社會文化論文學批評、文學社會學不同。我希望在這方面能自闢蹊徑，以與世界文學批評的發展對話。當然，在對中國文化的具體解析（例如對道教的討論）方面，我希望也能提供新的視野。

一、自然創生的天書

道教以道、經、師爲三寶❶，道指教義，師係傳道者，教義則存於經典之中。傳道者欲傳道，其實仍不能脫離經典。經典之重要，不言可喻。但道教經典中，頗有雜揉九流、囊括諸子者，如《南華經》《亢倉子》《鬼谷子》《墨子》之類。此固爲道教之經典，然亦不必卽爲道教經典。眞正屬於道教的經籍，大抵又可以分成兩大系統：一種與其他各宗教類似，以經典爲教主之言說述造，或屬於先知所作，再不然則託諸鬼神。如《黃庭經》第一章便說：「上清紫霞虛皇前，太上大道玉辰君，閑居蕊珠作七言」，以此經爲太上大道玉辰君在蕊珠宮中作。又如《靈寶天尊說洪恩靈濟眞君妙經》《元始天尊說先天道德經》之類，題目上就標明了此經係元始天尊或靈寶天尊所說。這類經典，佔了道教典籍中一大部份。故《靈寶無量度人上經大法》說：「九老仙都千明之科，九氣上人照生天符、大靈羣文，皆是三天太上道君所撰，或是三皇天眞所造，或是九天父母眞人赤童所出」。

另一種型態則很特殊。它沒有作者。經典之出世，雖由教主或先知所傳，其創作卻非人力所爲，乃是自然創生的。

這樣的經典也很不少，且足以視爲道教之特色，恐爲其他宗教所無。以《道藏》正一部墳字號《上淸元始變化寶眞上經九靈太妙龜山玄籙》爲例。該經卽自稱是「九天建立之始，自然而生」。據說當時「與氣同存，三景齊明，表見九天之上、太空之中；或結飛玄紫氣以成靈文」。示現靈文之後，倒也並未立卽成爲經典，因爲「天書宛妙，文勢曲折，字方一丈，難可尋詳。自非九天中眞王，莫能明其旨音」。所以後來經過諸天上聖仙眞集體解義後，才予以寫定，封藏於九天之上大有之宮；一直要等到西王母登西龜山，恰好又碰到天緣湊巧，於金華堂「北窗上有自生紫氣，結成玄文，字方一丈」。兩相感應，元始天王乃降授此經給西王母，使其總領仙籍。這時經文，係「靑瓊之板，金書玉字」，其貴重可知。

　　這篇道經出世記，頗爲曲折，且幽邈難稽，但事實上許多道經都強調它是以這種方式降世的。洞玄部玉訣類裳字號〈洞玄靈寶自然九天生神章經序說〉謂此方式爲「懸義」，意指上天懸此義諦以示人，非由仙聖所造。它並說：「此經乃三洞自然之氣，結成靈文，非由人所演說。故經題不冠以太上，經首不冠以道言，不立序分，不言時處也」。所謂經題冠以「太上」，如洞玄部本文類《太上洞玄靈寶天尊說大通經》題曰太上，係因經爲天尊所說。經首冠以「道言」，如《太上洞玄靈寶護諸童子經》一開頭卽云：「道言天地父母，日月五星，運氣自然」，指此經乃道君所言。所謂言時處，如《太上洞玄靈寶開演秘密藏經》開端卽說：「太上大道君以上皇元年十月五日，與無量天眞妙行神人，詣太微帝處君」。有些仿擬佛經的道書，常以「如是我聞一時天尊在蒲林國中、樊華樹下」（太上靈寶元陽妙經）的句式述說經義，也屬此等。倘若在體例上不言時處、不冠說經者名、不以引述言說之方式出現的經籍，可能就是上天懸義，自然成文的❷。

　　一般認爲，這種天生經文之價值與地位都比較高。如董思靖注解《自然九天生神章經》便說：「三洞飛玄自然之氣，結成靈文，超於視聽之先，出乎名言之表，衆眞欽奉，萬聖尊崇」。因此此類自然創生之經，數量著實不少。除《道藏》所收者外，某些經書中也提到一些自然生經，如《太上靈寶洪福滅罪像名經》本身雖非自然生成經，卻引了洞眞洞玄洞神三洞各十二部經，說：「右三十六部尊經符圖，金書玉字，凝結三洞飛玄之氣，五合成文，文彩煥耀，洞照八方」；且謂《黃庭經》《無上秘要》等三十六部經，皆「以混成鬱積玄景，……三五啓緒，八會結文，或作金書鳳篆，或造玉字龍章」。洞眞部方法類《靈寶無量度人上經大法》更主張：「三洞之經，四輔符籙，皆因赤書玉字而化，禀受靈寶之氣而成。」太平部儀字號《一切道經音義妙門由起》也認爲：「凡諸眞經，皆結空成字。聖師出化，寫以施行」。至此，已有將一切道經皆解釋爲自然創生者的傾向了。

以佛教經典來對照，我們就可以知道這是極特殊的講法了。——在佛教創立時，被稱爲「佛」「世尊」「如來」的，只有釋迦一人。一切教義，皆由佛陀思悟而得，亦皆由佛陀宣講之。佛滅後，其弟子始結集爲經文。在王舍城外七葉窟中，五百羅漢聚會，由阿難頌出他所曾聽聞的佛說義理，由優波離誦出佛所制定的僧團戒律，再由摩訶迦葉頌出教義的解釋和研究的論著。形成了佛教的經、律、論三藏。是爲佛經之第一次結集。因此佛經基本上都說是佛陀所說法，或以「如是我聞」來表示其經文乃聞之於佛陀。經部派佛教以後，另外造作了諸佛與菩薩系統，經文亦有名爲菩薩所說法者。但不管如何，總不會有道教這樣的自然創生經書說。伊斯蘭教的《可蘭經》，亦爲穆罕默德在傳教過程中，依「阿拉」啓示的名義宣布，而由門弟子記錄於石版、獸皮、棗椰葉上，逐漸結集而成，以後也沒有宣稱爲「生於九玄之先，結飛玄紫氣，自然之章」（上清外國放品青童內文，卷下）之類。

不過，據《靈寶無量度人上經大法》卷二說，這種天生經文並不就是現在我們所看到的經書。而是經過五道翻譯手續，方成爲現在所見之書。此卽所謂五譯成書。〈五譯成書品〉云：

一譯：玉字生於虛無之先，隱乎空洞之中，名大梵玉字。至赤明開圖，火煉成文，為赤書玉字。元始以大通神威之力，開廓五文，而生神靈，宣緯演祕而成大法也。

二譯：火鍊成文赤書之後，字方一丈，八角垂芒，覆於諸天下，蔭西元，九天之根，流金之勢。玉光金真之明，煥耀太空。元始命天真皇人書其文，名八威龍文。亦曰諸天八會之書。祕於上清玄都金闕七寶瓊臺及紫微上宮蘭房金室東西華堂，九天太霞之府也。

三譯：元始天尊為道法宗主，玉宸道君為靈寶教主，撰此靈書，五篇真文，三十二天玉字成經，名雲篆光明之章。

四譯：漢元封元年七月七日，西王母下降，以此經法授漢武帝。帝亦不曉大梵之言，王母曰：「天始是大羅天人，道君是西那玉國人。天方與神洲之言不同，況大梵之言乎？」遂以筆書之，改天書玉字為今文。以大梵之言、威儀服御宮名、圖書名色、宮闕、甲子、卦炁、壇式大法之內諸品行用，三十六部尊經，並係漢制世文之語，為古今之法言也。

五譯：自天真皇人悉書其文以為正音。妙行真人撰集符書，大法修用，真定真人、鬱羅真人、光妙真人集三十六部真經符圖為中盟寶籙，以三十六部真經之文為靈寶大法，因此流傳。吳左仙翁授經籙法訣於太極徐真人。仙翁遺於上清真人楊君。總其玉清洞真上清洞玄二品之經法，後世漸有神文，是第五譯也。

自然之文，五譯乃成世書。其〈寶經降世品〉也說：靈書八會，字無正形，由天皇眞人注書其字、解釋其音，以賜太上道君，共二百五十六字。道君再撰次成文，稱爲「大梵隱語」。這當然是靈寶派對他們自己這一派經典之來歷及傳承的一種解釋，因爲所謂大梵隱語，正在《靈寶度人經》中，而且自葛巢甫創造靈寶經及陸修靜增修以來，靈寶一派即有「眞文赤書」之說。五篇眞文，亦屢爲各經籍所引錄。但是，這並不能只視爲靈寶派特殊的講法，前文曾引正一部經籍，可說明此類想法，是各派都有的。《靈寶無量度人上經大法》云三洞四輔皆天書化成，固屬誇張不經，然各派也確然都有經典係由天造的講法。如洞眞部本文類收《太上無極總眞文昌大洞仙經》，敍經意即云：「始自蒼胡檀熾音，結雲成篆度天人，太玄道父親求授，下方世聞大洞經」（卷一）。可見上清派亦有此說。至於三皇文，《三皇經》曰：「皇文帝書，皆出自然虛無，空中結氣成字，無祖無先，無窮無極，隨運隱見，綿綿常存」，顯然也採用了自然創生說。相信有許多經典都是「天書」❸。

二、虛無氣化而成文

道經係自然創生者。這個觀念在道教思想內部，似乎會造成某些矛盾或混淆。何以說此一觀念會造成矛盾呢？《雲笈七籤》曾歸納了宋朝以前對道教經典的看法，認爲經教所出，係天尊化爲天寶君，在玉清境說洞眞經；化爲靈寶君，在上清境，說洞玄經；

爲化神寶君，在太清境，說洞神經。又云靈寶眞文乃靈寶君所出，高上大聖所撰；三皇經爲神寶君所出，西靈眞人所撰。至於太清部、太平部、太玄部、正一部皆老君所說。見其書卷六〈三洞經教部〉。可見基本上這些經典仍應以作者創作論來看待。但問題是，道教內部同時又存在這種自然創生說，認爲經典之來源，可能可以是非人力、無作者的創造。這豈不要造成矛盾了嗎？就在《雲笈七籤》同卷之中，便引了三皇經鮑南海序，謂此皇文帝書皆自然虛無中結氣成字者。卷七亦引《諸天內音經》《內音玉字經》《玉帝七聖玄記》《八素經》，論自然之字形成的天書。卷九釋《太霄琅書》《胎精中記》《外國放品經》等，也都主張它們是虛空結氣成文的。那麼，何以又說三皇經是西靈眞人所撰、洞玄經是高上大聖所撰呢？

同樣的，茅山道廿三代宗師朱自英序《上清大洞眞經》時，也混用了作者創作論與自然生成說。他說此經乃「中央黃老元素道君，總彼列聖之奧旨，集成大洞之眞經，故曰三十九章經也」，似乎指此經爲黃老君所作。但接著又說：「此經之作，乃自玄微十方元始天王所運氣撰集也。西王母從元始天王受道。……元始天王又以傳上清八眞、中央黃老君，使教授下方」，是作者爲元始天王，黃老君僅爲述者矣。但在此，他又並不完全守住這個立場，他似乎想以作者創作論爲基礎，消融天然生成說。故中間刪節號處，他插入了「西王母從元始天王受道，乃共刻北玄天中，錄那邪國靈鏡人鳥之山、閬萊之岫；乃於虛室之中，聚九玄正一之氣，結而成書，字徑一丈，于今存焉」一大段。這一大段吸收了眞文赤書人鳥經的說法，卻把自然氣結成書講成是西王母運氣化成。顯然他是想用這個辦法來處理兩種經書起源觀，而不曾考慮到：此經既已爲元始天王運氣撰成，西王母何必又運氣結而成書？若說西王母運氣成書，字徑一丈，至今尚存；何以又說「中央黃老君隱禁此經，世無知者。故人間地上五嶽天中永無此經」？可見他混用兩種經書起源觀，似乎難以自圓其說。

諸如此類「矛盾」與「混淆」，在道教內部幾乎是隨處可見的。但道教中人及傳授道經者，好像又並不以爲這有什麼混淆、有什麼不對。這是什麼緣故？

一般說來，宗教經典的作者，必然是神聖性作者，因爲它要以作者的權威來聖化經典的意義。因此教主是最重要的經典創作者。教主或自說經、或因感應神的啓示而造作經典。其次則爲先知。先知亦因獲得靈恩故能知道，故亦能有所宣說。道教中，「洞眞之教，以教主天寶君爲迹」「洞玄之教，以教主靈寶君爲迹」「洞神之教，以教主神寶君爲迹」，故三洞眞經皆歸於三位教主所說。至於太上老君，乃是道教最主要的先知，所以四輔都說是老君演說而成。依這個原則，各別的經典，其來歷大體上均能得到解說。故以老子、元始天尊等人名號撰成的經典，不可勝數。另外，如上清經系，則又喜歡用扶乩的方式，強調經書是上聖仙眞（早期的先知），透過某位先知降筆寫出的。

這種神聖性作者觀，本來就具有「作而非作」的性質。寫作經典的人，並不以爲經典是他自己寫出來的，反而認爲是另有一個非自己的神秘力量實際寫出了經文，只不過假手於自己而已。這個觀念本身便強調它的非人爲性質，強調不期然而然的特殊緣會遇合。經典之造作，係應機應運應緣而生；能獲知此一經典，也須有特殊的能力、運命或機緣[4]。

順著這個觀念再發展，則不僅一般先知及傳經人只是個傳述者的角色，連教主仙聖也可能仍是傳述者，他們所說的經典，可能並非他們所「作」。天地之間，本有其書，他們只是譯成世書，只是「注書其字、解釋其音」罷了。如此，便形成了自然創生說！

據此看來，作者創作說與自然創生說並非眞地對立矛盾，透過神聖性作者觀，確有可能發展出「天書」之說。有個故事很可以說明兩者之間關係的模糊性：《神仙傳》卷七載帛和去西城山學道，事王君：

> 王君語和大道訣曰：「此山石室中，當熟視北壁。當見壁有文字，則得道矣。」視壁三年，方見文字。乃古人所刻《大清中經神丹方》及《三皇天文大字》《五岳真形圖》。皆著石壁。和諷誦萬言，義有所不解，王君乃授之訣。

石壁上有文字，是古人所刻經圖。文章寫得很清楚。但爲何帛和看了三年才看出來呢？可見這經文與一般刻石不同，它是在並無文字的石壁上忽然呈現出文字來的。它是否眞爲「古人」所刻，可能都有問題，故帛和又稱此爲「天文」。《道教義樞》卷二〈三洞義〉亦云：「晉時鮑靚學道於嵩高。於劉君石室清齋思道，忽有《三皇文》刊石成字」。這《三皇經》，《雲笈七籤》便說它是自然虛無空中結氣成字者⑤。它到底是古人人爲的創作，還是天生自然成就的？這也就是說，基於宗教典籍的神聖性作者觀，可能會發展出作而非作、不知作者爲誰的自然生成經文說。但爲什麼旁的宗教不如此說，偏偏道教有此天書云云呢？

這可能涉及了道教對神靈或教主的特殊認識。其他宗教中，教主與先知，很重要的一個條件，卽是「肉身成道」；或倒過來說，是神靈降生。道教中一般神祇及先知，固然亦有此類，但眞正被視爲三洞教主的神靈，卻是無形無質、在天地之先、不涉肉身的「氣」。元始天尊、太上大道君、太上老君，皆一氣所化，所謂一氣化三清。原本是無，未可執著爲有。故元始天尊等所說經，本質上無異卽是氣化成文。且不止教主是氣化而成，凡神靈皆然。陶弘景《眞靈位業圖》卽云：「廿四官君將吏，千二百官君將吏，氣化結成」，又《登眞隱訣》說：所謂天兵天將，「官將及吏兵人數者，是道家之氣，應事所感化也，非天地生人也。此因氣結變，託象成形，隨感而應，無定質也。非胎誕世人學道所得矣」，對此氣化之理，講得更爲清楚。氣化生神，神無定質，則神所造作之經典，事實上亦是因氣結變，託象成形的。不妨全部視爲天書。

對此，《雲笈七籤》卷六嘗總括其理，云：「三洞所起，皆有本迹。洞眞之敎，以敎主天寶君爲迹，以混洞太無高上玉皇之氣爲本。洞玄之敎，以敎主靈寶爲迹，以赤混太無元無上玉虛之氣爲本。洞神之敎，以敎主神寶君爲迹，以冥迹玄通無上玉虛之氣爲本」。敎主只是迹，氣才是本。所謂迹，就是說什麼敎主仙眞、三淸聖境，「其中宮主，萬端千緒，結氣凝雲，因機化現」，俱屬化名化身。學道者不可執迹而忘本，而宜循迹以得本。

由這個觀點說，講經文是元始天尊所說所作云云，其實也都是權機假名，全屬氣化自然，應機示現。元氣因機化現了諸天神靈天尊，天尊則曰：「吾以道氣，化育羣方，從刼到刼，因時立化」，所以又有天尊所出之經矣。以此觀之，無論經典係神靈仙眞所作或自然創生，俱屬氣化，是同一個原理下的產物。故有時並不太容易區分到底是神靈所作，抑或爲天生眞文。

如宋眞宗序《靈寶度人經》說：「太上靈寶度人經者，元始之妙言，玉晨之寶誥」，承認此經爲元始天尊所說。但接著卻又說：「實諸天之隱韻，爲大梵之仙章，八角垂芒，本由於神翰」，這便如陳景元所說：「夫空洞浮光，渾淪未判，大道之將化，故玄文發於中天。虛無之乍凝，妙氣結乎碧落，字方一丈之廣，勢垂八角之芒，粲粲煌煌，光華暐曄」[6]。元始天尊只是命天皇眞人模寫這些諸天隱書，編成五方靈範，再演成三十六部尊經而已（見

《度人經》集注序〉。那麼，此經究竟爲元始所作還是自然天文？其實它既是元始之妙言，又是諸天之隱語，《道藏闕經目錄》卷下《道藏尊經歷代綱目》云：「天書雲篆，則元始天尊開其先；寶笈琼章，則道君老君繼其後」，就是這個道理。一氣所化，同屬天文，此道經出世之邏輯也。《上方大洞眞元妙經圖》說得好：

> 太虛無中體自然，道生一氣介十焉。罔極大化乾坤域，龍馬龜書正理傳。

道法自然，氣化流行，卽自然地無中生有。道經是物，一切物亦皆如此由虛無中生出。如河出圖、如洛出書，皆不知其然而然，自然便有此物。元始或諸神靈，其實亦如河洛龍馬龜，道經圖符由玆而傳，由彼所出。但眞正的創作者卻是自然，是氣化。

這是一種特殊宇宙觀之下，形成的天書說。其他宗教無此觀念，故亦不易出現經典天生的說法。

三、文字爲文明之本

然而，更值得注意的是：虛無本起，自然成文的天書，往往要經過神靈仙眞擬寫才「演成」經典，故它本身既是經籍，又是經籍之所由生的依據。換言之，無而生有，有此天文；而此天文又可能卽是「化生萬物」的那個「一」。所謂：「道生一，一生二，二生三，三生萬物」。道教天書說的奇特處，正是要以這個「一」來講三生萬物。今仍舉《雲笈七籤》爲例。其書卷七〈三洞經教部・本文・說三元八會六書之法〉言：

《道門大論》曰：「一者，陰陽初分，有三元五德八會之氣，以成飛天之書，後撰為八龍雲篆明光之章」。陸先生解三才，謂之三元。三元旣立、五行咸具。以五行為五位，三五和合，謂之八會，為衆書之文。又有八龍雲篆明光之章、自然飛玄之氣，結空成文，字方一文，肇於諸天之內，生立一切也。按：《真誥》紫微夫人說三元八會之書，建文章之祖。八龍雲篆，是根宗所起，有書之始也。又云：八會是三才五行，形在旣判之後。《赤書》云：靈寶赤書五篇真文，出於元始之先。卽此而論，三元應非三才，五德應非五行也。此正應是三寶丈人之三氣。三氣自有五德耳。故《九天生神章》云：「天地萬化，自非三元所育、九氣所導，莫能生也。」又曰：「三氣為天地之尊，九氣為萬物之根。」故知此三元在天地未開，三才未生之前也。宋法師解八會祇是三氣五德。三元者，一曰混洞太無元高上玉皇之氣，二曰赤混太無元無上玉虛之氣，三曰冥寂玄通元無上玉虛之氣。五德者卽三元所有。三五會卽陰陽和。陰有少陰太陰、陽有少陽太陽，就和中之和為五德也。篆者撰也，撰集雲書，謂之雲篆。此卽三元八會之文、八龍雲篆之章，皆是天書。三元八會之例是也。雲篆明光，則五符五勝之例是也。八會本文凡一千一百九字，其篇真文合六百六十八字，是三才之元根，生立天地、開化人神萬物之由。故云有天道地道神道人道，此之謂也。

氣化運行，天書成文，就是一。一是文，文之中便有三氣五德，故稱爲三元八會之文。這個一、這個文，卽天地萬物開立之根，所以又說眞文出於元始之先❼。

若依老子哲學來看，只要講道生一，一生二，二生三，因自然氣運便能生成萬物。根本不必扯上文字問題。「自然飛玄之氣，『結空成文，字方一丈，肇於諸天之內』，生立一切」，『』內文字大可刪去。但道教義理，卻在這個地方顯得甚爲奇特。老子是昌言「信言不美，美言不信」的人，主張去文，要「使人復結繩而用之」；道教以老子哲學爲骨幹，在此則顯然與老子頗爲不同。這是一種文字崇拜哩！

如前文所述，道教人士似乎是認爲：天地萬物皆氣化所生，而氣在化生萬物之際，雲氣撰集，就構成了「雲篆」，形成三元八會之文、八龍雲篆之章，這些文章，即天地人三才成立的開端。宇宙正是依此文而成就爲天文、地文、人文。

這個理論，當然可以有不同的講法。如國字號《玄覽人鳥山經圖》說人鳥山之秘密，是「妙氣結字。聖匠寫之，以傳上學，不泄中人。妙氣之字，即是山容其表、異相其迹，殊姿皆是妙氣化而成焉。」這些天文，其實就是人鳥山眞形圖，故經又引太上曰：「人鳥山之形質，是天地人之生根。元氣之所因，妙化之所用」。這個山，並非眞的山，而是指元氣所出之處，所以又名本無玄妙山、或元氣寶洞山等等。氣化成字，字又是此山之眞形圖，則字當然就等於宇宙之本，難怪經又說：「山內自然之字，一十有一」了。說來說去，一切都還是字[8]。說人鳥山之形質，爲天地人之生根，不就是說有文字才能成就天地人三才嗎？九老仙都君、九氣丈人，都要圖畫山形，佩之於肘；天帝也得寫空中之書，以附人鳥之體。眞人、道士，若能備此山形及書文者，便得仙遊昆侖；若修行不負文言，亦能登仙，不必服丹藥或導引屈伸。文之德，眞是大矣哉！

人鳥眞形，是靈寶經系的講法。在三皇文經系中，則帛和在石壁上看到的文字，也包括了「太清中經神丹方及三皇天文大字、五岳眞形圖」。三皇文者，本來就是指天文、地文、人文；五岳眞形圖，則如人鳥山眞形圖之類。《靈寶無量度人上經大法》卷廿一〈五嶽眞形品〉曰：五嶽眞形圖，是三天太上所出，文秘禁重。這眞形圖爲何如此神秘呢？西王母解釋說：三天太上道君曾經俯觀六合，「因山形之規矩，覩河嶽之盤曲，陵回阜轉，山高隴長，周旋委蛇，形似書字。是故因象制名，定名實之號，畫形於玄臺」，又說：「五嶽眞形者，是山水象也。雲林玄黃，有如書字之狀。是以天眞道君下觀規矩，擬蹤趣向，因如字之韻，隨形而名山焉」。顯然這是認爲中國文字應以象形爲主，依類象形；而最先擬象的，就是山川大地，所以，五嶽眞形圖，其實就是最古老的文字，「乃是神農前世，太上八會羣方飛天之書法，殆鳥迹之先代也。自不得仙人釋注顯出，終不可知也」（國字號・洞玄靈寶五嶽古本眞形圖・東方朔序）❾。

這種最古老的文字，不只有一歷史意義而已，它是「天尊造化，具一切法」，可以視爲一切文的「原型」（universol symbols）。後世一切龍書鳳篆、鳥迹古文、大小篆隸、摹印、署書、蟲書等文字，皆由此演出。而且，不只是人間使用的文字如此，還包括天上雲氣撰形、地上龍鳳之象、龜龍魚鳥所吐、鱗甲毛羽所載、以及「鬼書雜體，微昧非人所解者」，也都由此眞文化出。因此這個「文」事實上又指一切文明文化而言，卽傳統所謂天文地文與人文，不僅指文字。《雲笈七籤》卷七引《內音玉字經》說此諸天內音自然玉字，生於元始之上，出於空洞之中，「隨運開度，普成天地之功」「其道足以開度天人」，就是這個緣故。

由於一切文明皆由此眞文天書來，所以文字對宇宙事物皆有規定性，「一者主召九天上帝，校神仙圖籙，求仙致眞之法。二者主召天宿星宮，正天分度，保國寧民之道。三者攝制酆都六天之氣。四者勑命水帝，制召龍鳥也。其諸天內音，論諸天度數期會，大聖仙眞名諱住號、所治官府臺城處所、神仙變化昇降品次、衆魔種類、八鬼生死、轉輪因緣。……五方元精名號、服御求仙、鍊神化形、白日騰空之法」，幾乎一切人天秩序，都在這些眞文玉字中得到了規定。

眞文天書具有這種神秘力量，所以同書又引〈本相經〉說元始天尊曾與高上大聖玉帝以火煉此眞文，「以火瑩發字形。當時，眞文火漏，餘處氣生，化爲七寶林，是以枝葉成紫書，金地銀樓，玉文其中」[10]。具體說明了眞文可以化成萬物。不只此也，「諸龍禽猛獸，一切神蟲，常食林露，眞氣入身，命皆得長壽三千萬刼。當終之後，皆轉化爲飛仙，從道不輟，亦得正眞無爲之道」。吃了眞文所化林木上的露水，便能有此好處，眞文爲入道之關捩，可想而知。

洞玄部本文類《洞玄靈寶本相運度刼期經》也提到另一種因文字而不死成仙的方法：洞浮山是三百萬刼都不毀滅的奇境。其間蘭林不衰、鳳鳥不死，因爲林葉上「有天景大混自然文字，九色鳳鳥恒食樹葉。其鳥晝夜六時吐其異音。其鳥鳴時，國中男女皆禮」，故全國人都能活三十六萬歲[11]。其國中又有一火池，池水蔚勃，「形狀有似天景大混之文，國中男女三年一詣火池沐浴身形。故人命壽長遠」。反之，若眞文還收，那就要人命短促、兵革疫亂、濁邪競躁、天下大亂了。

同理，洞玄部本文類乃字號《上清三元玉檢三元布經》也說：「玉檢之文，出於九玄空洞之先，結自然之氣，以成玉文。九天分判，三道演明，三元布氣，檢御三眞。天氣無此文，則三光昏翳、五帝錯位、九運翻度、七宿奔精。地無此文，則九土淪淵、五嶽崩潰、山河倒傾」「得備其文，則得遨遊九天之上，壽同翃年」。宇宙間最高的神秘力量，似乎就在於此。

總之，這種文字崇拜，是把「道生一」解釋成氣化自然生出文字，而此文字又爲宇宙一切天地人之根本：是創生之本、也是原理之本。能掌握這個根本，就掌握了創生萬物的奥秘，可以上下與天地同流、與道同其終始。不能掌握這個根本，則宇宙便喪失了秩序，顚動不安，從此失去生機；人若離開了創生的原理，人也要銷毁死亡。

這才是道教信仰眞正的思想核心。道教以宇宙爲虛無，但虛無之中，因氣的作用，可以自然生化萬物，諸如《老君太上虛無自然本起經》《太上靈寶運度自然妙經》之類名稱，均可表示這個立場。一旦氣化生物，天之日星、地之河嶽、人之言動卽共同表現爲「文」，《文心雕龍、原道篇》所謂：

> 文之為德也大矣。與天地並生者何哉？夫玄黄色雜、方圓體分，日月疊壁，以垂麗天之象；山以煥綺，以鋪理地之形。此蓋道之文也。仰觀吐曜，俯察含章，高卑定位，故兩儀既生矣。惟人參之，性靈所鍾，是謂三才，為五行之秀，實天地之心。心生而言立，言立而文明，自然之道也。傍及萬品，動植皆文。

把這種觀念講得再淸楚不過了。自然之道，顯現爲道之文。用道教的表達方式說，就是上天垂文，結氣成字，形成自然天書，而一切天地人三才亦皆爲此文所涵蘊所開立。這是中國本有的文字崇拜，與老莊宇宙論結合以後的講法，非老子哲學所含。故宇宙雖屬氣化，眞文始爲「三才之元根，生立天地、開化人神萬物之由」。人如果要進窺宇宙造化之秘，唯一的方法，也是經由文字。

四、以文字掌握世界

最近，史作檉在《哲學人類學序說》一書中曾提到：要探索全人類之歷史文明必須通過對文字的省察來。他認爲：

1.人類在歷史的演進中，會不斷發展其追求終極內容的方法。

2.所以我們可由方法來看歷史。

3.方法有一「三元性之序列」，卽單一符號、文字、純形式。

4.其中，又以文字最爲重要。欲觀人類文明，唯有把握文字。因單一符號，並無紀錄歷史之可能；純形式之科學，本身具有反歷史之性質，亦不能與整體之歷史直接關聯。能正面紀錄、成形，並有前瞻性創造之可能者，其關鍵皆在文字。整個文明的形成、說明、紀錄與批評，亦皆以文字出之。

5.一切屬於創造或歷史之眞始的問題，也都與文字或文字之創始有直接而必然的關係。故觀史解史的方法性之基礎，在於文字。

6.文字的創造，代表人類以自由而創造的心靈，進行了對「觀念如何表達」的探索。所以，觀察文字如何被創造，也就瞭解了文明創始之眞象。

7.古人亦嘗探究文字之始，所謂探求本義，卽在求文字之始之心、求文字得以建立的原則。

8.文之始創，由於不可知的創造性心靈。所以要探究它，便不能求之於已成系統的文字。因既成系統的文字，很難說哪一個字是其他字的原因或來源。

9.既然如此，便只好推想有一「單一文字」。此即在文字系統尚未建立之前的圖畫文字。彼非系統文字，但蘊涵了我國文字造形之理。

10.這個理，就是圖象。我國的文字系統，即是一象形性的文字系統。

11.但上古人類文明都有象形，何以獨我國以象形發展成一系統性文字，並以此形成一偉大的古典文明？可見其象物並不只是單純的依類象形，而必有其所以如此象物的內在性觀念。

12.古人曾經推究字源，想像文字始創時有穗書、鳥書、龜書、龍書之類。若研究他們所說，可發現其所含之觀念即爲「自然」。自然，可能即是當時所有傳說中，文字得以成立的眞正內在性觀念⑫。

換句話說，史作檉是企圖透過對文字之眞始的探究，來講明歷史文明的創造性。他的哲學人類學當然與道教思想不一樣，但是他要說明歷史之眞始眞創時，會想到從文字去掌握；說文字，又推溯到一切甲骨金文系統文字之先的圖畫文字（單一文字）；且云此文字所依之理即是自然。這種思路，卻與道教甚爲接近。我們能不能說：道教之所以要提出這種天文自然創生說，也是基於對歷史文明之創造性的理解與說明？

從道教諸天書眞文的故事面看，這些神話確實悠邈無稽。但它可能是一種對文字及文明創始的理論說明，而非事實描述。正如史作檉所說的「單一文字」，究竟係陶文或其他何種文字，並不重要，因爲「它完全是由於一種理論上的要求而來」。爲了要說明歷史文明之創始意義，道教也用天開文字、自然創生或元始作文等，來說明整個文明如何具體展開。這種文，也不是任何系統文字，但它包蘊了以後一切文字乃至文明的成立之法。它內在性的觀念，也是自然，因此它係於虛無中自然生立。這種文字，「文勢曲折」，或顯現爲一種人鳥山之類的圖形，可見道教也是把「象形」視爲文字的基本理則。

由於這種追究文字之始的活動，乃是人類對其本身歷史的一種反省，希望能對歷史之事實有一理論上的說明，故這種理論的提出，是人文之必然，猶如孔子繫《易》，推造字於伏羲。這些推求，旨非考古，乃在於求創造之幾，因此不能從史迹上看這些理論，而應從其探溯創造之幾的理趣上去了解[13]。一切神話性的說辭，亦均爲一修辭策略，意在強調此不可名狀的創造。藉悠邈荒唐之言，寄其情、闡其義而已。無論史作檉的探求文字眞始之活動，或道教的說法，基本上都是如此。

但是，爲何對文明創造之幾的探索，要由追究文字之始來著手呢？從歷史上看，求始之活動，倘爲人文之必然，爲何其他民族或宗教並不曾發展出這樣的天文說？只有中國本土的道教，才特別凸顯文字的地位與意義；也只有中國的哲學家如史作檉者，才會堅信：「觀史解史的方法性之基礎若在文字，那麼果以全人之方式而呈現其歷史之眞義者，唯中國能之」。這是什麼道理？

這不能不說是中國本有的文字信仰有以致之。文字崇拜與單純拜物信仰不同。它涵有「自然」的觀念，更涵有以文字爲方法以觀史觀世界的方法意識。所以，對文字本身的把握，便是一種方法學的掌握；對文字的理解，其實就等於對世界的理解。而文字的神秘力量，就在於它被認爲是眞正把握歷史文明之創造眞幾的唯一方法；就在於文字之創生，便代表了一切人文（或包括天文地文）創生之理⓮。

五、道教信仰的核心

文字，既爲掌握宇宙創生之理的方法，則道教一切修鍊法門，就幾乎都環繞著這個核心而展開。所謂：「學無此文，則九天之上不書玄名，徒勞爲學，道無由成」（上清三元玉檢三元布經・卷上）⓯

正一部明字號《上清高上玉晨鳳臺曲素上經》嘗云：「玄都九曲，陵層鳳臺，結自然鳳氣以成瓊房。虛生八眞交會之氣，十折九曲，結九元正一之氣，以成憂樂之辭。……凡上宮已成眞人及始學爲仙者，莫不備修九天鳳氣、玄丘眞書、誦憂樂之曲也。……如是九天鳳文憂樂之曲，皆九天自然之氣結而成焉。靈文表異於空玄之中，經九萬㔸，玄都丈人受之於太空，以傳太上大道君，道君傳太極眞人，太極眞人以傳……」。此甚能顯示天書眞文的方法性意涵。這段敍述，也是許多道經共有的論敍模型。它們大體上都是先解釋某些天生文字的來歷、傳授經過，然後告訴學道人：欲修上眞之道，唯有掌握這套神秘的文字，方能達成。而且這一神秘文字，也只能傳給「宿有玉名，應爲神仙」，已掛名仙籍者；非人人可得；故亦不能妄傳妄泄。否則，洩露天機，必將遭到嚴厲的處罰。

這一神秘天生文字，乃修道人一切隱語、訣辭、畫符的來源與根據。脫離了這個，可說便沒有道教了。正一部明字號《上清外國外品青童內文》卷上說：「上帝玉眞，及五嶽上仙，皆服文而咏音，佩身而修眞。學無此文，則不得遊名山、制六國、卻甲兵、五老之官不衞身形。爲學之本，當勤行五嶽，尋受此文。靈威告應，自得道眞高上妙法，雖不學而仙也」，就是這個意思。

所謂服文佩身，如《靈寶無量度人上經大法》卷十八說：「凡修飛仙之道及滅度之法、尸隱解化、輪轉生死、隨運逍遙、無拘太陰，當朱書諸天玉字、無量內音，白素佩身，隨文服御」，卷廿一說道士應佩太上三天長存符及靈寶五嶽眞形圖之類都是。指修道者佩帶天文以及由天文演化發展而來的各種文字，便可以辟邪、禳災、召劾鬼神、登眞飛仙。

這些文字，以「符」「訣」「咒」「印」的型態出之。印文，當然是文字崇拜的徵象，正一部聚字號《太上元始天尊說北帝伏魔神咒妙經》卷五有〈神印品〉，自謂其印圖能「伏使萬神、驅邪遣魅、收鬼治病、安國寧家。依法修行，無災不滅，功成道備」，卽屬此等。

咒語，是一種神秘的天人溝通訊號。咒者，祝唸也。在施行一切法術時，必須口唸眞言、祝誦某篇特定的文字，才能達成目的。如陶弘景《登眞隱訣》卷下，說修黃庭經法、誦經時須存想體內諸神、呼其名字。「不修此法，雖誦萬遍，眞神不守，終無感效」。其他一切法，大概也都要與特定的咒語相配合。如正一部羣字號《元始說度酆都經》就說太上神咒爲「太玄紫煙，三素纓旋，九元開道，明魔眞言，有佩我咒，名入金門……」等八十餘字。在衆生有災時，懂得這篇神咒的人就該「懸繒幡花，轉唸眞文，呼吸神氣，佐助道士治病」。

這些咒語，可能是神的名諱，也可能就是「符」。

《靈寶無量度人上經六法》卷廿八說：「諸天帝玉諱，皆以赤晶之碧字刻之，秘於上清帝宮。乃諸天帝正音，不傳下世。其經中之諱，乃隱名也。皆空洞自然靈章，九和十合，變化上清無量之奧，深不可詳。誦之萬遍，白日登眞」。就是以誦念神名爲修行法門。這些神名，包括天神、身中神、三界百靈之隱名。道經中，記載了無數這類神名資料。各家經派，所述神名諱字及寫法，當然頗有差異，但基本原則是一致的。《上清河圖內玄經・卷上・太一秘諱》曰：「凡不受河圖本源、不佩眞字、不識本源太一，……皆不得行大謝。大謝請召，啓告周遍。尊極靈諱內神隱名，不經師受，愼勿妄修。……遇此眞諱，密識心存，動靜潛呪乞願，所求隨心」，可見呪念神名的重要性。正一部旣字號《上清太上元始耀光金虎鳳文章寶經》則說明了這些神名秘諱都由天文隱書來，在金虎鳳文之中，「皆署天魔之隱諱，亦標百神之內名。誦其章，則千精駭動；咏其篇，萬妖束形」。

天書眞文也可能以符籙的型態出之。故《上清洞眞天寶大洞三景寶籙》卷上云：「太微天帝君金虎玉精眞符，乃太元上景自然金章之內音也」。此所以道教中，用符之意，與佩眞文誦神名是一樣的，如正一部集字號《上清瓊宮靈飛六甲籙》所說：「有其符，則隱化無方；聞其名，則上補天眞；行其道，則飛虛；駕佩其文，則玉女執巾」。而佩文、唸呪，其實也可能只是服符。以正一部羣字號《七元召魔伏六天神呪經》爲例。此書名爲神呪，其實是以符爲主，而以呪用符。其符如：

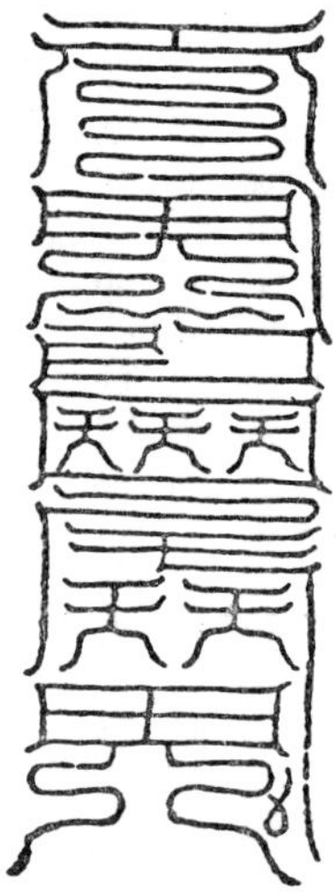

不就是佩文嗎？這些神秘圖形，實係一套文字系統，如天，寫作、鬼寫作或、主寫作、文寫作等等，予以組合聯結，便成一符。如：

即「太上元始敕命火急奔衝三天」幾個字構成的，見《靈寶無量度人上經大法》卷卅四。該經卷三十八說：「天地神靈山川草木人民禽獸星宿日月，凡所有形，皆有符章之篆以治之」，可見符書之用至廣。其文字，大抵係變化古代篆籀及相傳刻符、摹印、蟲書、古文異體而來，加上聚字構形的方法，以致難予辨識，實則並無其他神妙之處。稱之爲符，即有符采之意。《雲笈七籤》卷七〈符字〉及〈八顯〉條記：

> 一切萬物，莫不以精氣為用。故二儀三景，皆以精氣行乎其中，萬物既有，亦以精氣行乎其中也。是則五行六物，莫不有精氣者也。以道之精氣，布之簡墨，會物之精氣，以却邪僞。輔助正真，召會羣靈，制御生死，保持刼運，安鎮五方。然此符本於結空，太真仰寫天文，分置方位，區別圖象符書之異。符者通取雲物星辰之勢，書者別析音句銓量之旨，圖者畫取靈變之狀。然符中有書，參似圖象；書中有圖，形聲並

用。故有八體六文，更相發顯。……此六文八體，或今字同古，或古字同今，符彩交加，共成一法，合為一用。⑰

符是文字的組合，故云符采交加。這些文字，乃道之精氣表見於簡墨者，故又可以合會物之精氣，召會五方之神靈。這時，「符」又可以理解爲符合、符契。道教從張道陵創教，主張考鬼治病以來，就一直是用這種符書在召會神靈、考鬼治病。所以事實上是用文字在考召鬼神、服氣治病、禳度災厄。一切神秘法力，皆來自文字。《靈寶無量度人上經大法》卷三六載發符時要念咒曰：「無文不光，無文不明，無文不立，無文不主，無所不辟，無所不禳，無所不度，無所不成」，其實已把這個秘密澈底點破了。

與符文功能類似者爲上章與投簡。所謂上章，係向天地鬼神上奏摺，以文字申訴乞願。《要修科儀戒律鈔》卷十一說：「上章辭質而不文，拙而不工，朴而不華，朴而不僞，直而不肆，辯而不煩，弱而不穢，清而不濁，眞而不邪，簡要而輸誠，則感天地，動鬼神」，已總括了上章的要點，此法始自天師道，流傳勿絕。陶弘景《登眞隱訣》卷下則與符合論，稱爲「章符」，可見它與符書亦無甚差別⑱。至於投簡，也是利用符字以求長生辟邪，如《三洞珠囊》卷二〈投山水龍簡品〉云：「山居玩水，長生之方，當投簡送名，拜見山水之靈」。對此，洞玄部神符類《太上洞玄靈寶投簡符文要訣》舉了一些法訣，如祝誦曰：「飛玄八會，結氣成眞，六十四字，總靈天根，開度生死，朽骨還人……」；又如「右廿四字，主召九天上帝。神仙圖籙，學仙道者，常以本命甲子立春之日，青書白銀木刺，記年月姓名，投於絕巖之下，九年仙官到，便得成眞仙」之類。文字之所以能使人不死，是因爲道教認爲文字之創生即爲宇宙創生之秘奧所在，若掌握了這始創之眞文，自然就抓住了創生之秘鑰，可以奪宇宙之造化。開度生死，朽骨還人，乃其中之一端耳。故又曰：「有得其法，不學自仙也」（上清三元玉檢三元布經），不必再學其他任何法門了。

文之玄奧如此，「反毀聖文，不崇靈章」，當然就成了大罪。即使獲得這個掌握世界之鑰的人，也該注意：「有得明科之身，不得妄與常學談說經文，評論玄古，意通至眞」；「妄示世人，殃及七祖」（太眞玉帝四極明科經・卷一）。同時並應謹愼：「有此文者，不得妄令女人及異己坐起其上」（卷四）。

要修眞道，則應寫經。鼓勵寫經，是道教的特色，對佛教影響也極大。日人中村元《東方民族的思維方法》第二篇第十章曾比較佛教在中國與在印度之不同，認爲中國佛教之重視寫經、刻經，超過任何國家，當然也勝於印度[19]。這個風氣，當爲道教影響所致。陳寅恪〈天師道與濱海地域之關係〉一文，嘗論證天師道與書法藝術的關係，知南北朝最擅長書法的世家，都是奉道世家。他們的書法好，大半即由於常寫道經。如《雲笈七籤》卷一百七陶翊〈華陽隱居先生本起錄〉說：（隱居先生）「祖隆，好學讀書善寫。父眞寶，善稿隸，家貧以寫經爲業」。可見陶弘景家世即善書、常寫道經。故陶撰《眞誥》，搜輯楊羲、許謐、許翽之手迹，也特別談到他們的書法，卷十九：「三君手迹，楊君書最工，不今不古、能大能細。大較雖祖效郗法，筆力規矩並於二王。……掾書乃是學楊，而字體勁利，偏善寫經。……長史章草乃能，而正書古拙，符又不巧，故不寫經也」。他所提到的郗愔，也是擅長寫經的書家。《太平御覽》卷六六六引《太平經》云：「郗愔性尚道法，密自遵行，善隸書，與右軍相埒，自起寫道經，將盈百卷」。寫經促進中國書法藝術的發展，自是無可置疑的了⑳。但道教徒爲何如此勤於寫經？難道不是因爲他們特別看重經文嗎？太平部儀字號《洞玄靈寶三洞奉道科戒營始》卷二〈寫經品〉曰：

> 經者，聖人垂教，敍錄流通，勸化諸天，出生衆聖因經悟道，因悟成眞，開度五億天人，教化三千國土，作登眞之徑路，為出世之因緣。萬古常行，三清永式。結飛玄之氣，散太紫之章，或鳳篆龍書，瓊文寶籙，字方一丈，八角垂芒，文成十部，三乘奧旨，藏諸雲帙，閉以霞扃。使三洞分門，四輔殊統，實天人之良藥，為生死之法橋。使衆生普超五濁之津，俱登六度之岸者也。凡有十二相以造眞經：一者，金簡刻文。二者，銀板篆字。三者，平石鐫書。四者，木上作字。五者，素書。六者，漆書。七者，金字。八者，銀字。九者，竹簡。十者，壁書。十一者，紙書。十二者，葉書。或古或今、或篆或隸、或取天書玉字、或象雲氣金章。八體六書，從心所欲。復以總別二門，遍生歸向。總者盡三洞寶藏、窮四輔玄文、具上十二相，總寫流通。別者，或一字一句、或卷或帙，隨我本心，廣寫供養。書寫精妙、紙墨鮮明，裝潢條軸，函笥藏擧，燒香禮拜，永劫供養，得福無量，不可思議。

經文是「登眞之徑路，出世之因緣」，是「生死之法橋」，所以必須刻文或書寫之。洞玄部戒律類所收朱法滿《要修科儀戒律鈔》卷二云：「法橋旣架，福岸可登，抄寫書治，於斯見矣。《太際經》云：若復有人，紙墨縑素、刻玉鐫金，抄寫素治、裝褫條軸，流通讀誦，宣布未聞，當知其人已入道分」，也表達了同樣的觀點。我們要特別注意這所謂「徑路」「法橋」所具有的方法性意涵。這與其他宗教把經典之神聖性建立在「神諭」上，實有本質的差異。

六、道門文字教

道教是極複雜的宗教，流傳既久，內部差異也極大。如講丹鼎爐火者，與上文所述之天書信仰、文字崇拜，關係似乎並不緊密。但是，整體說來，文字崇拜可能仍是可以通貫整個道教思想的主線。例如導引服氣，彷彿跟文字無關。然而依天生文字說，天文乃是氣化自然而生，爲三才萬物之本，則所謂服氣也者，其實也就是服此文字所生化之氣。《靈寶無量度人上經大法》卷十九〈五方雲芽品〉對此講得最爲清楚。它認爲五芽氣卽生於五篇眞文，要修養丹芽、導引五方之氣，除了存思及咽氣之外，也要服符。至於上清派之存思內視，其關鍵也在於呼念神名。故陶弘景《登眞隱訣》卷上，一開卷卽述玄州上卿蘇君傳訣，而且第一則就是「眞符」、第二則則爲「寶章」。文字，在其思想及修行體系中之重要性如何，不難想見。

綜括各經所述。在天地之先、空洞之中，凝結成文，故此文可名爲眞文、大洞眞經、無無上眞等等。此眞文又布覈五方，故又可稱爲五篇靈文、五符、五靈符等等。元始天尊曾以火鍊之，故又名赤文，或赤書眞文。其文乃自然隱秘之音，故又名隱文、隱韻、大梵隱語。文字始出之際，八角垂芒、文彩煥耀，故又曰寶章、玉字、玉音……。

在道教中，此眞文就是道，爲萬物之本體。蓋大道空洞，其顯相卽是文。洞眞部本文類

《元始無量度人上品妙經》卷一說：「上無復祖，唯道爲身。五文開廓，普植神靈。無文不光，無文不明，無文不立，無文不成，無文不度，無文不生」，即指此而言。故薛幽棲注曰：「眞文之質，即道眞之體爲文」。成玄英注說得更明白：「眞文之體，爲諸天之根本。妙氣自成，不復更有先祖也[21]。日月、天地、萬物均由此道體生成化度。道又稱爲文，是指其涵蘊了一切條理、紋理。

據說這眞文天書共二百五十六個字，分別到三十二天，每天得八字。這八個字，可以「以消不祥，成濟一切」。因爲這是萬物成立的根本，所以若能掌握這幾個隱文秘音，便能「辟逐一切精邪，消禳一切災害，度脫一切生死，成就一切天人」。這就是道士積學修眞的秘訣。有分教：「三洞諸經貴玉音，文章錯落燦珠金。保天鎭地禳災厄，度盡塵沙無數人」（同上・清河老人頌）！

正一派第四十三代天師張宇初的《太上洞玄靈寶無量度人上品妙經通義》卷一列有「太極妙化神靈混洞赤文圖」，可以充分說明這套形上學體系（見次頁圖示）：

文字是道，則修行體道，唯在守文。文字又成了入道的憑據。此即前文所謂文之方法義。道經千萬種，其旨大抵如是。

順著這種澈底文字化的宗教性格來觀察，我們當然也會發現道教與文學有特殊的關聯。比方說柳宗元「聞凡山川必有神司之，於是作〈愬螭〉，投之江」，或「爲文醮訴於上帝」，豈不是道士上章、投簡之類行爲嗎？文人用文章來祈雨、逐災、驅儺、譴鬼、祭鱷魚、投龍……，道士也用同樣的行爲與文辭來辦這些事。這是用文字在禳祓不祥呀[22]！

又如悼喪葬、祀天地、饗神祇、歌五帝……，本來就都用得著文學作品，如《詩》之

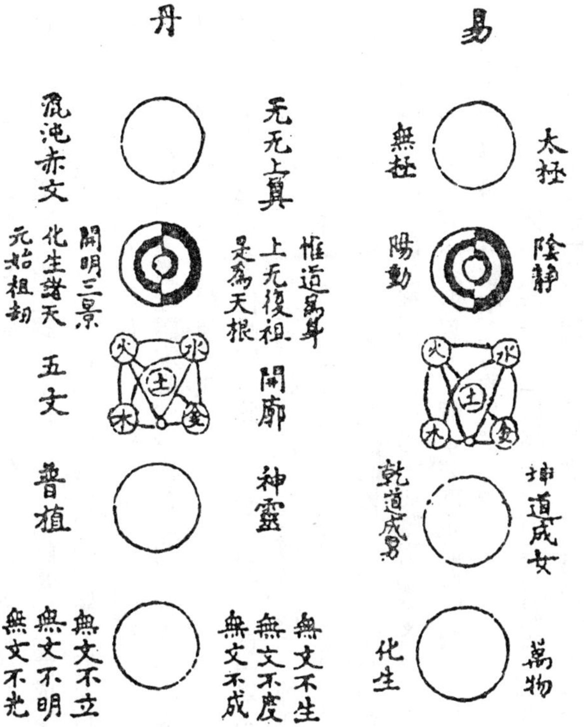

頌、楚辭、樂府郊廟歌、神弦曲之類。皆是藉文字的神秘力量，溝聯幽明，通達三界，以致精誠。這種力量，在道教中尤其被充分地發揮了。

例如道教有「步虛詞」。《樂府解題》云：「步虛詞，道家曲也。備言衆仙縹緲輕舉之美」。其實這是道教讚頌樂章之一。其音腔備載於洞玄部讚頌類《玉音法事》等書，旨在飛步乘虛，並不只是描述衆仙之美而已。咏步虛詞，本身也就是一種修行方法，故洞玄部讚頌類《洞玄靈寶昇玄步虛章序疏》謂此經一是建立法體，從理起用；二是示修行方法；三是列十頌以讚法體；第四是散擲廣誦，法法皆正，以示得失流通。在舉行步虛時，又要有焚符於水盂、上香、默跪、啓奏三清、諷神咒……等儀式，可詳洞眞部威儀類《太乙火府奏告祈禳儀》諸書。足見其愼重。但整個步虛詞，實際上仍以天書眞文爲核心；無論道教所用者，或文人擬作，皆是如此。像庾信〈步虛詞〉十首，第一篇就是：「渾成空教立，元始正塗開，赤玉靈文下，朱陵眞氣來……」。第二首是：「無名萬物始，有道百靈初。……赤鳳來銜璽，青鳥入獻書」，第七首又是：「龍泥印玉策，天火煉眞文」。──由此可知，步虛詞是用文字來詠讚天尊及諸仙眞，這種咏讚本身就是修行法門，其文字與天書眞文、與道有同質性。故又可以透過步虛飛玄入妙，與道同流。

這種歌辭，能不能逕視爲文學作品呢？此猶如謠言讖辭，世謂爲「詩妖」。謠讖是神秘的，有預言力量，與一般文學作品未必相同，但其爲詩之一體，卻很難否認。何況鍾嶸說過：「感天地，動鬼神，莫近於詩」，此類文詞恐怕最能符合這個意義。步虛詞，亦復如此。《樂府詩集》所收郊廟樂章及步虛詞、祓禊曲皆甚多。《文心雕龍》也有〈頌讚篇〉，謂頌爲告神之詞，所以美盛德而述形容。風格必須典雅清鑠。道經中之頌讚，符合這個條件者，正自不尠。《文心》又有〈祝盟篇〉。祝本來就是祀神的禱詞。盟也是「祝告於神明者也」。要找祝盟文學的材料，道教中更有的是。

此非硬要搭截「文學」與「道教」的「關係」。而是要說明：在道教的體系中，我們可看到「文字──文學──文化」的一體性結構。文字，可以演爲文章，文章又通貫於道。道也是文章的根據。在這「無文不明」的結構中，理論上，每位道士都是文人。道士上章、啓奏、盟祝、頌讚、用符、唱名、禳祓，既是一種宗教行爲，同時也可說即是文學活動，《雲溪友議》卷下有一則故事，頗能象徵此義：

> 里有胡生者，……少為洗鏡鎪釘之業，倏遇甘果、名茶、美醖，輒祭於列禦寇之祠壠，以求聰慧，而思學道。歷稔，忽夢一人，刀畫其腹開，以一卷之書，置於心腑。及睡覺，而吟咏之意，皆綺美之詞，所得不由於師友也。（祝墳應）。

胡生原本是想學道，結果祈祠應驗了：他變成了文人。這象徵了什麼呢？據《樂府廣題》說：「秦始皇三十六年，使博士爲仙眞人詩，遊行天下，令樂人歌之。」秦始皇求仙，可說是歷史上第一個正式的追求不死行動，也表達了道教基本理想。但這第一次，便是在詩樂中登上歷史的舞台。其後曹植〈五遊〉則說要：「徘徊文昌殿，登陟太微堂」。文昌帝君不也是道教的主要信仰對象嗎？

文昌帝君，又名梓潼帝君，爲司命司祿之神，亦爲文章、學問、科考的守護神，在道教中，極爲重要。但這個信仰根本上乃是對文章的崇拜，洞眞部玉訣類《玉淸無極總眞文昌大洞仙經》卷二衞琪注曰：文昌者，

> 文者理也。如木之有文，其象交錯。古者蒼頡制字，依類象形。昌者盛也。言天地之文理盛大也。如伏羲則河圖之文，以畫八卦，立三極之道。此經所以推窮三才中之文

> 理性命，皆自二炁五行中出，故文昌星乃土炁所化。坤土之卦辭曰：「黃裳元吉，文在其中也」。艮土之卦辭曰：「生萬物者，莫盛乎艮，成萬物者莫極乎艮」。故周子所謂：陽變陰合，遂生五行。《度人經》云：「五文開廓，普植神靈」，而南上文華，光彩煥爛，故十四章云：「南昌發瓊華」。乃南極長生朱陵上帝、南昌受鍊真人所治。見有上帝所賜「注生真君」八角玉印，所謂南斗注生。不言文昌而言南昌，蓋丹天世界，文明之地，梵天所化，是為南昌上宮。今南嶽衡山朱陵洞天。上應奎軫。始因奎壁垂芒，帝命主持斯文。壁位居亥，專主圖書。奎位居戌。專主文章。蓋奎宿有文彩、壁宿能藏書。昔嬴火之後，於屋壁得古文，故壁之於文，具有功焉。是以文昌宮有東壁圖書府、太微垣中有南斗第五星文昌煉蒐真君。又有太上九炁文昌宮、文昌上相、次相、上將等星，又有文昌圖，流運以生化文物。是故天地之間，生成變化之道，莫大於此。故曰：「開明三景，是為天根，無文不光，無文不明，無文不立，無文不成，無文不度，無文不生」等語，實基於此。《易》曰：「物相雜，故曰文」。是以文昌一經，雜紐不貫，亦如《易繫》云：「變動不居，周流六虛，上下無常，惟變所適。又曰：「參伍以變，錯綜其數；通其變，遂成天地之文」，亦此義也。故文昌之在世者，乃教化之本源。

由此解釋可知，文昌帝君之名雖來自北斗魁星附近的文昌六星，但實際上早已轉化為文理昌盛之意，而不再是星辰信仰了[23]。這個文，包括一切文書、文彩、文明、文獻、文章、文物而說；文昌在世，又為一切教化之本源。道教之為文字宗教，殆無疑義。後世祈文昌以求開慧、奉文昌以求能文章，不也是前述胡生祈列禦寇祠而能做詩文一類故事的典型化嗎㉔？因此，綜合地看來，就像文昌帝君是文章科舉的保護神一樣，道教不僅本身表現爲一種文字宗教。其理論、教相也提供了文最大的保證。文既爲體、爲用，亦爲入道之方。文字、文學、文化，在此中綜攝爲一，難予析分。道士用文，其本身也常成爲文學創作者。

對一位文學研究者來說，了解這些當然很有益處。因爲：

我們往往忽略了歷史上極爲豐富的道教文學作品，談中國宗教與文學的關係，通常僅能略論禪宗詩偈之類，很少討論道教文學。

二、就是談佛教與文學之關係，我們也常偏重於就佛教如何影響文學及文學家立論；不曉得是佛教進入中國以後，因受中國文化及道教之影響，才產生了轉化，才變成文字的、文獻的、文學的宗教㉕。

三、在思考以上這些文學與宗教之關係時，我們通常是以兩個系統之相互影響關係或互動關係爲思考模式。很少注意到文學本身所具有的宗教性格。文學不只是可「用來」祈禳、盟祝、頌讚、醮訴，它本身便具有宗教神秘力。不只是宗教界利用文學的感性力量，來引人入信，或文人參與宗教活動；而是本來就可因著文字文學的這種宗教性質，形成各種宗教活動。

四、由於缺乏以上這些考慮，也使得我們無法理解宗教間的差異。例如佛教也有唄梵頌讚，也有宣教詩文，也參公案詩偈文字以入道，也有石門文字之禪。但道士女冠作詩文，其意義與僧徒爲文並不一樣。道教係以文爲宇宙萬物之本體，所以是一種根本義的文字教，一切文學活動，亦皆爲因體起用，且可以因文見體。

五、道教所顯示的「文字、文學、文化」一體性結構，自然也能提醒我們：要在中國文學傳統中，偏執「純文學」的觀念，實無可能。一部文學史，其實也就是搖盪流轉於這三者之間的發展。如嚴羽曾描述宋人是「以文字爲詩」；唐朝古文運動，則正面要求「人文化成」，不能僅成爲美文。可見文字、文學、文化，既是一體的，其間又有緊張關係，其辯證發展的歷程，至爲迷人。

六、「文字、文學、文化」的結構關係、文學發展的邏輯，既存在於文學活動本身，也存在於道教這一文化體中。而且由理論上看，道教比一般文學理論家更能深刻掌握住這個原理，並予以說明之。如前引太極妙化神靈混洞赤文圖，或衞琪對文字、文章、文畫、文明、文物、文獻的系統解說等等，可能比一般文家泛言「文原於道」「文以達道」「文與天地並生」之類，更具理論趣味。欲明中國文化中主文的傳統，勢不能不對道教多加注意。

七、道教既以文字爲教本，又以文字爲教迹。但就其做爲萬物本源的文來說，那是自然虛無混沌中忽然創生的，這種眞文事實上又具有「超視聽之先，在名言之表」（宋真宗・靈寶度人經序）的性質。它是自然生成的，是不知其然而然，故薛幽棲謂其幽奧不可詳，「忘言理絕」；又說此非世上常辭，故言無韻麗、曲無華婉。這種玄妙天成、自然而生、作而非作、大巧若拙，忘言理絕云云，其實也就是中國文學創作最高之鵠的。文家總愛強調「文章本天成」「風行水上自成文」「天然去雕飾」等等。天書眞文，便是這種最高標準的文學作品之典型。然而，強調自然天成的文學創作觀，必須遲至宋代，方始蔚成風氣。道教之天書信仰，卻在漢末即已成形了[26]。這難道不值得我們注意嗎？

正是：「神仙戲東序，流暉寄文翰。」（上清元始變化寶真上經九靈太妙龜山玄籙・卷中）且觀神仙，再論文翰！

附註

❶《洞玄靈寶自然九天生神章經解義》卷二：「三寶有三。本經天寶靈寶神寶，分爲玄元始三氣，降於人，爲三田。曰精曰氣曰神。此內三寶也。教有道寶、經寶、師寶三寶，太上三尊也。經寶，三洞四輔眞經也。師寶，十方得道衆聖及經籍度三師。此外三寶也。……又《內秘眞藏經》云：貪性寂滅，塵累無染，戒行不虧，是名法寶；嗔性不起，不憤外塵，定無生轉，是名師寶；癡性無取，無惱無患，慧通無礙，是名道寶。此三寶，非內非外，非聲非色」。

❷董思靖說：「此經直從天地萬化源頭說起，所以不立序分，……非由演說故也。然無序分，則此經又何自而傳？故至此方序出教之因」。序分，是採佛教說經的術語，但解釋並不相同。

❸道教中另有「無字天書」之說。然所謂無字，只是平時看不見字，終究仍會顯示出字來。此外，這種無字天書乃是眞文天書所派生的次級系統。眞文天書是萬化之本源；偶然在洞窟中或因神緣而獲得的有字及無字天書，則不具有這麼高的地位。

❹作者創作所有權的作者，與神聖性作者，係兩種不同的作者觀，詳龔鵬程〈論作者〉，民國七九，《中國文學批評》第一期，學生書局。

❺《一切道經音義妙門由起》也說：「凡諸眞經，皆結空成字。聖師出化，寫以施行」。這是總原則。各經出世，另有因緣，但都不違背這個原則。

❻陳國符《道藏源流考》曾懷疑《元始五老赤書眞文天書經》可能與宋眞宗之奉迎天書有關。一點也不錯。由宋眞宗對《度人經》的序文中卽可看出他的天書信仰。

❼ 被視爲經教之本文的，包括：三元八會之書、雲篆、八體六書六文、符字、八顯、玉字訣、皇文帝書、天書、龜章、鳳文、玉牒金書、石字、題素、玉字、文生東、玉籙、玉篇、玉札、丹書墨籙、玉策、福運之書、琅虯瓊文、白銀之篇、赤書、火鍊眞文、金壺墨汁字、瓊札、紫字、自然之字、四會成字、琅簡素書等。稱爲本文，意謂法爾自然成文，爲萬化之本也。詳見《雲笈七籤》。道教經典，夙以三洞四輔十二類分類。十二類中，第一爲本文類，即「三元八會之書，長生緣起之說，經教之根本也」，第二爲神符類，「龜章鳳篆之文，靈迹符書之字」，大概都屬天書範圍。

❽ 眞文天書，旣顯爲文字，同時也常以圖示現。如河圖，固然是圖；洛書，雖名爲書，實亦是圖。這種情況，可以從「文」本身來解釋。文，本爲「文采錯畫」之意。其次，道教也相信「倉頡制字，依類象形」（玉清無極總眞文昌大洞仙經，衞琪注，卷二），故文字即具圖象性。道教喜歡用圖說，且圖文混而不別，殆以此故。據中村元《中國人之思維方法》的研究，中國人重視具象的知覺，文字本身便有具象性，概念之表達，亦往往須倚賴知覺表象的說明，且喜出之以圖示。他舉佛教做例子，說明好用圖示，是中國佛教與印度日本不同的特色所在。（徐復觀譯本，第三章第二節，民國四四，中央文物供應社）。其實道教思想更能符合這個講法。

❾ 有關眞形圖的研究，可詳李豐楙《六朝隋唐仙道類小說研究》，民國七五，學生書局，頁五二—五八、一三四—一三七。該文較偏重於眞形圖來歷之考證，並認爲此係古輿圖、道士入山指南、爲山嶽信仰之一端，可以作爲冥想修行之用。

❿ 用火煉文，是讓文字明晰的一種方法。故李玄眞《上淸金母求仙上法》云：「靈寶之文，生乎龍漢。……符圖寶秘，文字幽昧。昔元始火煉眞文，瑩發光芒，文字旣顯，吾得曉焉」。至今道教中仍有用明礬水寫字，向火烘之乃見字迹之術。

⓫ 道教服符治病驅疫的法術，當即本此信仰而來。通常是書符之後燒化，以水服下，另詳後文論用

符。

⑫ 史作檉《哲學人類學序說》，民國七七年，仰哲出版社。特別是第十六章至廿四章。論述甚繁賾，此處係我整理簡化的結果。

⑬ 過去論這些眞文天書，不知此義。總是從依託、僞造、神秘其說以惑世等幾個角度來談宗教史。其荒唐粗陋，自不待言。

⑭ 《靈寶無量度人上經大法》卷一說：我們當明眞文天書乃「生成之本，總括萬象之元，陶鑄群仙之品，出產仙眞之紐」「爲三洞祖教，生出一切聖人。……三洞之經、四輔符籙，皆因赤書玉字而化。……皆因靈寶大法，化生一切聖人」，說的便是這個道理。

⑮ 一般論者皆認爲道教屬於一種自然靈物崇拜的宗教體系，視一切天地自然現象，如日月山川星辰風雨草木、人體內部器官、人爲世界之營造如門竈等，皆有神靈主之，皆須崇拜之。其實這不是道教的眞正精神所在。道教與古之巫覡不同。自張道陵以來，道教就不是祀祭鬼神而是要考召役使鬼神的。如《老子想爾注》即批判神靈附身者爲「世間常僞伎」，又說：「今世間僞伎指形名道，令有服色、名字、狀貌、長短，非也，悉邪僞耳」「天之正法，不在祭餟禱祠也。道故禁祭餟禱祠，與之重罰」「有道者不處祭餟禱祠之間也」。這不是自然靈物崇拜，至爲明顯。原始的日月星辰信仰等，到道教中皆有根本的轉化，納入一個哲學的體系中。此一體系，大致係以自然氣化、氣類感應及五行生剋等思想所構成，故後來道教雖然也講太一、北斗，實際上是在講那一套哲學。這一套哲學才是道教信仰的眞正內容。而在這一套哲學中，「道」無疑居於首出或核心的地位。可是道教之所謂道，與老莊又有不同，乃以「文」爲道之體及道之用者。所以說文字始爲道教信仰之核心。

⑯ 符書乃摹擬天書而來，天書「八角垂芒，精光亂眼，靈書八會，字無正形。其趣宛奧，難可尋詳」（見《雲笈七籤》卷七引《內音玉字經》），符書也就儘力八角垂芒，形勢婉曲，字無正

形。故其難以辨識，並非故弄玄虛。

⑰ 太平部儀字號《洞玄靈寶玄門大義》認爲「八體之文」皆由眞文天書而出，天尊造化，具一切法，後人承用自有先後而已（見〈釋本文〉第一）。這種講法，可以說明道教並不像史家或文字學家那樣，看重文字演變的歷史義，而是著重於文字原理的把握。

⑱ 青詞亦屬上章之類。李肇《翰林志》云：「凡太清宮道觀薦告詞文，用青藤紙，朱字，謂之青詞」。陸游詩有「綠章夜奏通明殿，乞借春陰護海棠」之句。此於後世遂成一特殊文體，明朝顧鼎臣、袁煒、李春芳、嚴訥、嚴嵩等，皆擅長此體。另參吉岡義豐《道教之實態》第四章。收入《吉岡義豐著作集》，一九九〇，五月書房。

⑲ 見注❽所引中村元書，第三章第五節。此處用陳俊輝審譯本，民國七八年，結構群出版。

⑳ 見《陳寅恪先生全集》，里仁書局版，上册，頁三六五～四〇三。

㉑ 見《度人上品妙經四注》本，洞眞部玉訣類。另參砂山稔〈靈寶度人經四注劄記〉，世界宗教研究，一九八四年第二期。

㉒ 另詳龔鵬程〈論唐代的文學崇拜與文學社會〉，民國七九年，淡江第三屆中國社會與文化研討會論文。收入《晚唐的社會與文化》，學生書局。

㉓ 有關文昌帝君的研究，可參窪德忠《道教諸神》，一九八九，蕭坤華譯，四川人民出版社，頁二一二。吉岡義豐《道教小志》，收入注⓰所引書。

㉔ 道教在民間流傳最廣、影響最大的經典，就是文昌帝君《陰隲文》、關聖帝君《覺世眞經》或《勸世文》。文昌帝君又有敬惜字紙律。《勸世文》中揭示廿四條，一孝、二慈、三忍，四就是敬惜字紙。可見這種文字崇拜的重要性。配合此一信仰，除文昌帝君之外，另有「制字先師」倉頡的祭祀，各地鄉鎮也都有「惜字亭」。一般研究者以爲這是受儒家的影響，如前引窪德忠書卽謂文昌帝君信仰具有十分濃厚的儒教色彩。此不確。儒家固然重文，道教也重文，甚至洞眞部譜

籙類《清河內傳》曾載〈勸敬字紙文〉說：「竊怪今世之人，名爲知書而不能惜書。視釋老之文，非特萬鈞之重，其於吾六經之字，有如鴻毛之輕。或以字紙而泥糊，或以背屏、或以裹褥，或以泥窗，踐踏脚底，或以拭穢，如此之類，不啻蓋覆瓿矣。何釋老之重而吾道之輕耶？」所以他希望儒生能效法佛道人士重惜字紙。可見一般社會上的惜字風氣，並非受儒家影響而然。

㉕ 佛教的文學化，詳注㉒所引龔鵬程文。中國佛教爲文獻的、文字的宗教，詳注❽所引中村元書。

㉖ 宋代強調自然天成的文學創作觀，可詳龔鵬程《詩史本色與妙悟》，七四，學生書局。道教的天書眞文，若以《靈寶五符》之類爲標準，此類經典至遲出現於齊梁以前。眞文的觀念則在東漢末葉即已形成。《老子想爾注》說：「今世間僞技因緣眞文設詐巧」，便已提到眞文。眞文係與邪文相對而說，「何謂邪？其五經半入邪；其五經以外，衆書傳記，尸人所作，悉邪耳」。可見眞文非一般書記，非尸人所作。另外，《太平經》的天書信仰，我別有文章申述，此不贅。

臺語流行歌曲與臺灣社會

臧汀生

前言

所謂「流行歌曲」者，蓋指以特定歌詞與曲調相配，而以商業力量製作、推廣、販售，用資圖利，而流傳於社會之歌曲。昔日民謠之傳播，多賴口耳相傳，限於山川阻隔，難以普及；縱有以歌爲業之「歌仔先」著爲「歌仔簿」，奔走而唱；以及歌仔戲之取爲曲牌，四處搬演，流布稍廣。然與藉助現代電化傳播工具之流行歌曲相較，豈可同日而語。輓近因此類歌曲流行之力，無遠弗屆，迅速快捷，故名之爲「流行歌曲」。

流行歌曲流行之要件，在於能否攄發歌者心中之情感，容或其創造過程，不免間入作者個人主觀意志，爲推廣銷路而計，自須揣摩社會大衆之心理；易言之，流行歌曲之商業屬性，使之不能背離社會現況與羣衆心理，而僅爲主觀之文學創作，高度商業取向之流行歌曲所反映之社會現實，有其相當程度之史料價值。是故，吾人若不拘泥「史料」之定義，借助傳誦市井之流行歌曲以探討當代社會眞相，應可補充官方文獻之不足。以下請分二途試探臺灣閩南語流行歌曲（以下簡稱臺語流行歌曲）與社會之關係。其一以社會背景爲基礎，概述臺灣閩南語流行歌曲之發展，及其反映社會現實之大略；其次以文字記錄爲基礎，說明其表達工具之紊亂，以及筆者個人之建議。

一、臺灣閩南語流行歌曲之發展

爲便於顯示臺語流行歌曲與社會環境之關連，謹將之分爲三期敍述之：

第一期——初興期——日據時期至民國四十年

民國二十一年，日人在臺興建「放送臺」（廣播電臺），收音機成爲最時髦之傳播工具，提供播放之唱片歌曲，身價不凡，寫作歌曲、歌詞之報酬優渥❶；再者有志之士眼見日人大力推行文化改造運動，實行日本化，不免憂心忡忡，於是競相投入本地流行歌曲之創作。以下分由歌曲與歌詞說明之。

一、歌曲部分：

當時歌曲之作者，大致別爲二類：

甲、西洋音樂之作者：

如姚讚福——留學香港，專攻音樂。黃國隆——留學日本，專攻音樂。鄧雨賢——師範畢業，小學音樂教師。邱再福——師範畢業，任職交響樂團。許石——留日，專攻音樂。楊三郎——留日，專攻音樂。……。

乙、民間音樂工作者：

如陳秋霖——歌仔戲團團主。張邱多松——藝旦歌唱教師。江中青——江湖賣藥走唱者。蘇桐——歌仔戲班樂師。……。

當時歌曲或因作者長期浸淫傳統民謠環境，或因亟思擺脫日本歌曲之風味，大多因襲固有五聲音階之民謠調式，甚至直接使用傳統民謠而配以新詞❷。是故今人每稱此時期之歌曲為「臺灣民謠」，以其時代雖近，然風味近古也❸。

二、歌詞部分：

至於歌詞部分，則因當時作者創作態度較為嚴肅，故多取客觀描述當時社會現象之立場，適足據以探討當時社會之背景也。茲略別為三類觀察之。

甲、情愛類

夫男女情愛，自古即為民間歌謠之主題，無庸贅述；而當時自由戀愛之風氣，已漸開啓。青年男女莫不嚮往，然猶未敢公開為之，只得暗中進行，故其表達方式仍不脫傳統含蓄溫婉之本色，請試舉例以見大概：

望春風❹——鄧雨賢作曲，李臨秋作詞獨夜無伴守燈下，冷風對面吹；十七八歲未出嫁，遇到少年家；果然標緻面肉白，誰家人子弟？想欲問伊驚歹勢，心內彈琵琶。

想欲郎君做尪婿，意愛在心內，等待何時君來採，青春花當開；聽見外面有人來，開門該❺看覓，月娘笑阮是憨大呆，乎風騙不知。

春宵夢——周添旺作曲作詞

春宵夢，春宵夢，日月相同；歹夢誰人放？袂離相思巷；較想也是苦痛，較夢也是袂輕鬆。

春宵夢，春宵夢，日月相同；月也照入窗，照著阮空房；也無照著好夢，較照也是相思欉。

雨夜花——鄧雨賢作曲，周添旺作詞

雨夜花，雨夜花，受風雨吹落地；無人看見，每日怨嗟，花謝落土不再回。

花落土，花落土，有誰人通看顧；無情風雨，誤阮前途，花蕊若落欲如何？

雨無情，雨無情，無想阮的前程；並無看顧，軟弱心性，乎阮前途失光明。

雨水滴，雨水滴，引阮入受難池；怎樣乎阮，離葉離枝，永遠無人通看見。

白牡丹——陳秋霖作曲，陳達儒作詞

白牡丹，笑紋紋，妖嬌含蕊等親君；無憂愁，無怨恨，單守花園一枝春；啊——單守花園一枝春。

白牡丹，白花蕊，春風無來花無開；無亂開，無亂美，不願旋枝出牆圍；啊——不願旋枝出牆圍。

秋怨——楊三郎作曲，周添旺作詞

行到溪邊水流聲，引阮頭殼痛；每日思君無心情，怨歎阮運命；孤單無伴賞月影，也是為著兄；怎樣兄會不知影，放阮做你行。

黃昏冷淡日頭落，思念阮親哥；看見孤雁飛過河，目屎輪輪滾；講阮有哥也若無，無人通偎靠；人人講阮甲君好，想著心齊嘈。

月色光光照山頂，天星粒粒明；前世無做呆心幸，郎君卽絕情，開窗無伴看月眉，引阮心悲哀；彼時相親甲相愛，哥哥你敢知？

阮不知啦——吳成家作曲，陳達儒作詞

彼時約束啊，雙人無失信；近來言語啊，煞來無信憑；冷淡態度啊，親象無要無緊；

你敢是你敢是，找著新愛人。啊—阮不知啦！阮不知啦！總無放舊去找新。
近來言語啊，大聲小聲應，青春戀夢啊，漸漸變無情；不明不明啊，因何梟心反面；
你敢是你敢是，找到新愛人。啊—阮不知啦！阮不知啦！總無放舊去找新。
春天花蕊啊，為春開了盡；十八年少啊，為你用心神；怎樣這款啊，全無同情憐憫；
你敢是你敢是，找到新愛人；啊—阮不知啦！阮不知啦！總無放舊去找新。

乙、感慨類：

昔日歌謠雖然亦有描述社會現象之作，然大多以抒發一己之感情爲已足；而流行歌曲則以傳播爲目的，故作詞者除本諸代言之使命感外，爲爭取社會之共鳴，以達推廣其作品之目的，每以社會現況做爲材料；再者臺灣之歷史環境特殊❻，感慨尤易滋生，厥爲臺灣歌謠之特色也歟！其感慨內容大致不出以下範疇：

（子）征婦怨：

欲怎樣——姚讚福作曲，陳達儒作詞❼

稀微無伴暗暗想，想起當初快樂甲自由；啊—今日那這款，欲怎樣啊；冥日為君仔心憂憂。
彼時初戀手牽手，為著情深不是愛風流；啊—今日那這款，欲怎樣啊；何時會得結鴛鴦
恨君放阮空空守，半冥傷心窗邊對月娘；啊—今日那這款，欲怎樣啊；冷風吹來添憂

愁

雙雁影——蘇桐作曲，陳達儒作詞

秋風吹來落葉聲，單身賞月出大庭；看見倒返雙雁影，傷心欲哮驚人聽。
鴻雁那會卽自由，雙雙迎春又送秋；因何人生袂親像，秋天若來阮憂愁。
秋天月夜怨單身，規冥思君未安眠；恨君到今未見面，不知為著什原因。

望你早歸——楊三郎作曲，那卡諾作詞

每日思念你一人，袂得通相見；親像鴛鴦水鴨不時相隨，無疑會來拆分離；牛郎織女因二個，每年有相會；怎樣你若一去全然無回，放捨阮孤單一個。若是黃昏月亮欲出來的時，加添阮心內悲哀；你欲甲阮離開彼一日，也是月欲出來的時。
阮只好來拜託月娘，替阮講乎伊知；講阮每日悲傷流目屎，你早日返來。

據黃國隆氏與吳艾青氏合編之《臺灣歌謠》所附「歌曲解說」，指出前二首爲描述戰時爲日軍征召之軍伕家屬思念之心情，末首爲描述戰後期待未歸征人焦急之盼望，此類歌曲當時風行，其來有自，不可逕以一般情愛歌曲視之也。

(丑) 風塵怨：

日據末期與光復初期，由於生活艱困，被迫淪落風塵之女性，不在少數；此類歌曲充分表達風塵女性之心聲，當時從事此業之女性，人人能歌，時時歌之也。

酒家女——許石作曲，鄭志峯作詞

紅燈青燈照阮面，阮是賣面無賣身；音樂聲，烟酒味，鼻著直欲烏暗眩；誰人會知阮內心，明瞭彼個就是阮愛人。

不敢飲酒潑落地，盡情無愛第二個；音樂聲，烟酒味，愈聽愈鼻愈怨切；誰人會救薄命花，明瞭彼個永遠欲做伙。

社會可憐酒家女，阮也不是貪著錢；音樂聲，烟酒味，愈聽愈鼻愈哀悲；誰人有情甲有義，明瞭彼個一生伊妻兒。

養女淚——蘇桐作曲，陳達儒作詞

父母貪著金手指，貪著臺票即多錢；將阮身軀賣出去[8]，乎人做著迫迌物；母啊喂，愛錢無想子女兒。

每日出門三輪車，坐來坐去不免行；外觀看著真好命，實在行入枉死城；母啊喂，愛錢無想子名聲。

世人不知阮心性，閃爍金鍊掛胸前；雖是榮華省路用，並無存在阮愛情；母啊喂，愛錢無想子前程。

南都夜曲——玉蘭作曲，陳達儒作詞

南都更深，歌聲滿街頂；冬天風搖，酒醉守長燈；姑娘溫酒，等君驚打冷，無疑君心先冷變絕情；啊——薄命，薄命，為君哮不明。

甘言蜜語，完全是相騙；延平路頭，酒醉亂亂顛；顛來倒去，君送金脚鍊，玲玲瓏瓏叫醒初結緣。啊——無情，無情，愛情像菸烟。

安平港水沖走愛情散，月也薄情避在東邊山；酒館五更悲慘哭無伴，手彈琵琶哀調鑽心肝；啊——孤單，孤單，無伴風又寒。

(寅) 生活怨：

光復前後，因爲戰亂，民生凋弊，爲謀生計，或離鄉背井，竄跡都市；或遠赴海洋，四處漂泊；是以描述生活苦痛，思念故鄉之歌曲，自然順時而生。

行船人——許石作曲，陳達儒作詞

透早大海罩茫霧，阮是行船的身軀；這隻小船像阮厝，波浪作枕半沈浮；啊——波浪做枕半沈浮。

駛到半海掛船帆，想起愛人分西東；風浪那靜像眠夢，夢見回鄉找彼人；啊——夢見回鄉找彼人。

夢中相見半悲喜，忽然耳邊海鳥啼；將阮好夢來打醒，嘈心空空過一冥；啊——嘈心空空過一冥。

賣肉粽——張邱冬松作曲作詞⑨

自悲自歎歹命人，父母對阮真痛疼；乎我讀書幾籮冬，出業頭路無半項；暫時來賣燒肉粽，燒肉粽，燒肉粽，賣燒肉粽。

欲做生理真困難，那無本錢做袂動；不正行為千不通，卽著暫時做這項；今著認真賣肉粽，燒肉粽，燒肉粽，賣燒肉粽。

物件一日一日貴，厝內頭嘴一大堆；雙脚行加欲鐵腿，遇到無銷真克虧；認真再賣燒肉粽，燒肉粽，燒肉粽，賣燒肉粽

欲做大來不敢望，欲做小來又無空；更深風冷脚手凍，誰人知阮這苦疼；環境迫阮賣肉粽，燒肉粽，燒肉粽，賣燒肉粽。

思鄉——姚讚福作曲作詞

離開故鄉三年外，精神苦痛身拖磨；有路通行，無處通好住，何時會得較快活？

故鄉光景今啥款？思念親友心正戀；父母為子不時地憔煩，何時會得較心寬？
男兒思鄉想規冥，每日思鄉深立志；佳哉星光有時也會圓，就年圓滿榮歸時。

《禮記·樂記》云：「亂世之音哀以思。」見諸此時期之臺灣流行歌曲，斯爲明證也。

丙、輕快類：

誠如前述，此時期臺灣流行歌曲多爲哀怨之音，極少輕快愉悅者，其略具歡愉氣氛之作，僅〈桃花鄉〉、〈四季紅〉、〈滿山春色〉、〈滿面春風〉、〈農村曲〉等，寥寥可數，前四首乃情愛之歌，其表現生活快樂者，唯〈農村曲〉而已。

桃花鄉——王福作曲，陳達儒作詞

桃花鄉，桃花鄉是戀愛地，我比蝴蝶，妹妹來比桃花；雙脚行齊齊，我的心肝，你的心肝，愛在心底；愛在心底，愛是寶貝，我的希望，只有妹妹；啊！桃花鄉是戀愛地，我比蝴蝶，妹妹來比桃花。

桃花鄉，桃花鄉是戀愛城，滿面春風，雙雙合唱歌聲；春風吹入城，我的心肝，你的心肝，心肝夯定；心肝夯定，相愛相疼，永遠甘蜜，有妹有兄；啊！桃花鄉是戀愛城，滿面春風，雙雙合唱歌聲。

四季紅——鄧雨賢作曲，李臨秋作詞春天花，當清香，雙人心頭齊震動，有話想欲對你講，不知通也不通；都一項？敢野有別項？肉紋笑，目周降，你我戀花朱朱紅。
夏天風，正輕鬆，雙人坐船欲遊江，有話想欲對你講，不知通也不通；都一項？敢野有別項？肉紋笑，目周降，水底日頭朱朱紅。
秋天月，照西窗，雙人相好有所望；有話想欲對你講，不知通也不通；都一項、敢野有別項？肉紋笑，目周降，嘴唇胭脂朱朱紅。
冬天風，真難當，雙人相好不驚凍；有話想欲對你講，不知通也不通；都一項？敢也桃別項？肉紋笑，目周降，愛情熱度朱朱紅。

滿山春色——蘇桐作曲，陳達儒作詞

滿山春色，美麗好遊賞；第一相好，水底的鴛鴦，你咱可比，鴛鴦的模樣；青春快樂，這時上自由。
滿山春色，逍遙好自在；半天鳥隻，自由排規排；阮的心肝，永遠為你愛；萬紫千紅，祝福咱將來。
滿山春色，歡迎咱迢迌；沿路牽手，爽快唱山歌；心內相印，永遠上界好；咱的親蜜，圓滿萬事和。

滿面春風——鄧雨賢作曲，周添旺作詞

人阮彼日，甲伊雙人，做陣去遊江；伊有對阮，講起愛情，說出青春夢；又擱講阮，生成愛嬌，生做真活動；給阮一時，想著歹勢，見誚面煞紅。

又擱一日，甲伊走入，一間小茶房；雙人對坐，滿面春風，咖啡也清香；彼時伊也，對阮講起，結婚的事項；給阮一時，想著歹勢，見誚面煞紅。

一日黃昏，伊有講起，達成阮希望；會得結婚，不免等待，三年也兩冬；會凍造成，可愛子兒，幸福一世人；給阮一時，想著歹勢，見誚面煞紅。

農村曲——蘇桐作曲，陳達儒作詞

透早就出門，天色漸漸光，受苦無人問，行到田中央；行到田中央，為著顧三頓；顧三頓，不驚田水冷酸酸。

炎天赤日頭，悽慘日中罩；有時踏水車，有時著索草；希望好日後，冥日巡田頭；巡田頭，不驚嘴乾汗那流。

日頭若落山，工課卽有煞；有時規身汗，忍著熱甲寒；希望好年冬，稻仔會快大；會快大，阮的生活就快活。

綜合此時期流行歌曲之意義，就曲調言，因其創作者皆爲專業，具有對抗日本歌曲之用意，故深具本地風味；就歌詞言，大皆悲愴哀怨，正爲其時代背景之反映；又因西式演奏樂器之勃興，與傳播工具之發達，流行歌曲從此成爲臺灣民間歌謠之主體，傳統歌謠遂依附於歌仔戲之中，而成爲思古幽情之寄託，失去其生長之動力。

第二期——消沈期——民國四、五十年代

此時期流行歌曲之創作漸趨消沈，而由日本歌曲翻譯之作獨領風騷，推其原因或有三端：

甲、國語之推行。政府致力國民敎育之普及，並積極推展國語，厥功至偉，自不待言。然而，就臺灣民間流行歌曲言，一者以青少年嫻熟國語，可藉國語歌曲滿足其歌唱之欲望；再者青少年以能操標準國語爲榮，竟伴隨而生方言低俗之偏見，於是臺語流行歌曲漸爲青少年層所鄙夷矣。

乙、政治之反動。光復初期，臺灣曾有暴動事變⑩；又政府遷臺之初，防共甚急，管制較嚴；部分民衆對於日本之心理，乃由光復初年之排斥轉爲思念。

丙、經濟之考慮。四十年代臺灣工商景氣未興，業者爲謀節約成本。乃以翻譯日本歌曲爲途徑，本爲無可奈何之策；不意竟因思日心理而受歡迎，利之所在，洵至樂此不疲。

玆所謂「消沈」也者，蓋就本地創作樂曲而爲言；雖此時日本翻譯歌曲獨佔鰲頭，吾人若捨棄樂曲不論，純就歌詞而言，將其使用日本樂曲而自作新詞者，與先本地創作歌曲合併觀之，其發抒羣衆心聲之傳統，則未嘗因而衰歇。以下請分述之：

一、日文翻譯歌曲：

日文翻譯歌曲因以日文爲本，其於字句整齊、聲韻、和諧之經營，自不得與前期作者嚴肅之創作相提並論，因而備受攻伐。如黃國隆氏與吳艾菁氏合編之《臺灣歌謠一〇〇》所附歌曲解說有云：

> 文夏先生是當代有名的歌者，偶而他也會寫一寫歌詞，作一作曲；但是他的作品和傳統都有相當的脫節。傳統的歌曲都很注重三點：第一點是樂句和樂句、音節和音節間的銜接；第二點是押韻；第三點講究內容和意境。而且流行歌就是要加上些時尚流行的語句，而文夏先生的作品完全屬於一種自我流。文夏先生也是最早翻譯日本歌的人，翻譯日本歌的風氣也可以說是從他開始。民國四十五六年左右，臺灣的音樂界非常不景氣，許多唱片製作業者為了講求低資本，不願花錢請作曲家來作曲，於是隨著跟進翻譯日本歌。由於翻譯不用版權，可作無本生意，因而養成了歌壇一種好逸惡勞，不求上進的風氣，這些翻譯歌曲由於歌詞也直接由日文翻譯過來，翻譯的人又沒有文學素養，顯得歌詞內容雜亂無章，根本毫無次序可言。有的翻譯不過來，甚至保留原唱句，將日文改成同音異字的中文，沒有一點價值可言。然而更令人覺得惋惜的是，當時的社會文明相當低落，人們的知識又談不上什麼好水準，再加上經濟的不景氣，很多音樂界的業者很難去湊龐大的經費，為了賺錢，紛紛效尤，做這種違背良心

的事業。其實助長這種風氣的原因，主要是人們不明究裏的支持，使很投機者有利益可乘。……到現在音樂界的創作人士，仍為日本翻譯歌充斥風氣無法消退感到困擾。

黃國隆氏以其專業作曲家之立場，不滿當時商戶剽竊日本歌曲，不事創作之偷機行徑，而嚴詞痛斥，實理所當然。但就歌詞而論，吾人普遍審視當日翻譯歌詞，可以得見，除去少數悍然直譯者外，其他多數歌詞之翻譯，尙自有其原則存在；易言之，應可視之爲摹倣，而未可斷言謂之「抄襲」。以下請分爲直接摹倣與間接摹倣說明之：

甲、直接摹倣：

所謂直接摹倣，指直接利用日文原歌詞之內容，作爲新歌詞之主體。倘若原歌詞之內容與事物，無空間之限制，則先譯其意，然後修飾，使之協韻；如或原歌詞之事物與本地扞格，不便直譯，則變化其人物，使適宜於本地。以下舉臺日對照歌詞數則，以見大概：

月娘晚安（お月さん今晚は）

不驚暗路的寂寞又稀微，
想要來找她一人，給我心茫茫；
可愛的彼個姑娘捨我做伊去，離開我去都市了；
今夜的天邊月娘，給我叫著你晚安；
你若是知伊何去，請你通知給我知影。

雖然怨恨伊薄情又薄義，
不過怎樣故會去思念的痴情；
心愛的彼個姑娘這搭不知那裏，我真愛去尋伊；
今夜的天邊月娘，給我叫著你晚安，
你若是知伊何去，請你通知給我知影。

日文原歌詞

こんな淋しい，田舍の村で；
若い心を，燃也してきたに；
可愛にあ娘は，俺らを見捨てて；
都へ行つちやつた，
リンゴ畑の，お月さん今晩は；
噂をきいたら，敎えておくれよなあ。

憎いめと，恨んでみたが；
忘れられない，心のよわさ；
いとしのあの娘は，どこにいるやら；
逢いたくなつちやつた，

リンゴ畑の，お月今晩は；
噂を聞いたら，教えておくれおなあ。

阮的故鄉南都（南國土佐を後にして）

月亮光夜冥；大家都來海邊，
跳舞唱歌歡歡喜喜，忘記夜更深了；
想彼時人人講阮，會唱甲會跳；
阮也唱著舊城南都，山明水青的歌詩；
你看覓，請你看覓，阮的故鄉真正美麗；
月夜海景，寶島聞名，故鄉的海邊。

今日阮收著，爸爸寄來批信；
講伊捉著大批烏魚，好運得財利；
真歡喜乎阮一時，爽快有元氣；
阮也唱著舊城南都，山明水青的歌詩；
你看覓，請你看覓，阮的故鄉真正美麗；
大魚小魚游來游去，阮的故鄉南都；
山明水青，山明水青。

日文原歌詞

月の濱邊で，焚火をかこみ；
しはしの娯樂の，ひとときを；
おたしも自慢の，聲張いあげて；
歌うよ土佐の，よさこい節を；
みませ，見せましよ；
裏戸をあけて，月の名所は桂浜。

國の父さん，空戸の沖で；
鯨釣つたと，言らたより；
わたしも負けずに，はげんだ後で；
歌らよ土佐の，よさこい節を；
言いたち，いかんちや；
おらんくの池にや，潮吹く魚が；
泳ぎよる，よさこい，よさこい。

港口情歌（港シヤソソソ）

暗紅的籠燈，凍濕著夜霧；
JAZZ的音樂聲，引我惜別意；
想起明日要出帆，甲海鳥做伴；
離別的煙烟啊，苦味無人知。

不可來悲傷，請你著放心；
船頂的行船人，隨海浪漂流；
想起明日要出帆，大海等我去；
藍青的海洋啊，就是我家庭。

日文原歌詞

赤いランタン，夜霧に濡れて；
ジヤズがもせふよ，阜頭の風に；
明日は出船だ，七つの海だ；
別れ煙草は，ほろにがい。

泣いてくれるた，可愛い瞳よ；
どうせ船乘リ，波風まかせ；

明日はどこやら，鷗の仲間；
青い海見て，くろすのさ。

試觀前列對照之例，可見作者所以甘冒韻腳不協之大病，誠在試圖保留日文原歌詞之內容，此等歌曲之製作，除節約製作費用以圖利之外，筆者以爲，當時日本歌曲再度風行，而民間昔日曾受日本基礎教育，或略能閱讀日文字母者，未必能夠充分理解日文歌詞之內容，是者，此類直接摹倣之歌曲，實有幫助歌者了解原歌詞之作用。

乙、間接摹倣：

所謂間接摹倣，指拋棄日文原歌詞之束縛，另行製作合於本地環境之歌詞，而採取臺灣流行歌曲傳統遣詞造句之風格。此類歌曲，吾人以爲容或逕視爲本地創作歌曲，應無不可。其例如下：

流浪天涯三兄妹（柔道一代）

阮那會這呆命，無人通好晟；
每日隨著阮阿兄，搬山又過嶺；
山嶺的晚風吹聲，親像媽咪的叫聲；
若想起媽咪形影，給阮心疼痛。

小妹妹愛忍耐，提出勇氣來；
咱的命運天安排，何必流目屎；
隨阿兄走著天涯，期待幸福的將來；
有時搪親象風颱，也是著忍耐。

彈吉他唸歌時，已經過五年；
做著一個流浪兒，也是不得已；
心愛的我的媽咪，怎樣放阮做你去；
小妹妹不通傷悲，阿兄在身邊。

日文原歌詞

いかに正義の，道とはいえど；
身にふる火の粉は，拂おにやならぬ；
柔道一代，このせの闇に；
俺は光を，なげるのさ。

人は力で，たおせるけれど；
心は情は，力じやとれぬ；

春の夜風に，吹かれる柳；
みたぞまことの，男ぶり。

若いうちだよ，きたえおこり；
いまにおまえの，時代がくるぞ；
泣きたかつたう，講道館の；
青い疊の，上で泣け。

鄉村小姑娘（滿州娘）

阮是未出嫁農村小姑娘，雖然穿插無好樣；
無憂甲無愁，心性真風流；
意中哥哥冥日想，心花那開歌著唱。
阮是未出嫁農村小姑娘，雖然心性真風流；
甘願替爹娘，巡水甲割稻；
收冬無閒也主張，那通伴哥四界遊。
阮是未出嫁農村小姑娘，雖然巡水甲割稻；

只是二三秋，無要做永久；
自己青春也著想，希望早日得自由。

日文原歌詞

私十六滿洲娘，春よ三月，雪どけに；
迎春花が，咲いたろ；
お嫁に行きます，隣村さん待つてて頂戴ネ。

ドラや太鼓に，送ろながろこ；
花の馬馬に，ゆろれてる，はずかしいやろ，嬉しやろ；
お嫁に行く日の，夢ばかり；
王さん待つてて頂戴ネ。

雪よ氷よ，つめたい風は；
北のロシヤで，吹けばよい，晴著も母と，縫うて待つ；
滿洲の春よ，飛んで來い；王さん待つてて頂戴ネ。

台北賣花姑娘（上海の花売り娘）

紅花美白花香，牡丹的花香甲紅；
玫瑰花白木蘭，青翠可愛味清香；
花蕊會將人心意，心情用話傳達伊；
來買純情的花蕊，通送給伊表情意；
啊……啊……阮是賣花女，阮賣的花好香味。

五色燈火熾熾，南京西路的晚時；
萬里紅酒粉味，麒麟酒女那西施；
食酒客來來去，買阮的花笑嬉嬉；
面色看的真歡喜，提花要送酒女伊；
啊……啊……阮是賣花女，阮賣的花美甲青。

台北是夜都市，成都路口風微微；
看電影嗟嗟鄭，紅男綠女行袂離；
阮來賣花做生意，無論日時也暗冥；
有情的人惜花枝，買花相送獻心意；
啊……啊……阮是賣花女，阮賣攏是好花枝。

日文原歌詞

紅いランタン，ほのかに沖れる；
宵の上海花売リ娘，誰のかたみか，可愛いい耳輪；
じつと見つめりや，優いい瞳；
ああ上海の花売リ娘。

霧の夕べも，小雨の宵も；
港上海花売リ娘，白い花籠ピンクのリボン；
襦子も懷かし，黄色の小靴；
ああ上海の花売リ娘。

星も胡弓も，琥珀の酒も；
夢の上海花売リ娘，パイプくおえた，マドロス達の；
ふかす煙リの，消上沖く影に；
ああ上海の花売リ娘。

間接摹倣之歌曲，不過只是採取原歌詞之情意，而變化其內容；易言之，乃是利用日文歌曲之曲調與情意，做爲創作之工具。此種間接摹倣逐漸取代直接摹倣，直至今日，仍爲臺灣流行歌曲摹倣日文歌曲之主要方式。

二、本地創作之歌曲曲詞

此時期本地創作歌曲之偏少，已如前述；然而借助日語歌曲之曲調，自作新詞者，則濟哉盛哉；就其歌詞內容而論，逕視之爲本地創作，應不爲過。是故，本目之論述，乃將之與本地作曲作詞之歌，併合爲一而論述之也。

其情愛類歌曲，雖有承襲傳統含蓄溫婉之風者，然而緣於社會風氣之開放，熱烈直率之作，比比皆是，試與前期並觀，其變化之大，顯然可見。至於反映現實生活者，四十年代政府土改與經建政策⑪，竿立影見。民衆生活普遍日益改善，是以輕快歌曲之數量，較諸前期，爲多爲盛。再就感慨歌曲而言，煙花之歎，只在情感無託；思鄉之感，皆爲追逐前途而來；質言之，則此期煙花女子之溷跡風塵，天涯遊子之離鄉背井，一言以蔽之，逐利之心大過不得已之情也；是五十年代以降，工商漸興社會普遍逐利風氣之徵也。以下分別舉例，略窺一斑：

甲、情愛類：

路頂的小姐 文夏作詞

喂——路頂的小姑娘，小姑娘；今夜是月光暗冥，你要叨位去；想要招你去公園散步，好也不好；不免呆勢，春風若是吹來，嗎會戀戀愛風。

喂——路頂的小姑娘，小姑娘；今夜是月光暗冥，你要叨位去；想要招你來去茶房休息，好也不好，跟阮來去，一杯咖啡飲了，有時會開戀花。

喂——路頂的小姑娘，小姑娘；今夜是月光暗冥，你要叨位去；想要對你表明我的心內，好也不好；不可擔誤，青春隨時過去，請你做有情人。

我有一句話

我有一句話，想要對你表明；我的心肝內，為你相思沒清；若是欲求愛，恐驚你肯也不肯；想你的人影，不時在阮目睭前。

我有一句話，想要對你講起，想著真呆勢，見面講地講天；若是老實講，不知生氣沒生氣；進退真兩難，空思亂想到半冥。

我有一句話，想欲對你參考；不知你心內，卽久感覺如何？若是有決心，希望永久欲相好；請你講一句，不免害阮憨憨糟。

想起彼當時 (思いだした思いだした)

想彼當時，想彼當時，想彼當時；山崙櫻花趁春天，開甲滿滿是；你我也同齊，站在彼條山路邊；見面就心情綿綿，講話真投機。

想彼當時，想彼當時，想彼當時；自從彼日咱約束，每暗在河邊；坐在船內，隨在春風撫弄到深更；咱雙人彼個熱度，親像火沖天。
想彼當時，想彼當時，想彼當時；月也知影你愛我，我也真愛你；天星也是，粒粒閃爍伴咱心歡喜；出世在自由時代，實在真福氣。

誰人親像你（矢切りの渡し）

隨在你，隨在你，歹逗陣只好來分離；我也真慣習，我無親像你，虛偽的心肝。免假慈悲；我已經看出，你並沒坦白來表示；啊——卑鄙的手段，誰人親像你。
由在你，由在你，袂按怎扮一出戲；愈想愈枉費，我已經麻痺，看破離開你閃避一邊；有一日總有一日，我拆開你的假面具；啊——僥倖的心肝，誰人親像你。

此時期之情愛類歌曲除因社會風氣之開放外，並因社會經濟之逐漸振興，都市人口之集中，男女交往機會增多，稱盛一時，而為當時流行歌曲之主流。

乙、輕快類：

關仔嶺之戀

吳晉淮曲，許正照詞

嶺頂春風吹微微，滿山花開正當時；蝴蝶多情飛相隨，阿娘啊對阮有情意；啊——正好春遊碧雲寺。
嶺頂風光滿人意，清風吹來笑微微；百花齊開真正美，阿娘啊對阮有情意；啊——遊山玩水爬山嶺。

嶺頂無雲天清清，山間花開樹葉青；可愛鳥隻吟歌詩，阿娘啊對阮有情意；——啊雙人相隨永無離。

台北迎城隍（祭りの夜しは）

叮噹噹，鼓聲做頭陣，陣頭迎過來；也有弄龍，也有弄獅，滿街路鬧猜猜；有一個田庄阿伯藏在人縫內，頭抬抬看甲嘴仔離西西；嗯啊——北部最出名的台北迎城隍爺；男女老幼一直來，站在路邊排歸排，相爭看鬧熱；你來挨我，我來挨你，笑咳咳，笑咳咳。

滴搭搭，鼓吹牽長聲，連續一直開；七爺在前，八爺在後，搖搖擺擺出風頭；有一個鄉村姑娘生做白泡泡，無彩伊粉抹規面汗直流；嗯啊——全省最鬧熱的台北迎城隍爺；男女老幼一直來，站在路邊排歸排，相爭看鬧熱；你來挨我，我來挨你，笑咳咳，笑咳咳。

嗄惜惜，一頂神明轎，沿路搖搖弄；善男信女，手擧清香，一直拜拜心輕鬆；有一個田庄阿婆規身金冬冬，頭黎黎嘴內祈願多一項；嗯啊——大家最快樂的台北迎城隍爺；男女老幼一直來，站在路邊排歸排，相爭看鬧熱；你來挨我，我來挨你，笑咳咳，笑咳咳。

水車姑娘（裸念私あ岩の上）

爸爸牽水牛，經過田岸邊；想著什麼，越頭對阮，笑甲嘴嬉嬉；恰恰恰，恰恰恰，做一個農家女兒，每日踏水車；唉——猶原也時常唱歌詩，心安袂空虛。

飛來又飛去，一對白鷺絲；引阮思念，心愛哥哥，難忘的情味；恰恰恰，恰恰恰，幫忙著年老爸爸，每日踏水車；唉——照心願站在伊身體，著愛等何時？

為著伊學業，站在小城市；彼日批信，也是叫阮，忍耐心稀微；恰恰恰，恰恰恰，期待著快樂春天，每日踏水車；唉——若聽見烏秋塊叫啼，大悸吐袂離。

快樂的農家（大川ながし）

農村的播田期，農村的播田期，日頭曝田水；爸爸的鬢邊，爸爸的鬢邊；啊——一點一點的，汗水氣。

溪圳的水青青，溪圳的水青青，稻米真飽鄭，妹妹站在算；啊——一隻一隻的，白鷺絲。

滿倉的新白米，滿倉的新白米，大家心歡喜，媽媽煮料理；啊——一碗一碗好氣味。

臺灣流行歌曲一向缺乏愉悅之作，此類作品大皆生於此社會經濟逐漸躍進，民衆生活相對於過去大步改善之時期，正是「凡音生於人心」之證明。

丙、感歎類：

(子) 思鄉歎：

思念故鄉

楊三郎作曲，周添旺作詞

我騎水牛，你來飼鵝；山頂食草溪邊宿，談情說愛好迌迌；為何失戀心嘈嘈，可愛的故鄉，可愛的山河，今日離開千里遠；啊——啊——何時再相會？何時再相會？啊——啊——何時再相會？何時再相會？

我來播田，你來擔秧；秧仔播落心頭酸，春來秋去日頭長；為何愛情來打損，可愛的故鄉，可愛的田園，今日離開千里遠；啊——啊——何時再相會，何時再相會；啊——啊——何時再相會，何時再相會。

舊皮箱的流浪兒（娘ざかり）

離開著阮故鄉，孤單來流浪；不是阮愛放蕩，有話無塊講；自從我畢業了後，找無頭路；爸母也年老，要靠阮前途；做著一個男兒，應該吓，吓——來打拚。

手提著舊皮箱，隨風來飄流；阮出外的主張，希望會成就；不管伊叨一項，也是做工；為生活不驚，一切的苦歎；做著一個男兒，應該吓，吓——來打拚。

媽媽請你也保重（俺らは東京へ来たけれど）

若想起故鄉，目屎就流下來；免掛意請你放心，我的阿母；雖然是孤單一個，雖然是孤單一個；我也來到他鄉的這個省都，不過我是真勇健的，媽媽請你也保重。

月光冥想欲，寫信來寄給你；希望你平安過日，我的阿母；想彼時强强離開，想彼時强强離開；我也來到他鄉的這個省都，不過我是真勇健的，媽媽請你也保重。

寒冷的冬天，夏天的三更冥；請保重不可傷風，我的阿母；期待著早日相會，期待著早日相會；我也來到他鄉的這個省都，不過我是真勇健的，媽媽請你也保重。

此時期之臺灣農村正處勃興之中，何以離家遊子思鄉之歌如斯之夥，其原因或在：一則農村工作因爲農機、農藥與化學肥料之使用，所需勞動力反而減少，多餘之勞動力遂流入都市；再則工商業繁榮發展，白手起家致富者衆，於是鄉村人口紛紛湧入都市，追逐財富，蔚爲風潮，是以此期之思鄉歌曲感傷之中充滿期望，較諸前期此類歌曲之哀傷無奈，自是不同

丑、風塵怨：

可憐酒家女（月下の胡弓）

為著環境來所致，做著酒家女；人客當阮迫迌物，對阮嗃嗃纏；少年人有情有意，吐出愛情詩；為愛迷，為愛痴，縱然失處女。

雙人永浴在愛河，情海起風波；愛人對阮真冷落，音信全然無；無良心甲別人好，放捨酒矸嫂；為愛誤，為情錯，無奈再失落。
手捧一杯是苦酒，愈飲愈憂愁；有話未講淚雙流，倩影滿四周；情難斷，胡亂想，莫非是冤仇；為愛憂，為情愁，心病無藥救。

後街人生（裏町人生）

阮來到這個街市，黑暗酒家內；雖然是為著生活，有時也會悲哀；夜半的搒搒冷風，吹入阮心內；阮一生全無美夢，夜開的花蕊。
阮今夜為你花開，明夜為伊開，你那著替阮躭心，不免來掛意；打碎的茫茫前途，由天來安排；阮就是無主野花，所以亂亂開。
夜半來站在房內，目屎流袜離，怨歎著阮的命運，那會這呢歹，流落的傷心目屎，若是盡的時，阮就來提出勇氣，才會活落去。

酒場情話

酒場內清清靜靜只有咱二人，講情話糖甘蜜甜快樂心茫茫；自彼日你我見面互相情意重；望今後冥日做陣放捨心苦痛。
可惜阮做著一個酒場小姑娘，雖然阮思思念念快樂心自由；阮總是受人束縛沒通照主張，有時也自暴自棄飲酒解憂愁。
希望你從今以後心頭放乎清，請你來信賴男兒純真的愛情；我一定沒來放你站這受不幸，請等待我若成功造成好家庭。

廣東花（支那娘）

金熾熾的高貴目鏡，紅色馬靴；雖然不是千金小姐，出門總坐車；無論誰人弄是欣羨，這款的運命；誰人知影，阮的運命，像在枉死城。
軟軟的高貴衣衫，狐狸皮一領；雖然不是真正好額，講話敢大聲；無論叨位弄是欣羨，這個好娘子；誰人知影，阮是每日，為錢塊打拚。
黑暗的現實世界，多情人失敗，雖然不是嫁好尪婿，又驚人無愛；決心浸在茫茫苦海，吞氣甲忍耐；誰人了解，阮是每日，為錢塊悲哀。

誠如前日所述，此時期臺灣之農村經濟，正值興盛，民衆生活逐漸富裕，因爲家境困難而淪落風塵者，應不爲多；然因經濟繁榮，工商活動日益頻繁之故，於是酒家、茶室應運而生，城市鄉鎮無處不有，利之所趨，於是從事此事之子女，日益增多；唯此時期之風塵怨歌，尚可窺見風塵女子不得已之情，仍有引以爲恥之觀念；降及後期，風塵怨歌，大皆只在吐露情感挫折，其間差距乃不可以道理計。

三、小結：

吾人若姑且不計此期翻譯歌詞之文學價值，專就其內容著眼，不難察覺其發揮羣衆代言之功能，絲毫不讓於前期之作。是故其所以爲民衆接受之理由，除因得日本原曲調之優美，與思日情結之便利外；其內容、情境足以激發情衆共鳴，應爲不可否認之條件。明乎此，則前引黃國隆氏之評論，所謂「人們不知究裏的支持」之質疑，或可釋然矣。

第三期——復興期——民國六十年代以後

民國四十二年起，政府陸續推動各期經建計畫，皆能順利成功，逐漸累積財富；是以六十年代之後人民生活普遍富裕，消費能力日益增強。於是唱片業、歌廳業，如雨後春筍，紛紛設立，對於流行歌曲，需求孔急，利之所趨，臺灣流行歌曲，因而勃興⑫。

此時期之流行歌曲，雖不免仍有翻譯日語歌曲者，然而數量漸少，本地之創作則日滋。就其樂曲而言，此時之風味，已融合日本與西洋於一爐，形成現代臺灣之特殊格調。就歌詞而言，則雖大致不出傳統情愛與感慨之範疇，而內容已因時代而變遷；又晚近數年，勸世歌曲油然勃興，更具時代意義，不得不言。以下請分述之：

一、情愛類：

此時期之情愛歌曲大致與前期雷同，唯因時代風氣之開放而較爲直接、熱烈；其最大特色則爲情愛敍述之中，兼及勸勉或自勉之歌，俯拾卽是，足以作爲此時臺灣全民奮發向上，追求出人頭地，強烈逐利風氣之佐證也，請舉數例略見之：

會成功的男兒——邱翔作曲作詞

人心可比一場戲，有時歡喜，有時哀悲；
請你不通看人無起，連回是暫時；
離開故鄉來到都市，為著前途來拚底致；
心愛的請你著相信，我猶原是純情的男兒；
愛你是真心，不通懷疑，成功一定倒返去。

男性的志氣——陳雲山作曲作詞

想起惜別當時，大雨含著目屎滴；
我的愛人，請你不通傷悲；

離開故鄉四年，恰想也是塊想你；
等待成功，我會甲你相見；
世間男性，總是著愛有志氣，期待成功返鄉里；
我也是為著你，請你著愛快樂過日子。

免怨歎——俞隆華作曲，陳和平作詞

免怨歎，一切是命運來註定，怨歎也是無卡咀；
我決心要看破，不願擱再為愛來拖磨；
我要打拼，我要打拼，我要打拼給你看；
有一日我若成功，你才會知影，你才會知影；
當初你放捨我，輕視我，最後後悔的一定是你不是我。

男性的本領——陳宏作曲，蔣錦鴻作詞

為你提出男兒的本性，一心一意打拼為前程；
為你獻出男兒的真情，一心一意伴你過一生；
靠我的雙手，靠我的本領，創造美滿的家庭；
用我的人格，用我的生命，向你保證我對你的愛情；

你是世間最純潔的女性，心愛的；
為著你，為著你，阮會勇敢向進前。

再會啦再會——陳宏作作曲，陳亦慧作詞

再會啦再會，可愛的故鄉，心愛你著保重；
為著將來的願望，男兒立志在四方；
誰人愛流浪，誰人愛流浪；
誰人愛放蕩，誰人愛放蕩；
人生難免多風霜，暫時離別免悲傷；
堅定意志向前衝，期待早日再相逢。

二、感歎類：

此時臺灣經濟普遍富足，感歎歌曲理應減少，實際卻是反而增多，以下分別舉例述說之：

甲、風塵怨：

昔日民風保守，厠身風塵，多非得已；然而近世社會價値唯利是尚，操此業者，迫於生計者固亦有之，實則大皆汲汲求利，自願「下海」。是以其表現在於歌謠者，雖有怨尤之

意，卻少羞恥之心，請見下例或可觀之：

甘願忍耐——俞隆華作曲作詞

雖然我愛你一個，只有放在心肝底；
因為我為著生活，不敢來對人講出嘴；
忍耐著酸苦味，甲人客哥哥纏；
因為我，因為我為著金錢，甘願忍耐，給人去愛。

酒女酒女——丁篘作曲作詞

鼻著粉味心就凝，燒酒飲無停；
做著酒女為環境，不通講阮無正經；
酒女酒女，你著不通無心情，暗暗哭不幸；
靠著自己的本領，不通給人來批評。
酒家門前青紅燈，照著阮胸前；
想著父母的叮嚀，叫阮賺錢愛端正；
酒女酒女，你有可愛的面形，酒量勇擱猛；
雖然淪落烟花間，總有一日見光明；

三番走唱唱無停，小費三四千；
五番人客有感情，可惜已經有家庭；
酒女酒女，你若目屎滴胸前，那有好前程；
浸在燒酒的人生，聲聲無奈啥路用。

舞女——兪隆華作曲作詞

打扮著妖嬌模樣，陪人客搖來搖去；
紅紅的霓紅燈，閃閃熾熾，引阮心傷悲；
啊——誰人會凍了解，做舞女的悲哀；
暗暗流著目屎，也是格甲笑咳咳；
啊——來來來來跳舞，脚步若是振動；
不敢伊是誰人，甲伊當做真夢。
我拖著沈重的脚步，伴音樂迺來迺去；
人客也對阮講甲，亂亂紛紛，引阮心憂悶；
啊——甘願無人知影，做舞女的悲哀；
只有流著目屎，也是格甲笑咳咳；
啊——來來來來跳舞，脚步若是振動；
不管伊是誰人，甲伊當做真夢。

乙、思鄉歎：

此時臺灣雖然工商發達，卻導致農村蕭條，農村子弟紛紛奔赴都市[13]；雖然南北交通往來便利，思鄉情懷或可稍易抒解，而終究不能不有感傷也。七十七年初〈媽媽請你也保重〉一曲再度風行，頗堪思考。

南部人——廖信富作詞

我是出外的南部人，來到他鄉暫時來做工；
為著將來有所望，忍耐著做這項；
雖然艱苦，心情也輕鬆；
南部的人，南部的人，著愛互相來痛疼；
不管是三冬五冬，一定會照咱希望，總是也有出頭的一工。
我是出外的南部人，離開故鄉無奈的苦痛；
為著將來的美夢，暫時來做這項；
雖然袂凍，照阮的希望；
心愛的人，心愛的人，請你信賴阮一人；
不管是三冬五冬，一定袂給你失望，總是也有出頭的一工。

我的故鄉——俞隆華作曲作詞

故鄉的月娘伴咱走天涯，天星也隨我飄東又飄西；
啊——飄東又飄西，啊——誰人願意離鄉背井，跳出可愛的家庭；啊——不管一切認真打拼，總是為著幸福前程，忍受人生的過程；我看著遙遠的天邊，心肝是搖來搖去；故鄉的天星，閃閃爍爍，引我心傷悲。

思鄉幾落年——愁人作曲作詞

阮一時失了主意，來到繁華的都市；
住嘛無固定，吃嘛無定時，出外流浪已經二三年；
啊——想起彼當時，無半句相辭，不覺心酸悲；
夜茫茫，看天星，粒粒無言語；
何時才會返去阿母身軀邊，思思念念可愛的鄉里。

丙、黑道悔：

黑社會之哀歌，近代尤其風行，堪稱特殊，竊以為其原因或以社會財富迅速累積，飽食煖衣，逸居無教，於是侈靡無度，色情泛濫，投機盛行，賭博成業，社會風氣唯利是尚，希冀暴富於一時，寡廉鮮恥，但知笑貧不笑娼，凡此皆不啻予黑道以寄生之溫床，以力爭利，刀槍相向，有所感慨，自屬不免，請舉數例以見大概：

𨑨迌人的目屎

黑暗的江湖生活，呼人心驚惶；
少年彼時，滿腹的熱情，漸漸會消失；
迌迌人的運命，永遠袂快活；
目屎啊，目屎啊，為何流未離；
有路無厝，茫茫前程，暗淡的人生。
無情的現實人生，呼人心頭冷；
江湖兄弟，刀槍來做路，賭命過日子；
氣魄來論英雄，寃寃相來報；
目屎啊，目屎啊，罪惡洗未清；
改頭換面，重新做人，好好過一生。

放蕩無前途——呂金守作曲，張宗榮作詞

一時的糊塗，才來踏入黑暗路；
可比一隻鳥，受風雨渥甲淡糊糊；
爸母為我受苦，愛人被我擔誤，自己也失去了前途；
鬪陣的啊，鬪陣的啊，你著要覺悟，放蕩無前途。
命運的安排，才來流浪走天涯；
可比一隻小船遇風颱，受苦無人知；

社會袂凍了解，親人被我所害，後悔也流出了目屎；
鬪陣的啊，鬪陣的啊，為著咱將來，放蕩不應該。

心事誰人知——蔡振南作曲作詞

心事若無講出來，有誰人會知；
有時陣想要說明，滿腹的悲哀；
踏入𨑨迌界，是我不應該；
如今想反悔，誰人會了解；
心愛你若有了解，請你著忍耐；
男性不是無目屎，只是不敢流出來。

浪子的心情——陳三郎作曲，蔣錦鴻作詞

浪子的心情，親像天邊閃爍的流星；
浪子的運命，親像鼎底螞蟻的心情；
我也是了解，生命的意義；
我也是了解，𨑨迌無了時；
我也是想要，好好來過日子；

我也是想要，我也是想要，重新來來做起；
誰人會了解，誰人會同情，我心內的心情。

三、勸世類：

以歌謠作爲勸世之工具，本爲我國古來之傳統，臺灣昔日之「歌仔仙」講唱故事之時，即每好寄語勸世；流行歌曲產生之後，〈勸世歌〉⓮迄今仍能時常爲歌者所吟，唯此類歌曲輒以古調吟唱，或可以思古幽情解之。然而近年，勸世類流行歌曲突然勃興，若以坊間所售新鳴遠公司七十八年出版之《流行臺灣歌曲專輯》爲例，共收百九十九首，扣除所錄早期歌謠五十五首，實得百四十四首；其中不含前述描寫情愛思鄉、與悔入黑道之兼具勸勉旨意者，純屬勸世之歌，高達四十三首之多⓯實堪玩味，謹錄數首略見之：

人生第一步——陳宏作曲，蔣錦宏作詞

做人著愛存後步，天無絕人的生活；
別人若有什困苦，應該互相來幫助；
人生難免風和雨，人生難免風和雨；
愛注意著咱的脚步，才袂一生來擔誤；
忍著一切的苦楚，一步一步向著光明路。

老土地的話——洪榮宏作曲作詞

天降真道少人知，我是福德老土地；
只要誠心甲誠意，雙手合掌庇佑你；
做人應當講義理，做好做歹問自己；
心肝善良為第一，做惡求我無了時；
敬我福德免開錢，三杯清茶我歡喜；
萬事保庇大賺錢，萬事保庇大賺錢。

青春嶺上——陳雲山作曲，洪理夫作詞

青春嶺，青春嶺，人生可比爬山嶺；
有時爬崎甲落崎，著愛流汗去打拚；
風雨免驚惶，心頭抓乎定，提出勇氣向前行；
青春嶺頂有歌聲，有歌聲。

脚步踏乎對——陳鴻作詞

做人上驚來踏錯，行入黑暗路；

做男兒那無立志，要迫迌，無了時；
有時拵黑黑暗暗，一條生死路；
有時拵風風雨雨，要走無路；
啊，恩恩怨怨，無人會留情；
苦海回頭最聰明，怨歎一生誰同情。
人講英雄無論出身，何必來怨嗟；
一人攏有一條路，向前行、免躭誤；
惦社會著愛有人，互相照顧；
仙不通糊里糊塗，跟人的脚步；
啊，環境無情，怨歎啥路用；
一切看開心頭明，命運好歹啥同情。

打拼——邱翔作曲，容正作詞

人生路途無好行，心頭著揣乎定；
是大的話著愛聽，賺錢要端正；
命運怎樣我不驚，上驚愛人的叫聲；
環境困難我不驚，上驚朋友怨歎聲；
擱再打拼向前行，希望父母有笑聲；

擱再打拼向前行，爭取功名好名聲。

成功靠勤儉——呂金守作曲作詞

看是簡單學困難，人的技藝無十全；
凡事成功靠勤儉，一步一步著踏高；
文的含慢做粗重，勞工也輕鬆；
啊，只驚你心無專，心若專，石頭都會串空；
人生有免怨歎，一山比一山高；
免煩風水輪流轉，有時也會輪著咱。

嘜擱想按怎——蔡一洲作曲作詞

叫一聲，我的鬪陣兄，請你嘜擱想按怎：
做歹心裏會驚惶，賭强氣魄浪子命：
運命不是天註定，浪子不是你的命：
妻子盼望你來晟，不通擱在做歹子：
運命不是天註定，請你嘜擱想按怎：
叫一聲我的鬪陣兄，請你嘜擱想按怎。

乾一杯——兪隆華作曲作詞

既然你我來相會，何必講出客氣話：
趁著今夜做伙，燒酒擱再乾一杯：
朋友來乾一杯乾一杯，儘量來喝乎伊馬西馬西：
無論有什麼困難袂凍解決的問題，暫時免想彼最：
酒醉不知天也地，看開人生的一切。

你看成功的人——邱芳德作曲，黃瑞琪作詞

做鷄著愛請（「請」擬文音，讀作 Chhénŋ，打滾也），做人著愛翻：
工作不做事難成，失敗無一定是不幸：
成功著愛靠本錢，要做大頭路，事先著肯犧牲：
當今的有錢人，過去攏是艱苦一層過一層：
不通看田庄人無路用，你看誰人會比成功的人較才情。

衝——陳宏作曲作詞

人生難免多波浪，勝敗當作是平常：

那通為著小小的風霜，就來失意第一憨：
衝啊衝啊衝，展出著咱笑容，一步一步勇甲强：
向前衝啊衝，展出著咱力量，追求著咱的理想。

愛拼才會贏

一時失志不免怨歎，一時落魄不免膽寒：
那通失去希望，每日醉茫茫，無魂有體親像稻草人：
人生可比親像海上的波浪，有時起，有時落：
好運，歹運，總嘛要照起工來行：
三分天註定，七分靠打拼，愛拼才會贏。

什麼樂——蔡振南作曲作詞⑯

九九講是天公牌，〇〇講是地王牌，那著四四講會害：
現代人是真趣味，出門走路是頭欺欺：
正途生意放一邊，講什麼袜附飼：
歸粒頭殼是全牌支，一二三四五六七：
透早起牀迫鐵詩，中鬪是電子計算機：

半晡包壇悶銅乩，暗頭要來去看浮字：
半暝呀……夢呀夢牌支；
夢什麼，我夢著一隻豬，夢豬講一二；
擱夢什麼，我夢著西湖靈隱寺，濟公活佛要破天機；
剛好要破彼當時，雄雄煞驚醒，雄雄煞驚醒；
阮一個老厝邊，舊年簽甲透當時；
不曾著半支，想著真嘸氣；
衰衰樂講袂歹意，省本又多利，
不出牌算三十支，這擺是百面等領錢；
一吓開，對對著七支；
七朵花講卡有錢，好歹嗎著試；
會仔錢先拿來意，要好額著看一期；
一吓開，講著三蕊，去給四蕊捧捧去，捧捧去；
話若要講透枝，我目屎會擦袂離；
會仔錢是逐陣死，貨款是全票期；
親晟朋友跑去躲，厝邊頭尾借無錢；
勸您朋友著覺悟，什麼樂呀切乎離，正當生意卡多錢；
樂呀樂，你不通迷；
樂呀樂，你不通意，擱再意著無彩錢。

不通擱簽落——蔡金川作曲，楊期泰作詞

講什麼明牌克克對，做一睏簽落這呢多；
我勸大家你一句話，不通為著阿樂仔塊痴迷；
敢的輸甲彼呢狼狽，最後彼陣會仔你也標塊對；
講什麼明牌克克對，做一睏簽落彼呢多；
每期槓龜也不知後悔，從此日子真歹過；
希望大家不通擱簽落，若無若無悽慘擱真多。

大家樂——劉福助作曲作詞

〇〇到九九百面開，信徒跪在土脚一直拜；
神杯那博是汗那流，這擺一定會出五頭；
所有組頭叫伊攏總留，開獎了後伊煞乎人吊猴；
明明是八八一條路，答謝香煙插落爐；
開獎那會來變五五，給我傷心來面照黑；
外位教徒嗎來拜童乩，伊的號碼是買三一；
不知佛教是有天機，輪到無皮才回巴西；
這期號碼得地利，好天出二二；

初六十四攏無代誌，探牌溜溜去；
到甲十五彼下晡，天頂煞落雨；
朋友講我無照步，槓龜土土土；
香煙揚揚飛，浮字，浮字；飛去，
飛去，寫字，寫字；
香煙不通化，香夫掉落沙；※「香夫」，擬音，香灰也。
浮字，浮字，正邊看，左邊看；
高看低嗎看，橫看，直看，八二，八二；
不是，不是，〇二，〇二；
拜託你衆神，指示，指示
萬一那無準，著害去，害去；
阮厝的家火，著總去，總去；
不通擱糊塗，執迷甲不悟；
趕緊來退來打拼，做頭路；
田園某子，才是咱永遠的前途。

四、其　他：

此時期社會風氣之耽溺享樂，見諸流行歌曲者。爲歌詞之中言及飲酒者比例偏多，如前揭《流行臺灣歌曲專輯》中，多達三十四首，而且皆屬尤爲風行者[17]，是以吾人若將其比例乘以流行程度之商數，則益見其墮落現象之嚴重。又金錢遊戲盛行之結果，循規蹈矩，埋頭苦幹者一生之所得，往往不如投機行險者一時之倖獲，社會財富分配之差距逐漸拉大，於是憤懣不平之氣與時衍流，不復昔日安分自足，演爲相較爭勝之風，「拚」字遂成流行語言，請觀以下二例，洵足發人深省：

命運的吉他——陳宏作曲，張宗榮作詞

淒涼的吉他聲，伴著哀怨的歌聲，孤單的人影，唱出著無奈的心聲。我比別人恰認真，我比別人恰打拼，為什麼，為什麼，我比別人恰歹命？淒涼的吉他聲，愈彈是心愈痛，啊！命運！命運的吉他聲。

大偉拼——張錦華作曲，張春華作詞

（爲著前途大打拼！）不通欣羨人好額，出入全是進口車；不免怨歎咱散赤，透風落雨也著行；朋友弟兄，無什麼通好驚，目標捉乎定，人生過程像打拼；一步一步一步一步，為前途大偉拼。

一人生做一款命，有人好命做少爺，錢銀這是開免驚：有人時常塊碰壁，朋友弟兄，好歹是咱的命：心頭捉乎定，人生過程像爬崎，一嶺一嶺一嶺一嶺，為前途大偉拼。

五、小　結：

近年臺灣社會治安之敗壞，人人驚心，究其原因，不外富而無禮，正義消沈，急功近利，綜觀本節所述，昭昭在目，而為最眞實之反映，誠足聊備研究當代社會者之所取資。

六、結　語：

總結以上敍述與例證，吾人可以觀見臺語流行歌曲之內容，大致呈現初期哀怨，中期奮勉，近期墮落之面貌；社會影響文學之內容，文學反映社會之現實，證以臺語流行歌曲，洵不誣也。

二、表達工具之限制與包容

臺灣閩南語方言文音白音並存⑱，其文音蓋吸收歷代官話而形成，近似官話而實又有別；其白音則因古老而與近世國語相去不少；若非專家，難以明其變化之迹，遑論一般大衆。職是之故，臺灣方言之著錄爲文字，乃不得不有其限制在，然亦因此不得不有其包容之必要。所謂限制者爲：㈠記錄者不明古今聲韻通變之理，故現行國語或古代典籍既有其字，卻不知採用。㈡一時從權記錄而各出己意，除少數約定俗成者外，未有一致之原則。所謂包容者謂，借用當時通行之文字與語言，或擬其音，或用其語而與時代環境同進退。以下謹就擬音與擬意分別說明其大概：

一、擬　音：

民間歌謠之生命在於吟唱，其歌詞記錄但求語音之掌握與意義之了解，文字之得當與否，原非置意所在，故傳統臺灣民間歌謠之記錄，於語文相離處，遂以擬音為主，而其擬音則以模擬最為通行之白音為主體，輔以文音，另又間雜加偏旁、借假名等方法補救其不足[19]；近日流行歌曲繼承傳統記錄方法，唯借假名[20]一項改為借國語，以下分別舉例略見之：

甲、擬白音：

想著無情心著冷，怪我目睭撥無金，無採我對你尚有情，為何你會無正經。青春枉費無擔緊，心肝受傷第一凝。——為按怎（流行歌）

（「著」，就也。「撥無金」，眼睛未睜亮也。「無採」，枉費也。「尚有情」，最有情也。「無擔緊」，不要緊。「凝」，氣憤也，音 gêŋ。）

愛想甲輕鬆，攏是同款過一工，面槍何必激甲彭西西。——〈心情放輕鬆〉

（「同款」，同樣也。「一工」，一天也。「面槍」，表情也。「激甲彭西西」，裝得嚴肅憤怒也。）

紅紅花朵當清香，春天百花欉，青翠花蕊定定紅，不驚野蜂弄。——〈蝶戀花〉

（「定定」，常常也。又「青翠」讀作「chhe^{n} chhioh」）

毋敢貧彈回界趖，祇是打拚顧三頓。——〈收酒矸〉

（貧彈，懶惰也。）

人人講我是英雄，因為我金錢敢用，不是我拳頭母比別人較強；車迎一時，到現在只有忍著悲哀，重新做起。——〈重新做起〉

（「車迎」，得意也；音 chhia^{n} ia^{n}。）

明知無緣甲你來做堆，誰知偏偏來想你，心肝像針威，我對誰人來講起。——〈無奈的祝福〉

（「威」，以尖物鑽刺也；音 oi。）

想袂到牽成伊，擱乎伊刁，無感謝呀結別個，嫌我老；物件數例做伊走，無越頭。——〈講袂完〉

（「數」，音 sô͘；倫取。「數例做伊走」，拿了就跑。）

乙、擬文音：

擬文音係用以補救擬白音之不足，至於如何辨別，唯賴揣摩上下文字而字。昔日臺灣啓蒙教育即以文音授讀，故識字者皆能誦讀文言，故舊時歌謠之擬文音者，屢見不鮮；而近世國語教育普及，傳統文言教育幾已斷絕，以致作者利用文音之例乃日減矣。請舉例如左：

十二月是年宗囉，精糍做粿伊都敬祖公。——〈桃花過渡〉

（「精」，文音 cheng，白音 chia^{n}，此處借文音。「精糍」，椿糬也。）

做雞著要請，做人就要翻。——〈你看成功的人〉

（「請」，文音 chheng，白音 chhián，此處借文音）

錢若沒兩圓，敢撥會彈，花若無開，蜂敢知影通去採。——〈什麼號做愛〉

（「撥」，白音 póe，文音 póah，此處取文音，卜也。「彈」，白音 tôan，文音 tân，此處取文音，出聲也。）

人人愛生活，人人顧飯碗，不通想貧段；精神集中，不通格散散。——〈飯碗〉

（「格」，白音 keh，文音 kiek，此處取文音；「格散散」，做出一付懶散的態度也。「貧段」，懶惰也，北部音。）

最好正式來訂婚，好事免驚袂招匀。——〈日落西山〉

（「招」，白音 chio，文音 chiao，此處取文音；「招匀」，皆有也，平均分配也。）

丙、加偏旁：

有時所據以擬音之字，爲日常所習見，其義甚實，作者或爲避免讀者誤解，或爲表明只取其音，故就其字加之以偏旁，例證如下：

惦船頂每日為你心茫茫；思戀你，每暗都眠夢。——流行歌，〈懷念的行船人〉

（「惦」，在也，取「店」之音。）

你到底去叨位，為何攏無你音信。——流行歌，〈風雨情〉

（「叨位」，那裏也，取「刀」之音。）

啥人袂愛風騷，啥人袂愛迌迌，一切站節嘜黑白做，死結卡袂磨心糟。——流行歌，〈心情放輕鬆〉

（「嘜」，取「麥」之國語音，不要也。「站節」，斟酌也，衡量得失，謹守分寸也。又，坊間歌本或作「麥」，或作「甭」，各隨己意也。）

包大人，頭殼碇，辦案謹慎料如神。——〈小包公〉

（「碇」，硬也，取「定」之文音也。）

無想當初流浪治廟口，三頓不知寄吓誰人家。——〈講袜完〉

（「吓」，在也，取「下」之白音。）

講什麼甲我是擧⿰忄架，僥心反背要來切。——〈騙我憨憨迺〉

（「**⿰忄架**」，枷也，取「架」之音；擧枷，添麻煩也。「切」，斷絕也。）

丁、借國語：

政府遷臺以來，大力普及教育，推行國語，凡今五十歲以下者，莫不皆能嫻熟國語。是故近世流行歌曲之擬音而使用國語語音者，屢見不尠，請見下例㉑：

你講你上蓋愛我，為什麼你自己來變卦。——流行歌，〈爲何欺騙我〉

（「蓋」，取國語音。「上蓋」，最也。）

當初講我親像一朶花，深深為我來痴迷；如今變心想要甲我切，竟然叫我返去外家。——流行歌，〈痴情花〉

（「切」，取國語音，絕交也。）

老兄弟，吐什麼大氣，有什麼通想袂開；免為著一時的困苦來失志，鬱卒在心肝內，垂頭喪氣；傷心要老，脚踏實地東山再起；看要吃頭路，也是小生意，堀咧允那傾；

煙點一支，今年今年，今年你一定順利。——流行歌〈你一定順利〉

（「傾」，取國語音，讀如 chhèng，本義爲鷄之以爪與羽，撥弄塵土，找尋食物也，此處借以喻奮鬪打滾也。「堀咧」，蹲下來也。「允那」，慢慢地也。全句謂安心下來慢慢地奮鬪也。）

世間無人像我這悲哀，痴情乎人當做奥鹼菜。——流行歌，〈給你騙不知〉

（「奥」，取國語音，腐爛也。）

人生在世，時間實在是短短，凡事何必計較彼最。——流行歌，〈朋友愛互相〉

（「最」，取國語音，多也。）

二、擬意：

所謂擬意者，蓋以所欲表達之語本字難求，且意義與國語之某字某詞完全相等，於是逕取之入詞。

歌仔册中亦常有擬意之字，然則吟唱之時，必還原而讀臺語同意字之音；至若近代流行歌曲之作詞者，乃因國語教育之普及，臺語詞彙之支配能力漸弱，是故除還讀之外，常以國語詞彙直接入詞而以臺語直讀之。

(甲) 還讀同意字詞之音：

對你好，你嫌我囉嗦；對你醜，你講我僥擺。——流行歌，〈吃虧的愛情〉

(「醜」直讀文音為 thíu，此處讀 mái。)

時間瞬一下若過去，枉費著阮思戀你。——流行歌，〈思戀你〉

(「瞬」，直讀文音為 sūn，此處讀 sih。)

甲人做伙著愛陪跟，朋友才會相找。——流行歌，〈甲人做伙〉

(「跟」直讀為kin，此處讀 tòe。「陪對」，應酬往來也。)

想著你，我天著黑一屏，恰多嗎無多用，從今不敢擱談愛情。——流行歌，〈為按怎〉

(「多」直讀為 to，此處讀 chē)。

叫一聲我的鬪陣兄，請你甭擱想按怎。——流行歌，〈嘜擱想按怎〉

(「甭」字臺語無音，擬意讀 mài 或 màn。)

歹銅舊錫那有剩，量其約來賞給阮。——流行歌，〈酒矸通賣無〉

(「剩」直讀文音為 sēng，此處讀 chhun。)

目睭向著故鄉彼平看，坐在榕樹下，感覺稀微又無伴。——流行歌，〈黃昏嶺〉

（「榕樹」臺語無直讀之音，逕讀之爲 chhêng—á。）

旣然袂凍擱商量，袂凍想體諒，那通互相來勉强。——流行歌，〈漂泊的笑容〉

（「商量」直讀文音爲 sīong—liôŋ，此處讀 chhām siôŋ。）

做鷄著愛請，做人著愛翻，工作不做事難成。——流行歌，〈你看成功的人〉

（「工作」直讀爲 ka^{n}—chok，此處讀 kha$^{\bar{n}}$—khoeh。「請」文音 chhéng，打滾也。）

其他如昔日之「兮」、「个」改爲「的」，「乎」改爲「給」，「不通」改爲不可，「卜」改爲「要」，「水」改爲「美」，「濟」改爲「多」……之例不勝枚舉，茲不一一。要而言之，擬意所取之字多爲臺語白話音所無而僅有文言音者，此或其所以擬意而還讀白話音之故也。

（乙）按字面直讀臺語：

近代流行歌曲作詞者，或因以國語思考，或因短於臺語詞彙之支配，故歌詞之中直接運用國語詞彙者，日甚一日；凡此現象，適足以說明國語教育之成功，亦復顯示臺語之消沈，正是一得復有一失。其例如下：

藝人的生涯，誰人來了解？一聲無奈，一聲感慨，敢是天安排，何時挽回清白的生涯——〈誰能了解我〉

莫明伊少女的心內，苦苦對伊心情，怎會全然無理睬。——〈彼個小姑娘〉

你我相娶薔薇花邊，親像鳥隻雙雙宿花枝，……希望你緊返來我身邊，希望你相愛來相依，趁著今夜星月依稀，你我重會在薔薇花邊。——〈初戀〉

月照海中央，夜風吹帆舟，呼阮心頭喂，呼阮心頭酸，啊，漂浪的行舟。——〈行舟曲〉

錯愛的車輪，輾轉誤了青春，像花落沈在苦海，不是愛情奴隸。——〈飄浪之女〉

世事本是多演變，往事一片如雲煙，空有相思意綿綿，滿腹心事藏心田。……良辰美景值回憶，空歡何必怨恨天。——〈何必怨恨天〉

想要反省挽救半生，棄邪來歸正。——〈放浪人生〉

小舟洩出戀歌詩，飄飄飛上天。——〈寶島四季謠〉

破舊的古衣再會啦，憂愁的念頭呀，再會啦；藍青的山嶺，玫瑰色雲片，憧憬的咱的前途，……父母也夢見了路的彼盡頭，彼盡頭，藍青的山嶺，綠色山溪邊，年輕的咱的路途，鐘聲也快樂。——〈藍色的山巖〉

颯颯的雨水，離愁的暗暝，……淡淡的酒味，伴伊到深更。——〈雨夜之花蕊〉

可比好花當香時，蝴蝶野花纏袜離；良辰美景值回憶，空歎何必怨恨天。——〈何必怨恨天〉

燒酒一杯擱一杯，忍不住目屎滴落地；三年逗陣無算短，叫我怎樣袜難過。——〈痴情花〉

三、結　語：

綜合以上所敘，個人以爲臺語流行歌曲表達工具之包容性，雖出於內在限制條件，不得不然；而其外在社會環境之影響亦爲促成此現象之主因。易言之，民間文學依附時代，變動不居之特性，不但見諸內容，亦見諸文字，而於臺灣流行歌曲獲得證明。然不得不言者爲，臺灣流行歌曲中直接運用實際生活所無之國語詞彙一事，實爲臺語方言文學之嚴重戕害；究其原因，或一爲作者以國語作爲內心思考之語言，次爲所欲表達之方言意念無適當之漢字可用，再者爲拘於看待文字之嚴肅態度，不敢如古人一般勇於使用擬音之字。玆檢討臺語文字記錄之得失，自擬音言，良可彌補其先天不足而豐富其表達能力，卻易造成理解之障礙；自擬意言，固有便於理解，然語言趣味則因而大失，且易造成方言之退化。是故如何求其兩全，保存臺灣方言文學，豐富我國文學內涵，爲之訂定一適當之書面化準則，應爲吾人責無旁貸之鉅任，拙著《臺灣閩南語民間歌謠新探》嘗爲試探之[22]，尤盼專家學者集思廣益，妥爲規劃之。

附註

❶《臺灣歌謠一〇一》頁九七云：「那時作曲家的待遇非常的好，三件式的西裝訂作一套是十六元，作曲家作一首歌就現給二十五元，除此之外另抽版稅，所以當時作曲家的生活非常舒適。」

❷例如〈三步珠淚〉（鄉土民謠）、〈六月茉莉〉（鄉土民謠）、〈卜卦調〉、〈牛犁歌〉（車鼓調）、〈安童哥買菜〉（雜唸仔）、〈臺東人〉（山地民謠變化）、〈丟丟銅〉（鄉土民謠）、〈思想起〉（鄉土民謠）、〈喔槓槓〉（鄉土民謠）、〈勸世歌〉（江湖調）、〈三聲無奈〉（臺南哭調）、〈老兄少阿娘〉（車鼓調）。

❸當時歌曲喜用漪音，正爲傳統臺灣鄉土歌謠之特色。

❹此歌作於民國二十二年，爲臺灣第一首流行歌曲，因爲轟動非常，後來被拍爲電影。

❺「該」爲「給伊」之合音俗寫，有時作「辦」。

❻三百年來，臺灣一地政權交替甚劇；計一六二四年至一六六一年爲荷人所據，一六六一年至一六八三年爲鄭氏統治，一六八三年至一八九五年爲清人所轄，一八九五年至一九四五年爲日人竊奪，一九四五年以後回歸國民政府治理。

❼此歌作於抗戰時期，描述當時被徵調前往中國大陸作戰之臺籍軍伕，思念在臺妻子、女友之心聲。

❽昔日臺灣貧戶出賣女兒之風甚盛，購買養女者或作爲將來推入風塵牟利之用；或同爲貧戶，預爲家中男童他日成婚之準備，後者俗稱「媳婦仔」。

❾此歌爲光復初期，民國三十五年之作，後來遭禁多年。

❿民國三十六年二月二十七日夜，於臺北大稻埕，因取締私煙故，發生警民衝突；次日全市暴動紛

起，迅即全臺響應，幸旋為政府弭平；其真實狀況，至今衆說紛紜，莫衷一是，然成造政府與民衆相互猜忌之惡果，則為無可否認之事實。

⑪ 政府之土改政策為：一、三十八年實施三七五減租。二、四十年實施公地放領。三、四十二年實施耕者有其田。經建政策為自四十二年起連續推行六期之四年經濟建設計畫。又六十五年至七十年為第七期六年經建計畫；七十一年至七十四年為第八期四年經建計畫，如今第九期四年經建計畫實施中。

⑫ 民國七十一年日人發明之「伴唱機」（俗稱「卡拉OK」）進入臺灣以後，無孔不入；又七十四年餐廳秀錄影帶，開始普及，深入家庭之中。凡此「小衆傳播」之力量，皆使臺灣流行歌曲突破電視臺之限制，自由發展。如＜舞女＞、＜心事誰人知＞、＜乾一杯＞等，因其歌詞或過於消極、感傷、頹廢，而不為電視節目所接受；然而借助卡拉OK與錄影帶之傳播，其風行程度卻能凌駕其他歌曲之上。

⑬ 臺灣農村因政府採用以農業發展工商業之策略，又於工商業茁壯之後，疏於回饋，以至農業所得漸與其他各業所得差距拉大；純粹務農，常不足以維生；故農村青壯子弟紛紛外出闖蕩，其外出動機顯然有別於前期，造成農村人口之逐年萎縮，與農民對於政府照顧不週之憤懣。於是自民國七十六年底起，陸續發生農民請願、示威事件。計為：七十六年十二月八日縣農請願、七十七年三月十六日雞農請願、七十七年四月二十六日菜農雞農聯合請願、七十七年五月二十日全體農民請願等事件。尤以五月二十日之請願，造成嚴重警民衝突，震撼全臺，朝野咸感遺憾。個人以為吾人若能注意此期思鄉歌曲、勵志歌曲之背景，探討其形成之原因，或許可知積冰三尺非一日之寒也。

⑭ ＜勸世歌＞乃摹倣昔日＜歌仔簿＞之歌詞，以江湖調演唱之流行歌曲，其歌詞為：

我來唸歌乎您聽，不免卻錢免著驚；

勸咱做人著端正，虎死留皮人留名。
講甲當今的世界，鳥為食亡人為財；
想真做人著海海，死從何去生何來。
咱來出世無半項，空手戽（「戽」音 hò，俗造形聲字，以容器（斗）堵水捕魚也）魚總相同；
勸咱做人著愛賺，做歹害人先不通；
講甲人生著愛算，忠厚的人有較長；
榮華富貴不通想，總是命運免憂愁。
我勸朋友免怨歎，人生做人若眠夢；
勸咱做人著志氣，小小生意會賺錢。
講甲事業百百款，咱若無嫌什艱難；
不免怨歎運命歹，打拼的人著發財。

⑮ 除正文所引之例外，其餘歌名，顧名思義，可以想見大概，謹列舉如左：〈走馬燈〉、〈人生的脚步〉、〈時來運轉〉、〈有話坦白講出來〉、〈你我是同鄉〉、〈忍〉、〈男子漢的條件〉、〈關心你一人〉、〈源〉、〈男子漢〉、〈何必怨恨天〉、〈給無良心的人〉、〈出外人〉、〈心情放輕鬆〉、〈朋友愛互相〉、〈友愛甲愛情〉、〈認命認命〉、〈怨歎那有什路用〉、〈誰無苦情〉、〈甲人做伙〉、〈守〉、〈我要忍耐〉、〈你著忍耐〉、〈免失志〉、〈我是男子漢〉、〈二擻的男子漢〉、〈挑戰〉、〈決心〉、〈人生的脚步〉、〈老兄囉〉。

⑯ 民國七十三年由高雄（或曰臺中）有獎券商爲促銷愛國獎券，以第八獎之三組二位數作爲核對發給紀念品之根據；後來民間遂倣效其法，亦以該三組號碼做爲糾衆聚賭以抽頭圖利之技倆。其內容又可分爲「直行」、「八馬」、「媽媽樂」（北部稱「三朶花」、「衰仔樂」、「特尾」等；

「直行」者，由莊家（俗稱「組頭」）與賭客對賭，每支三百元（或五百元），中獎可得九千元。「八馬」者，由莊家糾集賭客共同簽選中意之號碼，賭金由莊家扣除一成或抽頭外，歸中獎者均分（因百號並非完全被簽，通常每組只能簽注六七家，故有時三組中獎號碼僅有一號有人簽注，則由該人獨得全部賭金，臺語謂之「八馬」；以其獲利變化較大，故最為盛行。）「媽媽樂」者，簽注者可各自任選三組號碼，莊家統籌滙集賭金，扣除抽頭之一成外，分予所選三組號碼命中開獎號碼最多者（如全部人數為一千人，甲中二組，乙、丙中三組，則彩金由乙、丙對分；若甲、乙中二組，丙中三組，則由丙獨得；因此項賭法花費最少，中獎可能雖小，獲利可能最大，且多為家庭主婦所喜，故稱「媽媽樂」）。「衰仔樂」者，「媽媽樂」之相反方式也，凡所選三組號碼皆未中者卽可參與平分獎額之列。「特尾」者，由莊家與賭客對賭，以愛國獎券第一特獎之末三字為對獎依據，中獎者可逕獲四百倍（或五百倍）之理賠。除「直行」與「特尾」為莊家與賭客對賭，逕以收據作為理賠根據外；其餘各種賭法，莊家皆須於開獎之前將所有賭客簽賭狀況表，發至賭客手中，以資徵信；而抽頭僅為一成，較諸愛國獎券之僅以四成五作為給獎金額，誘因極大，於是迅卽風靡全臺（由南向北），如火燎原，勢不可遏，好事者總其名稱之為「大家樂」。又，七十七年初政府為遏止賭風，斧底抽薪，停止愛國獎券之發行，免為「大家樂」所依附，民間則迅卽依附於香港每週開獎二次之「六合彩」，唯經此改變，人氣銳減，且因股市投機風氣漸起，於是資金轉入股市，竟又造成股市狂飆，為害之烈，不下「大家樂」，於是外人譏稱「ROC」為 Republic of Casino。

⑰ 臺語流行歌曲因受廣電法限制，於電視臺之播放有其比例限制，故流行歌曲大多風行於娛樂場所，尤以「卡拉OK」與「KTV」最盛，而此類場所，則以供應酒類為其主要營業內容，故有關飲酒之歌最能配合其臨場需要。

⑱ 臺語之文音，乃因漸積歷代官話音義而形成，詳見民國七十年臺大中文所楊秀芳氏之博士論文

⑲《閩南語文白系統之研究》。又據王育德氏《福建的開發與福建話的成立》調查指出，較平易之三三九四字中，文白二讀者為一一二七字，其餘二二六七字則文白同音。

⑳參見拙著《臺灣閩南語民間歌謠新探》第七章。

臺語之本字難求，為存其音故有前述諸法以濟其窮；而日人據臺五十年，曾受教育之歌仔先或記錄者採用拼音之假名輔助記錄，亦屬理之必然。其例如左：

為君病相思，正財ヱ（e）來折分離；是我當初乙得伊。——車鼓，〈為君病相思〉

※ヱ，會也。折，拆之誤寫也。

早起起來，日出天漸光，益春隨我上樓來栖粧。……益春隨我一齊メ（me）馬按總未池。——車鼓，〈早起起來〉

※メ，發語助詞。

我也恨，恨我命運道不是；做生理，無嘆戔；交朋友，扑情義；運俠悉著呆某子，內頭不種理，走過厝慘人盤嘴舌；叫伊到，大嘴竅門天，炳碗共シ（si）セ（ia）治。——〈我也恨〉

※シセ，摔也。

仔開花結欉珠，任汝當頭無外久；悉汝未生共未プ（pu）ウ（u），乎人無子傳後嗣。——〈桃花過渡〉

※「プウ」，孵也，生育也。

漸漸聽我唱，唱出園仔園，不知馬嫁卓一庄；遇著一個網洞漢，牽我出轎門，楠我上踏枋，抱我上民床。罔仔罔，罔著一ヱ（e）仔洞，一頭光ス（su）ン（n），一頭發毛。……小姐看我正是有，上排參我ギ（gi）ヨ（e），落排參我（缺）。……目睭ヱ（e）返輪，鼻空ヱ出煙，無張無池奄滾滾輪ツ（chu）ン（n）。蝦包子打一下開，斷一文；無變部，走回來頭ヒ（hi）セ（ia）我某一領裙。我某探聽知，我爹吪馬打，我老母棟不隼。——〈阿片煙歌〉

※「光スン」，光滑也。「ギョ」，搖扭也。「無張無池奄滾滾輪ツン」，不由得脖子起痙攣，謂突然一陣興奮之情也。「頭ヒセ」，偸拿也。「楝不隼」，不准許而阻擋之也。

礁煙一人礁一樣，無人礁煙相親象，有個礁煙鼻那流，有個礁煙哈肺吐腸頭，有個礁著奄罔恨，蔡尿水，般乎臣。……動消病脚腿，目周食甲烏礁礁，頭毛食甲那棕衰，目眉食甲成虱鬼，與堪食甲那劉搥，腹肚食甲那水櫃，一雙脚食甲那草メ(me)搥，人人荷老加再好風水，三更半冥セ(ia)煙不驚鬼。——〈阿片煙歌〉

※「礁煙」，煙癮發作也。「草メ搥」，蝗蟲腿也。「セ煙」，抽大煙也。

㉑ 青少年輩有時非但擬音，甚且逕以國語臺語混合之，改作歌詞，如近日流行軍中改自國語流行歌曲〈讀你〉者（括弧內爲原歌詞）：

突你的前面我勫倦（讀你千遍也不願倦），　※「突」之臺語與國語「讀」同，「我勫倦」為臺語發音。

突你的後面我無願（讀你的感覺像三月）；　※「我無願」為臺語發音，mogèn。

一天又一天，一年又一年（浪漫的季節，醉人的詩篇）；　※此句皆國語發音。

喔—喔—喔—真過癮（唔—唔—唔）。　※此句皆臺語發音。

你的兩腿中間（你的眉目之間），　※「你的」為臺語發音。

是一個美麗畫面（鎖著我的愛憐）；　※「是一個」為臺語發音。

我甘願留在裏面（你的唇齒之間），　※「我甘願」為臺語發音。

到屆永遠永遠（留著我的誓言）。　※「到屆」為臺語發音。

㉒ 參見拙著《臺灣閩南語民間歌謠研究新探》第八章。

國立中央圖書館出版品預行編目資料

文學與社會／中國古典文學研究會主編，--初版，--臺北市：臺灣學生，民79

8,297 面；21 公分

ISBN 957-15-0148-4(精裝)；新臺幣280元

--ISBN 957-15-0149-2(平裝)；新臺幣230元

1. 中國文學-論文，講詞等

840.7　　79000293

文學與社會（全一冊）

主編者：中國古典文學研究會

出版者：臺灣學生書局

發行人：丁文治

發行所：臺灣學生書局

台北市和平東路一段一九八號

郵政劃撥帳號〇〇〇二四六六八號

電話：三六三四一五六

FAX：三六三六三三四

本書局登記證字號：行政院新聞局局版臺業字第一一〇〇號

印刷所：淵明印刷廠

地址：永和市成功路一段43巷五號

電話：九二八七一四五

香港總經銷：藝文圖書公司

地址：九龍偉業街九十九號連順大厦五字樓及七字樓

電話：七九五九五九五

定價　精裝新臺幣二八〇元　平裝新臺幣二三〇元

中華民國七十九年十月初版

82019

ISBN 957-15-0148-4 (精裝)

ISBN 957-15-0149-2 (平裝)

中國文學研究叢刊

①	詩經比較研究與欣賞	裴普賢 著
②	中國古典文學論叢	薛順雄 著
③	詩經名著評介	趙制陽 著
④	詩經評釋	朱守亮 著
⑤	中國文學論著譯叢	王秋桂 著
⑥	宋南渡詞人	黃文吉 著
⑦	范成大研究	張劍霞 著
⑧	文學批評論集	張　健 著
⑨	詞曲選注	王熙元等編著
⑩	敦煌兒童文學	雷僑雲 著
⑪	清代詩學初探	吳宏一 著
⑫	陶謝詩之比較	沈振奇 著
⑬	文氣論研究	朱榮智 著
⑭	詩史本色與妙悟	龔鵬程 著
⑮	明代傳奇之劇場及其藝術	王安祈 著
⑯	漢魏六朝賦家論略	何沛雄 著
⑰	古典文學散論	王熙元 著
⑱	晚清古典戲劇的歷史意義	陳　芳 著
⑲	趙甌北研究	王建生 著
⑳	中國兒童文學研究	雷僑雲 著
㉑	中國文學的本源	王更生 著
㉒	中國文學的世界	前野直彬 著 龔霓馨 譯
㉓	唐末五代散文研究	呂武志 著
㉔	元白新樂府研究	廖美雲 著
㉕	五四文學與文化變遷	中國古典文學研究會主編
㉖	南宋詩人論	胡　明 著
㉗	唐詩的傳承——明代復古詩論研究	陳國球 著
㉘	中外比較文學研究　第一册	李達三 劉介民 主編
㉙	文學與社會	中國古典文學研究會主編